講談社文庫

商社審査部25時

知られざる戦士たち

高任和夫

講談

目次

商社審査部25時

《知られざる戦士たち》

第一章　緊急情報

1

3月29日。木曜日。

朝9時30分。

大阪・中之島《なかのしま》の畿内商事株式会社審査部に設置してあるテレックスが、毎朝恒例の情報を叩《たた》き出す。

有力興信所からの信用不安情報だ。

倒産の噂《うわさ》がたっている企業に関する情報で、事の性質上会社名はイニシァルで表示されているものの、読む人が読めばどの会社であるか容易に察しがつく。

この朝、テレックスが打ち出した警戒情報の数は十六件。

審査部審査第三課（西日本担当）の小早川は、その七番目の情報をみて軽く舌打ちした。どうやら、畿内商事の取引先であることは間違いなさそうであった。

――Kジツギョウ。ホンテン　クレ。シホンキン　八センマンエン。ギョウシュキカイハンバイ（シュトシテ、デンキキカイ）。ネンショウ（五八ネンジッセキ）三〇オクエンゼンゴ。ジュチュウゲンカラ、シキングリヒッパク――。

小早川は、テレックスの受信文を破るようにして抜きとり、足早に自分の所属する課に戻った。

2

その三分後――。

審査第三課長の千草は、広島へ電話を入れる。

電話をにぎりしめたまま、千草は、さっきまで読んでいた新聞の将棋の欄――名人戦挑戦者決定リーグの中原・森安戦――への未練を断ち切って、度の強いレンズ越しに『Kジツギョウ』、すなわち共栄実業に関する書類を飛ばし読みする。広島支社機械課長の梅原のレポートで、日付はおよそ二ヵ月前。梅原は売上高の減少している共栄の将来に不安を感じ、「商内を縮小する」と報告していた。

千草の横の机では、小早川が端末機を操作して、コンピュータから共栄との取引状況に関するデータを拾い出そうとしている。剣道四段の節くれだった指が、意外に器用にキイを叩き、傍らのスクリーンに共栄に対する債権残高・契約の未履行残高等が現われる。

電話の送信音が七度繰り返された後で、ようやく広島の相手が出た。

――やあ、千草さん。こんなに朝早くどうしました?

山陽経済研究所の戸倉情報課長だ。

呉《くれ》市に隣接する川尻《かわじり》町の出身で、東京の興信所に勤務した後、スカウトされて地元の山陽経済に移る。土地柄、造船・海運方面に強い。

週に一度は電話で情報を交換し合う仲で、それによって山陽経済は定期的な収入を得るとともに、他に転売できる情報を仕入れ、一方の繊内商事も、二、三度焦付き債権の発生を免れている。もちつもたれつの関係だ。

「急な話なんだ」

と千草。既に梅原のレポートを素早く読み終えて、今度は、共栄のバランス・シートに眼《め》を通している。

——そうでしょうな。お忙しい人が朝一番で電話をくれたんですからね。で、ご用件は？

「呉の共栄実業」

——共栄？

「そう。妙な噂を聞かないか？」

戸倉の声が、一瞬、途絶える。

頭のなかで満杯になっている情報の断片を整理し、共栄に関連したネタを掬《すく》いあげようと努めている様子が、受話器を通して千草に伝わる。

——業績は落ちてますな。はじめての減収だなんて公表しているが、あれは粉飾で、売上高の減少は、間違いなく三期は続いている。

「まあ、業種が業種だからな」

こういう場面では、優秀な調査員が小耳に挟んだことを思い出してくれるまで根気強く待つしか手がない。

——赤字が累積しているのも、間違いないでしょうな。公表の期間損失は、四千万円だけれど、少なくとも億単位の赤字はたまっているとみていい。

「そこまでいっているのか。三十億円の売上げじゃあ、回復はむずかしいな。で、売れるような不動産をもっているのか？」

——一挙に挽回《ばんかい》ということで？

「そう」

——それは無理ですな。本社は呉の目抜き通りに面しているから、そこそこの値は付くでしょうがね。他《ほか》にはありませんよ。

「仕入先に決済の繰り延べを要請したというような噂を聞かないか？　あるいは、どこかが納入を拒んでいるというような……」

——聞きませんね、そんな噂は。第一、オタクが逃げていませんしね。いまどき、どこだって売りたい一心ですからな。

「違いない。で、銀行は締めにかかっていないか？」

——変化なし、でしょうな。

「融手の噂は？」

——融手？

数秒、戸倉が沈黙した。情報課長の触角が作動したようだった。

——そういえば福山あたりの金融業者で共栄の手形が割られているような噂を聞いた……。

「いつだ？」

——だいぶ前に。でも、たしか少額だったたし、頻繁ではありませんよ。

「わかった。それは、こっちで調べよう。ところで、最近共栄にいってみたか？」

——十日前。相変わらずですよ。

「従業員も？」

——皆、悠然としてますよ。あれでも呉の名門企業でしてね。従業員の質だって決して悪くはない。

「決め手なしか……」

共栄が左前なのは、まず間違いない。戸倉がいうだけの赤字をかかえていては、薄口銭の問屋では、今後隆盛を誇ることはありえない。いつの日か、目抜き通りに面しているとかいう本社を売却することがあるかもしれない。

しかし、それでは、必ず潰《つぶ》れるといい切れるのか。そして、広島支社に商内の中止を勧告すべきか。戸倉のいうとおり、誰《だれ》だって売りたい一心なのだから、商内を中止させるには、それだけの確信が要《い》る。「資金繰りが逼迫《ひっぱく》」している程度のことでは、商売にブレーキはかけられない。

かといって、この情報は、にぎりつぶすには何かが引っかかる。

千草は、受話器をもったまま、懸命に共栄のバランス・シートを読み続ける。だが、致命的な異常は見当たらない。

「しかし、妙だな」

千草は思わずつぶやいた。

——何が？

戸倉が問い返す。

「信用不安情報が流れる時は、何かがザワついているものだ。潰れるにしろ、そうでないにしろ。そして、その情報があたっているときは、誰かが逃げ出している。仕入先、金融機関、従業員……。決まって一番すばしこいネズミから逃げ出す。だが、共栄の場合は、誰も逃げ出していない。なぜだ？」

——あ。

と戸倉が絶句した。

「どうした？」

千草は、戸倉が頭のなかの情報の断片から、何か貴重なものを掬いあげたことを予感した。

——常務の桐野について、妙な噂を聞いた。

「何だ？」

――広島の流川《ながれかわ》に店を出したという。何とかいう名前のバーですがね。もともと酒好きな男だから、そのほうが安上がりなのかと笑ったものですが。

「で、誰をママに据えるんだ？」

――そこなんですがね。愛人だか二号さんだかしらないが、それをママにすれば有効活用で、一石二鳥にも三鳥にもなるのだろうと考えたんだが。――見誤ったかな。

「なぜ？」

――桐野の奥さんは後妻でしてね。水商売上がりだった。ヤツは本気で店を出したのか……。

「それで解けたな。ネズミがいるとすれば、それは桐野だ。ネタは本物かもしれない」

――これから呉へ走ってみましょう。あとでご連絡しますよ。

3

同日、朝10時15分。

千草は、この朝二本目の電話を大阪の有力な市中金融業者・阪証の藤原審査課長にかける。

——呉の件、ですな？

電話に出た藤原が、いきなり核心を衝《つ》いた。長い間、瞬時に事の是非を判断することを要求されてきたこの商売人は、時間の浪費を極度に嫌う。藤原にとって関心あることは、その手形が割り引くに値するか否かの一点に限定されていた。変にもったいぶったところで、一文の得にもならないと彼は考えている。

「悩まされていてね」

常々、藤原には率直に接するように努めている。

——オタク、共栄にはかなりあるの？

藤原が遠慮なく聞いてくる。

「三千五百万円」

——結構ありますな。

「共栄のは、だいぶ市中に出回っているだろうか？」

これが藤原に尋ねたいことの一つ。

共栄振出の手形は、市中金融業者のところで、相当量割り引かれているかという意味の質問だ。

ある手形が、銀行のような金融機関ではなく、市中金融業者あるいは手形割引業者のところにもち込まれるのは、手形の所持人が銀行に手形割引枠をもっていないか、または簡便な資金入手方法を希望した場合。

それから、銀行が特定の振出人の手形を割り引くのを嫌う場合も、その手形は市中に流れる。

——去年あたりから、パラパラと出回っていたようですな。

と藤原があたりさわりなく答える。

「いまは？」

——少し増えてますな。

「まともな先がもち込んでいるだろうか？」

——さて、と。

「是非、知りたいんだがね」

——困ったな。

数秒、会話が途絶える。

しばらくして、

——ここから先は「貸し」ですよ。いいですな？

藤原が念を押す。

いずれ何かで「借り」を返せということだ。否も応もない。

「仕方あるまいね」

千草は条件を呑《の》んだ。

——いままでは、共栄の手形は、広島かせいぜい福山の業者で散発的に割られる程度だった。それが、岡山や神戸、それに大阪にも出回るようになってきた。

「いつごろから？」

——年末あたりから、ボチボチと。……それと、共栄と取引関係のなさそうな連中が割引に回っている。共栄は機械問屋なのに、製材業者、食料問屋、鉄骨屋といった連中だ。

「奇異ではあるが、ある意味じゃ典型的なとり合わせだな」

――そう。どうせその連中は、共栄のオヤジの学校時代の仲間か、趣味の会のメンバーといったところだな。そういった連中が、神戸や大阪で共栄の手形を割り引いていたのでは、呉ではあまり噂にもならんだろう。

（融手か……）

千草はつぶやいた。

これが藤原に聞きたかったことの二番目の項目だった。

それで、と核心に触れた。

「割止めにしたのか？」

共栄振出の手形は、一切割り引かないという決定がなされたかどうかを聞いた。阪証で割止めになり、その情報が洩《も》れると、多くの市中金融業者はそれに倣《なら》う。そうなると、共栄は融手という最後の金策の道を絶たれる。倒産は目前だ。

――あんたなら、どうするかね？

藤原は直截《ちょくせつ》には答えない。

「同じようにしたろうよ。で、手形がもち込まれたのは、いつだ？」

――先週の土曜日。そう、五日前になる。

千草の顔に、苦痛の色が滲《にじ》んだ。

4

朝、10時35分。

千草は三本目の電話を再び広島に入れた。

――やあ、センセイ。急にどうした？　それに奥方は元気か？

広島支社の機械課長は、屈託のない調子で応じる。

この機械課長は、同期入社の千草を「センセイ」と呼ぶ。梅原がまだ大阪本社にいた頃、ちょっとした契約の処理を手伝って以来のことだ。妙に気が合い、何度も酒を酌《く》み交わした仲だ。そして梅原は、千草の二つの弱点に通じている。

軽度の肝機能障害と強度の恐妻家――。

「俺《おれ》以外は、みな元気さ」

女房のことを聞かれ、気分はよくない。

ミセス千草は、小学校のPTA会長だけではご不満らしかった。自治会の婦人会長の他に、有閑マダム相手のカルチャー・センターでテニスを教えている。

これによって彼女は、もうすぐ四十に手が届くというのに、いまでも結構人目を惹《ひ》くプロポーションを維持し、同時に、夫の小遣いを上回る金額を手にしている。

——で、息子さんも？

「ああ、元気だ」

夜遅く帰宅する父親と、始終家を空けている母親とを、不幸な一人息子は頼ろうとしていない。孤独な時間、彼は自分の部屋で油絵を描き、父親の蔵書のなかから自分でも読める歴史書に眼を通して過ごしている。この独立心の旺盛《おうせい》な息子は、十一歳、小学校五年生になる。

——それで？

梅原がようやく本題を聞いた。

「共栄の件だがな」

千草は今朝入った情報を手短に説明した。

相槌《あいづち》を打つ度に、梅原の声がみるみる小さくなり、次第に勢いが萎《な》えていく。

——まいった。

最後は、巨体に似合わず蚊の鳴くような声だ。

——俺の課は業績が落ちているし、三千五百万円焦げ付くのはでかいんだよな。担保もないし、全損だよ、これは。

「まあ、待て」

千草は声を励ました。

潰れると決まったわけではないし、資金繰りが危ないとわかった段階である。まだまだ打つ手があるかもしれない。

「それに、かりに全損でもな、この金は活《い》きるかもしれない」

——なぜ？

「これで有能な経営者が一人育つと思えば、安い授業料だな」

しばし梅原が沈黙した。

——ありがとう、センセイ。……助けてもらうのはこれで二度目だな。

理工科出身のエンジニア課長の心が、少しセンチメンタルになったようだった。

「これが俺の職業でな。さあ、仕事にかかろう」

——約残を止めるんでしたな。昔、確か、センセイにそう習った。

梅原の声に張りが戻った。

「そう。いくらある？」

——月末渡しの分が一千三百万円。

「月末？」

ああ、と梅原が絶句した。

――月末ってあさってか。……ありがたい。一千三百万円は助かったわけだ。直《す》ぐメーカーに連絡して、出荷を止めさせますわ。

月末に商品が共栄に引き渡されれば、梅原の課の債権は、三千五百万円から四千八百万円に膨れ上がっていたところだ。これは不幸中の幸いといっていい。

――それで、センセイ。俺は次に何をやればいい。悪い頭で俺が考えるより、指示してもらった方が時間の節約になる。

「俺としては、まず情報を確かめたいな。お前は共栄の誰と親しい？」

――営業部長の坂田。

「常務の桐野は？」

――個人的な趣味をいっちゃいかんだろうけれど、あまり好きじゃなかった。

「それなら、営業部長をつかまえるんだな」

――わかった。で、それから？

「メモの用意をしてくれ」

千草は要点を口述し、梅原が筆記した後で復唱した。

――それで、いつまでに調べればいい？

「明朝」

――ん？

「朝一番で広島に入る。その時、聞こう」

――ありがたい。

梅原は、この朝何度目かの感謝の言葉を口にした。

「ところで――」

千草は、電話を切る前に尋ねた。

「お前さん理工科系だったな」

――そうですよ。もっとも、だからといって、財務分析だとか債権管理が弱いいいわけにはなりませんがね。で、なぜ？

「広島の店は、どうして船舶の仕事をしていないのだ？」

――全然してないわけではありませんよ。造船鋼材だって搭載機器だって扱ってますよ。

「いや。俺がいっているのは船舶本体のことだ」

――船舶本体ね。簡単には説明できませんわ。あの商売は結構むずかしいんでね。

「今度、そのむずかしさってやつを教えてくれないかな」

——お安いご用で。でも、なぜ？

「俺にも宿題があるんだ、これでも」

——まあ、いいですよ。でも、この件が片付いてからだな。いまのアタシには、他のことを考える余裕はないですわ。

5

午前11時20分。畿内商事役員室。
五、六坪ほどの部屋に、執務机とコンパクトな応接セットがある。机の上には「既決」と「未決」の木箱の書類入れ。そして、部厚い六法全書。
机の後の広い窓の下には、安治《あじ》川の細い流れが鈍く光っている。

「少なくとも、一千三百万円は助かったか」

佐原取締役審査部長がつぶやいた。

「君が情報をつかまなければ、広島支店は明後日、一千三百万円の商品を引き渡していただろうからな。ところで、粗利益で一千三百万円儲《もう》けようと思えば、口銭率二パーセントの商売で六億五千万円の売上げをあげなければならない。お手柄だ」

三ヵ月前、営業の部長から取締役審査部長の職に就いた佐原は、いかにも営業出身の人間らしく、焦付きと売上高との関係を数字で整理した。もっとも、営業出身とはいっても、佐原には商社マン特有の灰汁《あく》の強さはない。物静かで、思索的な印象を人に与える。

「このさい、聞いておきたいのだが……」

その佐原が尋ねた。眼が好奇心で輝いている。

「興信所からのテレックスは、『K実業』と仮名で情報を流してきた。それが共栄実業とわかるのは、君が与信の申請書に目を通しているからだろうな？」

畿内商事の社則では、営業部門が取引先に信用を供与して商売する場合、その限度額を設定する義務がある。つまり、取引先が倒産したときのリスクの幅をつかんでおくためである。

千草の審査第三課は、小口の与信は別にして、年間にざっと八百件の西日本各店の与信の申請書を読んでいる。この仕事を十年もやっていて、それが取引先のなかにあれば、『K』の実名は瞬時に閃《ひらめ》く。それは、佐原の指摘するとおりだ。

「それで、私の聞きたいのは、君や審査三課のスタッフが出払っている場合、私に『K』がどこなのか、突きとめられるだろうか？」

「取引先のなかに『K』がある場合ですか?」

「そう。まず、その場合」

「容易に突きとめられますよ」

と千草は答えた。

織内商事のコンピュータには、取引先のデータがインプットされている。本店、呉。資本金、八千万円。業種、機械販売。——これだけのキイがあれば、コンピュータは共栄実業の名を打ち出す。

「便利なものだな」

佐原は感じいったようであった。そして、少し皮肉な調子で、

「君らはその点では、必ずしも必要不可欠な人間ではないわけだ」

「そう、われわれの仕事は、記憶することではありませんのでね」

千草は軽く切り返す。

「もっともだ。で、『K』が取引先のなかにない場合は、どうやって捜し出すのかな?」

「きわめて原始的ではありますが、まことに便利なものがありまして——」

千草は意図的に言葉を切って、新しいボスの知能指数を試した。

一瞬、佐原が考え込む。端正な顔だちが一層引き締り、千草は佐原に知性の力を感じた。

「わかった。電話帳だな」

「ご明察。職業別電話帳には、確か機械器具とか機械工具の項目があったはずですよ。呉地区のその欄を読めば、『K』を捜すことはわけありません。しかし、問題なのは、その情報の確度でしてね」

「そう。私が営業の第一線にいるときにも、この手の噂には随分手を焼いたものだ。注意しろといわれても、結構困るものでね。商売を止めるのは簡単だが。ところで……」

佐原が本題に戻っていった。

「共栄の件は、このあとどうする？」

「明朝、広島に入りたいのですが」

「それはかまわないが、打つ手があるだろうか？」

「わかりません。しかし、今日一杯かかって、機械課長の梅原が状況をつかむでしょうから、それ次第で対処するしかないでしょう」

この仕事には、徒労に終わる努力が多すぎる、と千草は思う。まことに不経済なことだ。

それに今度の場合、スタートが遅すぎた。興信所が情報を流してからでは、間に合わないのだ。それに、梅原は共栄の坂田営業部長をつかまえ、説得することができるだろうか。

「それでは、これで」

千草はボスに一礼し、その部屋を出ようとした。

「あ、ちょっと」

背後で佐原が呼びとめた。

「例の件、考えてくれているかな?」

できれば、いまは避けたい質問だった。

「クリエイティブ・クレジット——でしたか?」

それが、佐原が千草に命じたテーマだった。

「少しテーマが漠然としているのと、それに私は根っからの債権管理マンでして、そのような方面では適任ではないでしょう」

「私は、審査では素人だけれど、この三ヵ月の間に、審査の仕事は一面では営業に通じ、一面では経営に通じるものだと感じはじめている」

佐原は、完全に、千草のためらいを無視していった。

「そういう観点から、クリエイティブ・クレジットとはどうあるべきなのか、少し頭のなかを整理してみたいのだよ」

「私は現場の人間でして、そのような哲学的なことは苦手ですね」

千草は多少の皮肉をこめていった。

「いや」

佐原はこの人物にしては、珍しくきつい語調で応じた。

「君のような現場を知っている人間こそ、こういうことを考えるべきなのだ。第一線を離脱した連中の考えることは、空理空論に陥りがちだ。そんな連中の意見には、残念ながら私は興味をもてないのだ」

千草は、佐原のいつもは温厚な瞳《ひとみ》のなかに、再び鋭い知性の力を感じた。そしてその知性は、波動となって千草に伝わり、奇妙なほど千草を動揺させた。

千草は、佐原に共鳴しつつある自分を発見した。同時に、それが重い負担となって、今後自分を苦しめるであろうことを、はっきりと予感した。

第二章　審査課長、西へ

1

3月30日。金曜日。

午前6時。

朝一番のひかり五十一号が新大阪の一番線ホームを発車した。今年は春の訪れが遅く、西へ向かう乗客の多くはコートを手にしている。

千草は窓側の席に座り、新聞の棋譜に眼を凝らした。隣りに小早川がいる。

森安・中原戦。

五勝二敗の森安秀光は、この一戦に勝てば名人戦挑戦者の資格の至近距離に到達する。玉を美濃《みの》に囲い、得意の四間飛車を用いて、遠く角頭に位置した中原十段の王を狙《ねら》う。

いつも茫洋《ぼうよう》として、口元に笑みを湛《たた》えている森安は、千草の好きな棋士の一人だ。アマ実力四段の千草は、森安の飛車が中原陣を突破する手順を読む。五手先、十手先、そして十五手……。

列車が新神戸に近づき、心持ちスピードを落としたとき、それまで小刻みに動いていた千草の瞳が静止した。

度の強いレンズの奥の眼が瞬《まばた》きもせずに一点を凝視し、顔の表情から趣味に浸っているときの余裕が消えた。固く結んだ唇と顎《あご》のあたりに、意思の強さとある種の険しさが漂っている。

小早川は、千草とともに働いてきたこの三年の間に、普段は陽性な千草がそのような表情になるのをいく度か目撃している。馴染《なじ》みのバーの薄暗いボックスで、あるいは飛行機や列車の隣の席で、そして稀《まれ》には果てしなく続く長い会議の終わりの方で……。

そのとき小早川は、自戒して千草の黙考に割り込もうとはしない。まだ二十八歳の若さなのに、小早川は大学四年間の剣道部の生活で上下関係の規律を学びとり、年長者が動くまで己を殺して辛抱することを知っていた。寡黙な性格が幸いしている。

しかし、長い間千草とともに同じ問題を考え悩み、処理し続けてきたおかげで、近頃では、そのような表情のとき、千草が何を思索しているか、おおかた理解できる。

小早川は、いま、千草が棋譜を読んでいないと察している。

千草は、この共栄実業の信用不安説の落ち着く先を読んでいるはずだ。

共栄が潰れるのは確実か？

潰れるとしたら、それはいつか？

広島支社の梅原は、共栄の坂田営業部長と接触をもてたか？

そして、何よりも、畿内商事広島支社は、三千五百万円の債権をどの程度回収できるのか？

共栄からは、何の担保も取り付けていないのに、債権を回収することは可能なのか、等々……。

「疲れることだ」

千草が、漸《ようや》く紙面から眼を離し、緊張の糸をほぐすようにつぶやいた。

眼が充血し、皮膚が少し荒れている。

短い睡眠で疲労を溶かし、体力を回復することは、もう困難になっている。四十二歳の厄年。そして、軽度の肝機能障害。

昨日、昼前に役員室から戻ってきた千草は、働きずくめだった。

営業部からの相談事——五件。

社外の電話——八件。

短い会議——三件。

いつものように分刻みでそれらをこなしながら、千草と小早川は明日からの出張に備え、二十件近い与信の申請書に目を通した。

審査第三課の千草以下五人のメンバーは、連日そのように書類を読み、そして西日本の二支社・八営業所を飛び回っている。

今朝、千草は広島へ。

そして小早川は、広島で千草と別れ、福岡へ向かわねばならない。福岡支社建材課の重要取引先の社長が急逝したとの連絡が入ったからだ。

また一つ、九州で何かが起きるかもしれないと、千草と小早川は隣り合った席で同じことを考えている。

2

朝、8時4分。

ひかり五十一号が広島駅のホームに到着した。

新幹線口の改札で、広島支社機械課長の梅原が出迎える。

がっしりした体つきで、結構上背もあるが、向かい合うと百七十七センチの千草が心持ち見おろすような格好になる。ただし、体重は梅原の方が優に十キロは多い。

「こんな寒い日に、朝早くから申し訳ない。センセイには世話になりっ放しで……」

梅原の目のふちに隈《くま》ができている。

昨夜遅くまで、あるいは明けがたまで、情報収集に走り回った痕跡《こんせき》だ。アルコールの助けも借りたらしく、その残滓《ざんし》が顔に出ている。闘い、苦しんでいるこの同期の人間は、まぎれもなく千草の戦友だ。

千草はコートの襟をたてて、駅前広場でタクシーに乗り込む。

「今朝は、やけに寒いな」

言外に労《いたわ》りの気持を込めた。

「二週間ばかり前にも、雪が降りましてね」

梅原が応じるが、少なからずうわの空だ。

広島は瀬戸内海に面しているのに、意外に雪が降る。それにしても今年の気候は異常だ。

二人が乗った車は、広島駅から右折してほどなく府中大橋を渡り、いったん府中町に入る。

梅原は、改めて頭のなかで報告すべき内容を整理し、千草はじっと梅原が話し出すのを待つ。

「融手の情報は間違いないですわ」

車が広島大橋を渡りはじめたときに梅原がいった。顔に苦渋の色が浮かんでいる。

「共栄実業の坂田営業部長をつかまえることができたんだな？」

呉に着くまでに、すべてを聞かなければならない。

「逃げまくりましたがね。どうにかつかまえて、朝の三時まで一緒に飲みましたよ」

「話してくれたか？」

「まあ、なんとか。最初はとぼけていましたがね」

「日頃の付き合いが大事ということだ。それで？」

「常務の桐野が密《ひそ》かに融手操作をはじめたのが発端ですとさ。一回かぎりで急場を凌《しの》ぐつもりだったのが、すっかりとりつかれてしまって、何度も繰り返しているうちに、金額的にも膨れ上がったらしい。そういうものかな？」

「そう。あれは麻薬だ。それに、前の融通手形を決済するために別の融手を振り出せば、割引料の分だけ金額は嵩《かさ》む」

「というと？」

「つまり百万円の融通手形を決済するためには、額面百万円の手形では足らないんだ。割引料をとられるから、百十万円とか百二十万円の手形を振り出して誰かに割ってもらって、やっと百万円が手に入るという仕組みだ。その百万円で前の融手は落とせるが、今度は何ヵ月後かに百十万円とか百二十万円の手形を決済しなくちゃいけない。同じ理屈で、今度は百三十万円とか百四十万円の手形を振り出すことになる」

「雪だるまだというわけか」

「そう。で、その手形はどこで割っていたんだ？」

「最初のうちは、広島やせいぜい福山。しかし地元じゃ噂になるというので、大阪や神戸の業者にもち込むようになったらしい」

阪証の藤原審査課長の情報と符合する。

そしてその阪証は、共栄の手形を割止めにした。

遅かれ早かれ、共栄は融手操作の道を絶たれる。果たして、共栄はいつまで生き残ることができるのか……。

眼を窓の外に転じると、太田川《おおた》の支流が河口に溶け込み、車は広島大橋の半ばを渡りつつあった。右手に金輪島《かなわ》が寒々と霞《かす》んでみえる。

「それで、共栄は、何をやろうとしているんだ？」

「ああ……」

梅原がいい淀《よど》んだ。そして、事態を直視するのを避けるように、目を瞑《つむ》る。

千草は、掌で梅原の太い腿《もも》を叩く。優しく、しかし、先を促して——。

しばらくして、

「破産……」

梅原が小さくつぶやく。

「いつだ？」

千草も囁《ささや》くように訊《き》く。

「明日……。自己破産を申し立てるらしい」

時間との勝負。

千草の瞳が、瞬きもせずに一点を凝視する。

3

「全損だろうか。センセイ?」

梅原が煙草《たばこ》に火を点《つ》ける。指先が細かに震えている。アルコールとニコチン、そして緊張感。焦付きを目前にしたときの営業マンの典型的な初期症状だ。

契約は結んでいても、まだ引き渡していない一千三百万円の商品の出荷はどうにか止めることができたが、すでに発生している売掛金・受取手形の債権残は三千五百万円。それに対して、担保は何も取り付けていない。まぎれもなく全損のケースだ。

「簡単には諦《あきら》めないことだ」

そう励ましたものの、千草にも確信はない。しかし、いまとなっては手順を踏んでベストを尽くすしかない。

「明日、破産を申し立てることはわかったが、その他には?」

昨日梅原に調査を依頼しておいた事項を尋ねた。

「常務の桐野は、これをきっかけに、共栄と縁を切って、広島の流川に出した店の経営に専念する腹ですわ」

　女房にやらせているバーのことだ。山陽経済研究所の戸倉の情報と一致する。しかし、いまとなってはこの情報にさほどの意味はない。

「坂田に担保を出してくれといってみたか？」

　無理とわかっていても念を押すのが千草の職業の因果なところだ。

「駄目でしたね。権利証も印鑑も全部弁護士のところに預けたとかで、第一、それどころの話じゃない」

「だろうな。で、在庫は？」

「電気機械を中心とした機械類が、全部で約三千万円。まるごと頂戴《ちょうだい》できればありがたいが、駄目だろうか？」

「坂田部長は渡すといってくれているのか？」

「とても。あれで結構お固い人物でしてね。だから、多少強引にでももってくるしか方法がない。そのくらいはいいんだろ、センセイ？」

「駄目だね、それは『もってくる』というのじゃなくて『盗《と》ってくる』ことになる。盗人の片棒は担げないな」

「同期入社の、優秀な幹部候補生を救うためでも？」

「いまの社長を救うためでも、だ。――ところで、その商品はどこにある?」

「呉本社に隣接した倉庫と、黒瀬町にも倉庫がある」

「黒瀬町?」

「呉から国道三百七十五号線を北に、車で十五分ほど行ったところですな」

「で、うちの入れた商品は?」

「モーターですがね。五百万円ばかり、その黒瀬町の倉庫で保管している」

「どんな倉庫だ?」

「どんなって、体育館を小さくしたような、ごくありふれたやつ。といっても、だいぶくたびれている。いまの子供ならあんな建物でスポーツをすることは歓迎しないだろうな」

「倉庫の回りは?」

「見渡すかぎり畑、といったところ。のどかですよ」

「倉庫番は?」

「倉庫番? 二人、いや一人だったかな。そんなに厳重なものじゃない。で、なぜ?」

「いや……」

「まさかセンセイ、あんた本気で盗むつもりじゃあないでしょうな？」

「さてね。本気かもしれないぜ」

千草の頭のなかに、一つのアイディアがある。しかし、確信はもてない。

不安と焦燥と諦め。そしてふいに心に訪れるわずかばかりの期待。――この仕事をやっていて、毎回めぐり合う感情の複合体だ。

しかし、千草は、未《いま》だにこの精神の緊張状態に馴染めない。いままではどうにか、自分の力で切り抜けてきてはいるものの……。

「ところで」

千草は話題を転じた。

「うちのモーターはどこに売られるんだ？」

「広島の真田工業。クラッシャーのメーカーですな」

「クラッシャー？」

「砕石機械。砂利やなんかを砕くやつですよ。モーターは、砕石機の動力源になる」

「真田工業と取引はないのか？」

「いまはね。もっとも、前にクラッシャーを買ったことがあるから、真田の社長は知ってますよ」

「二代目でしてね。根っからのエンジニアで理を尽くして話せばわかる相手だけれど、手堅いというか警戒心が強いというか……」

「どんな人物だ？」

「商売する相手としてはやりにくいか？」

「まあ、そんなところですな」

「で、あまり無理を聞いてくれるタイプじゃない？」

「そう。それと、ウチとはそんなに親密ではありませんでね」

どうやら、真田工業を巻き込んでの債権回収策はとれそうもない。

千草は、頭のなかから、一つの可能性を追い落とした。そしてそれと同時に、別の方策を懸命に捜した。

民法・破産法の条文が頭のなかで渦を巻く。

ふいに、四、五年前の記憶が甦《よみがえ》った。今回の真田工業のような立場の会社から、債権を回収した成功例だ。

あれはどんな事件だったか？

そして、どのような手法を使ったか……。

千草は、記憶の糸を手繰《たぐ》りつつ、視線を窓外に漂わせた。

車は国道三十一号線を呉に向かって南下している。

左に呉線の鉄路が並行して走り、右手には灰色の空を映した海田湾。そして前方には、もと海軍兵学校の江田島《えたじま》が霞む。

車は、十五分足らずで、呉市内に入る。

4

朝、8時55分。

共栄実業会議室。

窓のない狭い部屋に、ありふれたレザー張りの応接セットが一式。壁にミレーの複製画がかかっている。

営業部長の坂田が二人を出迎える。

朝の3時まで梅原に責められたこともあって、坂田も憔悴《しょうすい》しきっている。

「こんなことになってしまって、梅原さんには本当に申し訳ないと思ってます」

坂田は梅原をチラリとみて、初対面の千草にあいさつする。

かつて共栄の販路を開拓した功労者は、過度の心痛と諦めの心境から、いまではただの気弱な老人と化している。まだ六十前のはずだ。

「いや。あなたこそ――」

大変でしょう、といいかけて、千草は口を噤《つぐ》んだ。

千草は職業柄、このような人々を、あまりに多くみすぎている。誇り高いために挫《くじ》け、善良であるが故にみずからを苛《さいな》む人々……。

しかし、と千草は思う。彼らの心の痛みは、しょせん俺にはわからない。言葉だけの同情は不要だし、そのような立場に俺はいない。

「あいにく、社長も常務も出勤前でして……」

あと何日かで職を失う老人は、会社を破綻《はたん》させた経営者のために弁解した。

社長は、明日以降、すべてを自己破産の申立代理人である弁護士の手に委《ゆだ》ねるだろう。常務の桐野は、広島に出した店の経営に専念するに違いない。そして、三十数名の従業員は、路頭に迷う。

「坂田さん」

千草は、意を決して、話しかけた。時間はあまり残されていない。

梅原の手から煙草を抜き取り、みずから課した禁を破って火をつけた。禁煙、三日目。いがらっぽい感覚が口のなかに拡《ひろ》がり、少し頭がくらくらした。

「梅原に済まないといってくれたけれど、梅原を救えるのは、坂田さん、あなたしかいないんですよ」

千草と坂田の視線が絡み合った。坂田の力のない眼が瞬《まばた》く。

「どんな？」

と、その坂田の眼が訊いている。

「ウチの入れたモーターが五百万円ばかり、倉庫にあるというのは本当でしょうね」

「そう。昨夜、いや、今日の2時か3時に梅原さんにいったとおりですよ」

「そのモーターの代金は、まだ払っていただいてませんわね」

「誠に残念ですが……」

「そして、失礼だけれど、永遠に支払うことはできない」

坂田が気弱にうなずく。

今後の共栄実業ができることは、破産管財人の手によって資産を換価処分し、その代金を債権者に配当することだけだ。配当率は、せいぜい一割から二割。それに要する期間は、短くても三年。畿内商事が手に入れるものはあまりに少なく、それもかなり先になる。

「ヨソの会社が納入した在庫までくれとはいいません。うちの入れたモーターだけは返してくれませんか?」

「いや、それは」

坂田が反発した。

「特別の債権者にだけ利益を与えるのは、否認権の対象になるとかで、弁護士さんにも禁じられているのですよ。せっかくお返ししても、あとで否認されたのでは、結局お互いのためにならないでしょう?」

「いや、それは違いますよ」

千草は言葉に力を込めた。ここが正念場なのだ。

中立代理人である弁護士が坂田たちに何を教えたかは察しがつく。

破産手続の概略、資産の保全、債権者平等の原則と否認権等々。それらを教えることによって、破産管財人は財産の散逸を防ぎ、配当財資を確保することができる。

日頃、法律と無関係な営業マンは、弁護士の説明を金科玉条とする。条理を尽くして、それを覆さなければならない。

「契約をキャンセルしてくれればいいのですよ。それだけのことです」

「キャンセル?」

坂田の瞳に疑問の色が浮かぶ。

「そうです。つまり契約を解除して、おたくは五百万円のモーターを返し、うちはその分だけ売掛金を減らして契約がなかったことにする。これは、きわめて合法的な解決方法ですよ。これによって梅原の損失は、三千万円まで圧縮できます」

梅原の立場にふれたことによって、坂田の心が動揺するのがわかる。梅原と坂田の、長く親密なつき合い——。

「合法的、ですか？」

「そう。民法では、契約が解除された時には、お互いに相手方を契約がなかった時の状態に戻さなければならないと定めています。今度のケースでいえば、うちは売掛金を減らさなければならないし、おたくはモーターを返さなければならない、と」

「しかし、契約を解除するには、何か特別な手続が必要でしょう？」

「いや、お互いに合意すれば、それで十分ですよ」

「そうですか——。で、ウチが合意しない場合は？　いえ、嫌だといっているわけではないのですが……」

核心を衝いた質問が出た。

畿内商事の側から一方的に契約を解除するためには、共栄実業が畿内商事に対して債務不履行の状態に陥っていることが要件だ。

しかし、共栄の支払日は来月の10日。とてもそれまで待つことはできない。その間に、モーターは第三者に売却されてしまうかもしれず、そうなってはお手上げだ。

破産宣告が出て、共栄が期限の利益を喪失し、契約解除ができるようになるのを待つにしても、事情は変わらない。

それに、首尾よく一方的に契約を解除できたとしても、そもそも共栄がモーターを引き渡してくれなければ、経済的な効果は得られない。

「不幸にして坂田さんに断られたら、われわれとしては裁判所で面倒な手続をとるしかありませんね」

「どんな?」

不本意ながら、契約解除の要件が満たされる状態に備えて、占有移転禁止の仮処分の用意をする。それが一つ。二番目が「動産売買の先取特権」の行使だ。明日の破産申立後、直ちに差押をして、先取特権を行使してゆく方法——。

「先取特権?」

坂田には耳慣れない用語だろう。

「そうです。売主である畿内商事は、モーターについて他の債権者に優先する権利が認められているのですよ」

「破産の場合でも？」

「別除権といいましてね、破産手続によらないで権利を行使することができるのですよ。そのような特別な権利を認められているのだから、坂田さん、契約を解除してモーターを返してもらっても、他の債権者を害することにはならないのです。否認されることはありません」

「なるほど……。それでは千草さん、先取特権ではなく、契約解除のほうを選んだ理由は？」

坂田が自分を納得させるために聞いた。疲弊しながらも、その職責を全うしようとする習慣を捨て切っていない。彼を取締役営業部長の地位に押し上げたのはその資質であり、この終戦処理にあたって彼を苦しめているのもその同じ資質であることを千草は理解した。

「先取特権の場合には、現実に行使するとなると、競売の手続を踏む必要がありましてね」

「競売？」

「そうです。裁判所に申請して、動産競売の手続をとらなければならない。これは煩雑だし、時間も費用もかかる」

「それよりは、契約の解除のほうがお互いの合意だけで済む、と」

「そういうことです。法の網をくぐるとか、それに類する意図はありませんよ」

坂田は、しばし沈黙した。

頭のなかで、千草の説明を反芻《はんすう》していた。それはほとんど理に適《かな》っているように思われる。しかし、いま一つ確信はもてない、と。

本当に、後で否認されることはないのか？ 他の債権者から突き上げられはしないか？ 社長や弁護士から非難されることはないか？

少なくとも、経営の責任者と法律の専門家とには、相談をもちかけたほうがよいようであった。

しかし、肝心の社長は、いまどこにいるのか？

「おっしゃることはわかりますが……。少し相談させていただけませんか」

「坂田さん」

千草は強くいった。

「売買契約は、誰と誰が結んだのですか？」

「私と、そこにいる梅原さん」

「そうでしょう。契約を結ぶことができたのだから、その解除だってお一人でできるわけですよ。まして、自分の結んだ契約条件どおり支払えそうもないとはっきりした以上、それを解除することは、何もやましいことではありませんよ」

千草は真正面から坂田をみた。

坂田は、千草の瞳を凝視した。

人を欺く人間のもつ、狡猾《こうかつ》で油断のならない心の動きの反映――しかし、それは見当たらないとみたようだ。

「坂田さん」

その時、はじめて梅原が坂田に話しかけた。

「俺にも法律はよくわからない。だから、迷う気持もよくわかる。だけど、こうやって側《そば》で聞いていると、千草のいっていることは間違っていないな――。俺は明日にも三千五百万円焦げ付く。それなのに、俺の納めた五百万円のモーターが返してもらえず、それが破産手続のなかで処分されて、売却代金が債権者に平等に分配されることは、ちっとも公平とは思えない。なぜって、それは、ウチの犠牲において他の債権者が救われることになるのだから。モーターを返してもらえないとすると、ウチだけがバカをみることになる。違うだろうか？」

坂田は、今度は梅原と千草の顔を交互にみた。

焦付きによって会社に損害を与え、同時に自己の経歴にも傷がつこうとしている、長い取引仲間・梅原の苦悩する顔。そして、今朝突然大阪から現われ、その梅原を救済するために、懸命に理を説く初対面の審査マン。

坂田は、かつて、社長や桐野や自分の間にも、このような連帯の絆《きずな》があったことを思い出した。

坂田には、最後まで法律論の妥当性はわからなかった。

しかし梅原との情誼《じょうぎ》を重んじ、千草に対する自分の直感を信じることが正しいありかたのように思われた。少なくともこれまで自分がよりどころにしてきたのは、そのようなものだった。

「よろしいでしょう。契約を解除しましょう」

坂田は、意を決して、千草の提案を受け入れた。

朝、9時40分。

千草は鞄《かばん》のなかから、契約解除の書類をとり出した。

梅原は、いまごろ呉市内に入っているはずのトラックの連中と連絡をとるためにたちあがった。

第三章　広島の三人

1

3月30日。金曜日。

千草と梅原機械課長は、呉からいったん広島支社に戻った。12時30分。昼食はまだとっていない。

支社の応接セットで渋茶を飲みながら、まず一服。千草は、この日三本目のマイルドセブンに火を点《つ》けた。

「センセイのおかげで、助かったことは助かったが……」

梅原の眼《め》のふちに黒い隈《くま》。煙草《たばこ》を挟む指が、小刻みに震えている。昨夜は一睡もしていない。

千草の指示による出荷差止めで一千三百万円。

午前中の共栄実業坂田営業部長との交渉で引き揚げることのできた商品が約五百万円。

都合一千八百万円損失を軽減できたが、なお、三千万円の債権は宙に浮いている。

しかも、共栄が自己破産を申請するのは、明31日。時間の余裕はない。

「これから、どうすればいい？」

梅原の声に焦りがある。

「とりあえずメシだ。ソバでも喰《く》おう。その足で真田工業へ行く。その前に電話を一本——」

千草はダイヤルを廻《まわ》す。

大阪。江口法律事務所。

「空けてくれてますね、先生？」

千草は、本物の「先生」の予定を訊《き》く。

——ご指示どおり待機してますよ。千草さんの要請じゃ仕方ない。もっともそのおかげで、私は大事な顧客を二、三人失うかもしれない……。

「二、三人？　それはまた、いやに少ないですな」

――少ない？　千草さん、しがない法律事務所が二、三の顧客を失うということは、かなりの痛手ですよ。そこのところは十分に認識いただきたいものだ。

「二、三人で？」

――そう、たとえ二、三人であっても彼らは、将来当事務所の有望な固定客になったかもしれない。それにその顧客は、有能な弁護士の力量に感謝して、また別の顧客を紹介してくれたはずだ。

「たとえば、若い秘書との浮気が発覚して、女房から離婚と財産分与を迫られている、富裕な実業家のような？　社会的名声の失墜を防ぎ、女房に分けてやる財産を少なくするためなら、江口法律事務所の莫大《ばくだい》な報酬請求にも喜んで応じるような顧客、ですな？」

――ああ、大歓迎ですよ、そのような客は。もっとも、千草さん、私には長く判例として残るような、法律的に難解な事件の方が似合うかもしれませんがね。

「能力からいって？」

――そう、よくおわかりで。

「妙ですな。そのように有能な弁護士が二日も事務所を空けるというのに、失うかもしれない顧客が二、三人にすぎないというのは……」

江口弁護士は二年前独立して事務所を構えたばかりだが、千草とは七、八年来のつき合いだ。

いわゆる「大家《たいか》」とは違って腰が軽く、きわめて実践的なところが畿内商事の需要に合う。千草と同い齢《どし》の四十二歳。

——それで、ありあまるほどの能力をもち、幸いにして時間的な余裕のある弁護士のこれからとるべき行動は？

千草の希望を訊いた。

「新幹線に乗っていただけますか？　春の瀬戸内というには、少し寒いですがね」

——結構。「市場開拓期」の弁護士に、贅沢《ぜいたく》は許されませんからね。それで、どんな具合？

「確定的なことは、明日自己破産を申請するということ」

——間違いなく？　自己破産となると、打つ手もかぎられてくる。

「不幸にして確かな情報ですよ。それと、ウチの債権は、いろいろあったけれど、いまのところは三千万円」

——少し減ったようですな。何かやりましたね？

「ささやかな措置ですよ。それも人の好意に助けられましてね」

——まさか後で誰《だれ》かにごねられたり、訴えられたりすることはないでしょうな？

「ご心配なく。先生に妙な訴訟の被告代理人をやっていただくつもりはありませんよ」

——ありがたいご配慮で。それで他《ほか》に何ができそう？

「どうも、売掛金に手をかけるくらいしか……」

——売掛金？　まさか「債権譲渡」じゃあないでしょうな？

「もちろん」

——千草さん、否認権の恐《こわ》さは十分にご存知《ぞんじ》でしたよね？

「いいえ、全然……。長い間この商売をやっているけれど、否認されるようなやましいことは、一度もやったことがありませんからね」

——そうでしたかな？

「そう。だいいち、私の顧問弁護士は正義感旺盛《おうせい》で、いくら債権回収のためといっても、その種の抜け駆け行為には少しも協力してくれない。違いましたっけ？」

——ああ、そうだったかもしれない……。

受話器の向こうで江口が苦笑している。

今朝、共栄実業の坂田営業部長は、千草の契約解除の提案に応じ、約五百万円相当のモーターを返してくれた。あの実直な老人が、梅原機械課長の友誼《ゆうぎ》に報いるためにできることはそれが限度だ。

とても「債権譲渡」の要求をもちだせる状況ではないし、明らかに否認権の対象となるような行為は、千草の好むところでもない。

——債権の一般的な仮差押でも具合が悪いでしょうよ。

江口が重ねて言った。

顧問弁護士は、そのような仮差押が破産宣告時に失効することを、やや強引ではあるが大事な依頼主に説明する。

「実は私の考えているのは先取特権なんですがね」

——先取特権？

「そう。ウチが共栄に納めたモーターは、真田工業というところに転売されている」

——それなら先取特権の追求力は遮断されるでしょうが。真田のところのモーターを押えることはできませんよ。

「ところが、真田は共栄にその代金を支払っていないんですな」

——未払？

「そう」

江口が一瞬、沈黙する。すぐに、

——動産売買の先取特権の物上代位、か……。

とつぶやく。

さすがにわかりが早い。

——で、未払の金額は？

「二千二百万円。——共栄の営業部長にきいた金額で、まず間違いない」

再び江口が沈黙する。

大きな標的に向って、顧問弁護士の鋭敏な頭脳が回転をはじめる。

——先取特権の存在を証明する文書が要《い》るな。

ズバリ問題点を指摘した。

——とれるかな？

千草も、さっきから、それを考えている。

「この足で真田に行くしか手がなさそうでしてね」

——共栄からはとれない？

「帳簿や契約書は共栄の弁護士のところに集められている」

——むずかしいな……。

江口の迷いが、千草に伝わる。

書類が整わなければ、打つ手はない。

普通の弁護士であれば、それが揃《そろ》うまで待つところだ。無駄な出張は算盤《そろばん》に合わない。

江口は、しかし、いつものように瞬時に決断した。

――わかった。やってみましょう。で、次の新幹線は？

「1時24分発ひかり七十七号」

――すぐ出れば間に合うか……。それで、広島までは？

「約二時間」

――差押の申請書を書く時間は十分にある、か。

「そう、二時間もあれば……」

――二時間もあれば、有能な弁護士にとってはありあまる時間だ、とおっしゃりたいのですな？

江口と千草は喉《のど》の奥で笑った。

千草の胸に、熱い感情が湧《わ》いている。

2

「さっきの電話は俺《おれ》にはちっともわからんが、どうにかなるのかな、センセイ？」

千草と梅原は、慌《あわ》ただしくザルソバをかき込む。

格子窓の向こうの本通《ほんどおり》を、昼食をすませたサラリーマンが群れをなして歩いている。娘たちの服装が春の薄物に替わっていることに千草ははじめて気づいた。

「わざわざ弁護士の先生も来てくれるようだけれど、二千二百万円の債権、押えられるのか？」

「わからん。真田との交渉しだい、だな」

新民事執行法は、「動産売買の先取特権の物上代位」の差押の場合、先取特権の存在を証明する文書の提出を要求している。

それを真田工業から入手できるかどうか。もし失敗すれば、江口弁護士の機動的な行動は無に帰し、畿内商事の損失は、三千万円にほぼ確定する。

「こんなの、センセイ、前にやったことある？」

梅原の顔に不安の色が濃い。

千草は、患者が常に医師の腕を信じたがっていることを知っている。このような緊急事態では、その信仰を揺るがせてはならない。

「もちろん、あるさ」

千草は、古い記憶を呼び戻した。

いまから、ほぼ十年前。それがはじめての事例だった。

その時千草は、『注釈民法』を引っくり返し、そして、ある弁護士の論文を発見した。それが、渋る老顧問弁護士を説得する材料となった。しかし、その顧問弁護士も、いまは亡い……。

「それなら、大丈夫だな」

眼《め》の前の獲物を追いかける機械課長は、千草に懐古する時間を与えない。

「で、センセイ、何が欲しい？」

「共栄と真田の売買契約書、だな」

「それを真田からとる？」

「そう。それと、共栄の納品書。要は、うちが共栄に納めたモーターが、間違いなく真田にいっていることを証明する必要がある。モーターなんだから、型式あるいはナンバーで特定できるんだろう？」

「それは可能ですよ、ただ真田の社長としてみれば、その書類をうちに渡す義務もなければ、その必要もないですわな」

「そういうことだ」

梅原の描いた、真田社長のプロフィル——。

エンジニア。

二代目経営者。

理を尊び、かつ手堅い性格。

とりたてて趣味はなく、社業の維持と発展が関心事。

そして、何よりも、畿内商事と親密でない点が弱い。

「センセイ——」

箸《はし》を止めて宙を睨《にら》んでいた梅原が切り出す。言葉に思い詰めた響きがある。

「一緒に真田に行ってくれるつもりだったんだろう？」

何をいい出すのか、と千草は思う。

「もちろん、いまでもそのつもりだ」

「俺がひとりで行っちゃ駄目かね」

「なぜ？」

「あの社長のことだ。審査の人間が、それも遠く大阪から来たとなると、必要以上に警戒して、まとまる話もまとまらないんじゃないか。それよりも、ここは一つ、営業マンがあたりを入れた方がいいのじゃないか？」

梅原の、明らかな嘘《うそ》——。

契約書を借用する話に、審査も営業もあったものではない。いずれにせよ真田はこちらの意図を察するに違いなく、かりにそうでなくとも、借用する理由を説明しなくてはならないのだから……。

梅原の充血した眼が、千草の懐疑的な視線をはね返す。

「センセイ、あんたはよくやってくれている。だけど、この仕事は、俺にやらせてくれないか？　これは俺の作った不良債権だし、真田と交渉するのは、どうしても俺が敵役だ、と思う」

「楽なネゴじゃないぜ」

「わかってるつもりだ」

「失敗すれば、二千二百万円はとれないんだぞ」

「それも……」

梅原の瞳《ひとみ》が懸命に訴えている。

梅原は何を企《たく》らんでいるのか？　何の意図の下に、俺を遠ざけるのか？

千草は、梅原の心を読む。

瞬《まばた》きをもせずに千草をみつめる瞳。堅く結ばれた意思的な唇。そして、やや上気した顔色。

しかし千草は、その表情からは、梅原の打とうとしている「手」がみえない。もどかしい思いが、千草の胸を占める。

迷い。そして不安。

だが千草は、ほどなく心を決めた。

局面の読めなくなった将棋でいつもそうするように、相手に、梅原に、「手」を渡そう、と。

「わかった。ここは任せよう」

一瞬、梅原の顔が輝き、巨《おお》きな体に力がみなぎった。

3

——たったいま、「那珂資材工業」の三人が帰りました。

「三人?」

——小島常務、澄田経理課長、それと倉田弁護士。

「弁護士?」

真田工業との交渉を梅原にゆだね、広島支社の一室で、千草が次なるターゲット「那珂資材工業」のファイルに眼を通していた矢先のことだ。

五時間程前に広島駅で別れ、福岡に直行した小早川からの緊急電話——。

ひごろ沈着な小早川の声が、わずかにうわずっている。しかも、珍しく要領を得ない。

「何で、弁護士、なんだ?」

千草は辛うじて苛立《いらだ》ちを抑える。

予感。不吉な予感。これは不思議なことに、いつだってあたる。

——今朝……。

受話器の向うで、小早川が一呼吸おいて息を整える。

——那珂資材工業は、今朝、地裁に会社更生法の適用を申請したそうです。三人は、そのあいさつに、福岡支社に来ました。倉田弁護士は、会社更生法の中立代理人です。

またか、と千草は心のなかでつぶやく。

共栄実業、そして、那珂資材工業。

焦付きは奇妙なことに同時に発生する。そして、ただでさえ数少ない審査三課のスタッフは、そのつど追いまくられる。机に向って、心静かに書類をチェックする仕事のほうが性に合っているというのに、この数年そのような静寂の時間は長くは続かない……。

千草は頭を振って、これまでの記憶と、たったいま読んだばかりの情報とを、素早く整理する。

那珂資材工業の社長が急逝したのが、十日前の3月20日。

その三、四日後に、小島常務が畿内商事の福岡支社に来訪。福岡支社の南田建材課長に、どうも資金繰りがよくわからない、とこぼした。

南田は、自分の会社の資金繰りがわからないとはどういうことか、と詰問。小島常務は、なにぶん社長が独りで切り回していたので、と言葉を濁した。

南田のその報告書が畿内商事の審査部に届いたのが、3月26日の月曜日。千草はそのレポートを読んで、直ちに手を打った。

千草が指示をくだした人間は二名。

畿内商事の関係会社・畿内総合建材の遣《や》り手である工程課長。そして、当の南田建材課長。

千草が知りたかったのは、那珂の原価計算と累積損失の金額だ。

それが一昨日の28日。

千草の部下である小早川が今朝福岡に赴いたのは、その帳簿精査に協力するためである。

「南田課長らが帳簿を洗っている最中に、会社更生法の申請をするとはどういうことだ？　いささか理解しかねるな」

南田課長と畿内総合建材の工程課長は、先方と納得ずくで那珂資材工業の調査に入った。その結果を踏まえて、那珂側は相談したいことがあれば、もちかけてくるのが筋であろう。出し抜かれたのかという思いが、千草の声を棘《とげ》あるものにしている。

――無理からぬ点もありますよ。

小早川は、いつもの冷静さをとり戻している。

「何が？」

千草も自己を抑制して訊いた。

――まず、累損の額です。これが巨額すぎました。

「いくらだ？」

――南田建材課長と畿内総合建材の調査では、九億八千万円。年商が三十三億ですから、年商の三割分の赤字が溜《たま》っていたことになります。

「九億八千万円？　建材業界が不況なのは周知の事実だが、何でそんなに損をしなくちゃいけないんだ？　それに、それだけ損失が累積していれば、前もってわかったはずだろう？」

――損失累積の根本的な原因は三つあります。第一に、旧工場の近隣周囲が住宅地のため、公害対策に多額の設備投資を強いられ、そのあげくいまの工場に移転せざるをえなかったこと。その損失が二億円。

「同情するのにやぶさかではないが、われわれの世界では、それを『見込み違い』と呼んで片付けているな」

――第二に、旧工場の従業員対策も兼ねて、某社に出資し業務提携しましたが、これが失敗。八千万円の損失をこうむりました。

「従業員の再就職先を捜した結果の焦付きか。情に溺《おぼ》れたな」

――それらの不振を挽回《ばんかい》するため、ユニット家具の製作に着目して、下請会社を起用。大量の原材料を供給したのですが、収益があがらず、約一億円の原材料代金が凍結しました。

「いまのを全部足しても、三億八千万円にしかならないな」

――ええ。そういった事情から、逼迫《ひっぱく》した資金繰りを切り廻すため、赤字受注に応じてきて、それが溜りに溜って、九億八千万円というわけです。

「その数字は、南田課長が帳簿を洗った結果だな？　で、南田は、それを那珂資材工業の連中に教えたのか？」

――教えたというより、共同で作業をしているうちに常務の小島、それに澄田経理課長が真相を知ったようです。

「彼らは数字をつかんでいなかったのか？」

――亡くなった社長が一人で切り廻していたようですから。もっとも、澄田経理課長だけは、漠然と気づいていたようですが。

「あたり前だ。しかし、いずれにせよ、彼らは会社の実態を明確に認識したのだな」

――はい。それで密《ひそ》かに善後策を協議したようです。

「ウチに相談しても、十億近い累損があっては、とても助けてはくれまいと考えた」

――そうです。ただし、どうしても生き残りたい、と。なにせ、従業員は百名を超えてますからね。

「それで、会社更生法か。で、保全命令はいつ出るのだ？」

――明日。

「明日？」

――はい。一応、明日の午前中に債権者審尋をして、その日のうちに保全命令を出すようです。

財産保全命令が出ては、実質的な債権回収策はとりようがない。

那珂資材工業に対する認識の甘さの反省。

そして、迅速な措置をとった小島常務への反発と、それに矛盾する若干の共鳴。

――千草は、ふいに、無力感に捕われた。

「それで」

千草は職責上の義務から、要点を確認した。

「ウチのポジションは？」

――債権の残高は二億六千万円。それに対して、不動産の担保価値が約二億円と見込まれます。

まだ怪我《けが》が少なかった、と千草は思う。

受話器をおこうとした。

——あ、課長。

小早川が、それに、待ったをかけた。

「何だ?」

——明日の債権者審尋に出なければなりません。

それはそうだろう、と思う。

二億六千万円もあれば、主要債権者であることは間違いない。

しかし、それがどうだというのだ、と千草は思う。

畿内商事が、那珂資材工業に、さらにいえば小島常務に裏切られ、出し抜かれたことは事実だ。債権者審尋では、特にいうべきこともない。どのような手続を踏むにせよ、担保物件からの回収を第一義とすればいい。それだけの話だ……。

「審尋では、適当に答えておくことだ。裁判所の考えだってわからないし、第一、十億円近い損があれば更生手続に乗るかどうかだって予測できない。そうじゃないか?」

——いや。簡単には割り切れません。

小早川が、珍しく、抵抗した。

——畿内総合建材福岡工場が製造するハードボードの三割は、那珂資材工業に納められているのですよ。

——もしこれで那珂を失えば、畿内総合建材の福岡工場は、替わりのユーザーをみつけるまでの間、確実に赤字を余儀なくされます。そして、木材・建材不況の折柄、替わりのユーザーは容易にはみつからない。

「…………」

——那珂資材が、何らウチに相談なく、いきなり更生法適用を申請したのは、私だってどうかと思いますよ。しかし、翻って考えてみて、ワンマン社長が急逝して、おまけに多額の累損が判明したとあっては、これは企業の自己防衛として、十分に納得のいく範囲の行動ではありませんか？　私は、生意気ないい方をすれば、社長急逝後、小島常務は、番頭としてベストの選択をした、立派だ、と思っていますよ。

「…………」

千草は、小早川がこの件を総合的に判断しようとしているのを理解した。

そのような判断は、千草がこの三年間、小早川に課し続けてきたテーマだった。

千草は、小早川がみずからの感情を完全に制御しているのを知った。

——それに、課長。那珂の件は、まだはじまったばかりですよ。はじまったばかり。予断は禁物です。

千草は、受話器の向こう側で、二百キロ余の彼方《かなた》で、小早川が真正面から自分をみつめているのを感じた。思慮深い青年だけがもっている、あの澄んだ瞳で……。

「わかった」

千草は、力が蘇《よみがえ》ったのを感じた。

「それで、俺はどうすればいい？」

――福岡に来ていただけますね？

「今夜。多分、今夜中に入れるだろう。それでいいか？」

――結構です。

数秒沈黙したあとで、千草は受話器をおいた。

4

流川三千軒――。

流川町・薬研堀《やげんぼり》を中心とする広島の一大歓楽街は、夜になれば無数のネオンが輝き、銀座・北新地・薄野《すすきの》・中洲《なかす》あたりとあまり見劣りしない。

そこに勤める女性の健気《けなげ》な点はむしろ日本一かもしれない、と千草は思っている。瀬戸内の海賊の末裔《まつえい》である男たちが能動的で、ややもすると、乱暴なぶんだけ、女性は優しく働きものであるのかもしれない。

その流川の一角。

三人は並んでカウンターに腰かけた。

七、八人はいれば一杯になる小さなバーだが、内装は凝っていて、三十過ぎの和服のママには、しっとりとした落着きがある。

錆朱《さびしゅ》の帯留が映えている。

「乾杯!」

梅原が、グラスを眼の高さに上げた。

江口と千草はそれに倣《なら》い、三人一緒に冷えたビールを喉に流し込む。

午後6時30分。

千草は、今朝5時に大阪の家を出てから、十三時間三十分が経過したことを知った。

「これは手品というべきだな」

梅原が述懐した。

「わずか一日の間に、出荷差止めで一千三百万円、契約解除とかで五百万円、それに動産売買のなんとかで二千二百万円。俺の損失は四千万円も軽減できたわけだ。担保がなくても、こんなことがありうるのだな。ところで江口先生、本当に大丈夫なんでしょうね？」

「ご心配なく」

江口が苦笑する。

「明日一番で、間違いなく差押命令が出ますよ」

「それよりも、な」

千草は馴染《なじ》みのママの作ってくれたバーボンの水割を口に含みながら訊く。

「真田工業からは、どうやって書類を借りた？」

「そう。私もそれを聞きたいな。売買契約書や納品書がなければ、この出張は無駄になったわけだからね。いや、無駄どころの話じゃない」

「そう。私の顧問弁護士は、徒《いたず》らに二、三の重要な顧客を失うところだった……」

千草と江口は眼で微笑《わら》った。

「真田の社長は気難しい人物のはずだったろう？　どうやって訴えた？」

千草は、すぐに真顔に戻って、質問を重ねた。梅原が、千草を遠ざけ、単身真田に乗り込んだ理由を知りたい。

「実は、今日は俺にとって、いいことがもう一つありましてね」

梅原が微かに笑った。

「商談がまとまったんですよ。いや、なに、それほど大きな話じゃありませんがね」

「どこと？」

「もちろん、相手は真田工業」

「商品は、クラッシャーか？」

「そう、クラッシャー五台。半年以内に買うことに決めた」

千草はすべてを理解した。

梅原と真田の取引。梅原はクラッシャーを買うことを約束し、真田は共栄との契約書を梅原に貸与する。梅原は、その取引の場に千草を同席させることを避けた。ひとりで泥をかぶるために……。

それが梅原の「次の一手」の回答だった。

「買うのはいいが、売るあてがあるのか？」

千草は、クラッシャーを売り捌《さば》く梅原の苦労を思った。

「ご心配なく。これでもプロの営業マンですからね。ただね、センセイ、社内手続はとってませんぜ」

「社内手続?」

「そう。たしか社則じゃ、商談を決める前に与信を申請することになっている。違ったかな?」

「さてね。俺も社則には疎いんでね」

千草の脳裏を、ふいに佐原審査部長の顔が、そして彼の与えた宿題が掠《かす》める。

「そんなことよりも、梅原さん」

商社取引に通暁した顧問弁護士が口を挟む。

「そのクラッシャーとやらを売って、また焦げ付かないようにして下さいよ。それが肝心な点なのだから」

梅原が噴き出し、千草はなぜか、江口の言葉が胸に浸《し》みる。

「そりゃそうだ。でも、やるべきことは全部やったのだから、今夜はおおいに飲みましょうや」

梅原が促した。

千草は、二杯目のバーボンをロックで飲んだ。食道と胃が熱く焼ける。

「ところで、センセイ。お安くないな」

昨夜から一睡もしていない機械課長に、酔いが廻りはじめている。

「この店は、いつから知っている？」

「四、五年前。もっとも、この店じゃなく……」

微笑を含んだママの眼が、千草の言葉を制した。

千草は、この女性が北新地のクラブに勤めていた頃から知っている。

彼女は、自分の客が社用かプライベートなのかを、瞬時に見分ける能力をもっていた。そして、千草が私用で飲むとき、彼女は水以外のものを口にしなかった。

「ちょっと訊いていいかな？」

梅原が千草の耳元で囁《ささや》く。

「このママとは懇《ねんご》ろなのか？」

「いや、そのためには、女房の許可が要《い》るんでね」

梅原と江口が顔を見合わせ、同時に声をあげて笑った。

依頼者と弁護士以上の関係になっている江口もまた、千草の二つの弱点に通じている。

軽度の肝機能障害と強度の恐妻家。

ママが苦笑しつつ、千草の好きな曲をかける。

『月の沙漠』──（詞・加藤まさを）

若い女の、ハスキーな声が流れる。

三人は押し黙って、その歌に聞き入った。

その四番。

〽広い沙漠を　ひとすじに

　二人はどこへ　行くのでしょう

おぼろにけぶる　月の夜を

対の駱駝《らくだ》は　とぼとぼと

砂丘を越えて　行きました

　だまって越えて　行きました

四杯目のバーボンを飲み干してから、千草は先に店を出た。

「何処《どこ》へ？」

見送るママの眼が訊いている。

「福岡」

そう答え、千草は、右手を上げてタクシーを止めた。車に乗るとき、首筋のあたりに彼女の視線を感じた。

「広島駅」

と千草は運転手に命じた。

夜7時40分。

ひかり十一号に十分間に合う時間だ。

千草の長い一日は、まだ終わっていない。

第四章　裁判長の謀略

1

3月30日。夜9時40分。

ひかり十一号が福岡駅に到着した。

皓々《こうこう》と明るい駅のホームに、出張帰りといった趣の千草が降りた。手に焦茶の鞄《かばん》をもち、身体《からだ》全体に疲労の色が濃い。

自由席の車輛《しゃりょう》の着くあたりで待ちかまえていた小早川が、足早に千草に近寄った。

小早川は、千草と同じように長身ではあるが、十キロは体重の軽い千草を、分厚い胸と盛りあがった肩の筋肉で守るようにして改札口に誘導した。その間二人は無言のままだった。

夜10時20分。

千草は熱いシャワーで酔いと疲労の何割かを流し、ビジネス・ホテルの最上階のラウンジに腰を落ち着けた。窓側の席で、眼下に大濠《おおほり》公園がある。うっそうとした繁《しげ》みの脇《わき》の道路を、オレンジと赤の車の灯火が澱《よど》みなく続いている。歓楽街のあたりの空が、人工的に明るくにじんでいる。

千草はこの日五杯目のバーボンを口に含んだ。バーボン独特の香りが鼻を刺激し、鋭い切れ味が口中に拡《ひろ》がる。飲み下すと、広島で飲んだ酒の残滓《ざんし》が洗い流されるようだった。千草は蘇生《そせい》したことを感じた。

「内容は電話で聞いたとおりだな？」

千草はテーブルの上に積まれたレポートを指さして、二十八歳になったばかりの怜《れい》悧《り》な部下に念を押す。那珂資材工業の実態を洗い出した貴重なレポートであるが、小早川がチェックしたものであれば、改めて眼を通すまでもない。

「あの後三時間ほど仔細《しさい》に検討しましたが、まず間違いないでしょう。それと、このようなものを作っておきました」

小早川が三枚のメモを手渡した。

畿内商事福岡支社の南田建材課長と畿内総合建材の工程課長の作成したレポートの

なかから要点を抜き出し、それを分析して問題点を一層浮き彫りにしたメモだ。

第一に、那珂資材工業の三十三億円の年商を分類し、赤字受注に応じてきた部分をとり除いて、会社の真の実力と収益力を弾《はじ》き出したもの。

二番目は、約十億円に達する債務超過を解消する方法の試算で、収益力による回復と資産処分による挽回とを模索している。

そして最後は、破産になった場合を想定して清算バランス・シートを作り、畿内商事の二億六千万円の債権がどの程度救済されるかを計算したものだ。

この三枚のメモは、小早川の頑健な肉体に似合わぬ几帳面《きちょうめん》な文字と数字と表によって、那珂資材工業の将来性と、これから畿内商事がとるべき方針とを雄弁に指し示している。

千草は思わず目を見張った。

大学生活のほとんどを剣道に費した青年が、いつの間にか企業解剖のテクニックを身につけていることを発見したからだ。

「それで裁判所の意向はわかったか?」

千草は小早川のメモをテーブルにおいてきく。

「裁判所の考えはともかく、段取りだけはつかめました」

小早川が客観的な事実だけを答える。

千草がこの部下を信用している原因の一つには、彼が報告のなかに、手前勝手な憶測を混入させないという点がある。

みずからの知力を恃《たの》む者の報告は、ややもすると事実と憶測の境界が曖昧《あいまい》で、それが意思決定者の判断を狂わせる。千草はそれで幾度も手痛い目にあっている。何人かの部下と、そして具合の悪いことに、その何倍も実害の大きい上司によって。

「どんな段取りだ？」

千草は先を促す。

「朝十時から金融機関の審尋。十時半から得意先の主だったところ。十一時がわれわれ債権者の審尋の番です」

千草はグラスを口に運ぼうとし、ふいに奇妙な感覚にとらわれた。小骨が二つ三つ、喉に突き刺さったような異物感……。

そして同時に、得体のしれぬ不安感が千草を襲う。

「妙だな……」

思わずつぶやいていた。

「え？」

「債権者より先に得意先、つまり那珂資材工業が販売していた取引先を審尋するのか？　逆じゃあないのか？」

「逆？　単なる手順の問題にすぎないと思いますが……」

あらゆる事務手続は、手順によって成立している。そして、さりげない手順の裏には、往々にして、その手順を組んだ者の隠された意思があることを千草は知っている。果たしてこの場合、裁判所に何らかの意図があるのか？

しかし、いまそれを確かめる術《すべ》はない。

「債権者の審尋は、まとめてやるのか？」

千草は自分の感覚を刺激した二番目の点をきく。

「いや、個別に……」

「だろうな。で、われわれの番は？」

「一番最後。つまりトリですね」

小早川が珍しく冗句を口にした。

千草はその冗句の意味を理解できる。主要な債権者であるから、審尋も最後がふさわしい。裁判所は、われわれ畿内商事の意向を確かめたうえで、最終的に態度を決めるのであろう、と……。

しかし千草は、小早川が彼の資質に似合わず、状況を勝手読みしている危うさを感じた。

ふと、何の脈絡もなく千草は、自分を襲った不安感が何かに似ていることに気付く。あまり頻繁ではないが、時折自分を悩ませる、この種の不安感。それは、どんな状況の時か……。

突然、将棋の局面が閃《ひらめ》く。自陣の「玉」が、いつの間にか、じんわりと包囲されていることを知った時の焦燥感。――それに似ている。

「普通は、な」

千草は苛立ちを抑え、若干の解説を付け加えた。

「一番先に、主要な債権者の意向をきくものだ。取引を打ち切られて原材料が入らなくなれば、更生のしようがないからな。だが、まあいい。それでシミュレーションとやらはやってみたんだな？」

千草は話の方向を転換した。

小早川の検討の跡をなぞり、何かを吸収しなければならない。こうすることによって千草は、小早川の苦渋に満ちた三時間の思考の結果を、わずか十分のうちに手に入れることができる。

「うちの南田建材課長、それと畿内総合建材と一緒に、予想される展開は考えてみました」

「それで？」

「要約すれば、裁判所がどちらを選ぶかによって、われわれに対する態度は異なってくるでしょう」

「保全命令を出すつもりかどうか、によってだな」

「はい。もっと正確にいえば、会社更生手続にのせるつもりかどうか、によって」

「そうだな。で？」

「まず第一に、更生法を適用する意思がない場合。裁判所は、会社を再建する目途《めど》がないというわれわれの主張を、容易に受け入れてくれるでしょう」

「そのとき、裁判所はどうする？」

「法律の条文上は、更生手続開始の申立を棄却して、職権で破産の宣告をすることができます」

「それはやらんな」

「ええ、そう思います。裁判所は、那珂資材工業に、更生法の適用申請を取り下げさせるでしょう」

「それが通常の手順だな。しかし、それもやらんだろうな」

「そうでしょうか？」

「裁判所は、少なくとも、中立を受理して、保全命令を出すつもりだ」

「なぜ？」

「理由はわからんさ。しかし、明日の審尋がおおっぴらすぎること、それに那珂の販売先をさきに審尋するのが引っかかる」

那珂資材工業の小島常務は、裁判所にどのような手を打ったのか？

千草はバーボンを口に含み、窓の外を流れる車の光に眼を休める。そして、まだみぬ小島常務の思考の跡を手繰《たぐ》る。

ワンマン社長の急逝。

粉飾決算の発覚。

そして、会社再建の意思。

主要仕入先である畿内商事の支援が期待できない状況。

抜き打ち的な、会社更生法適用申請。

そして裁判所の説得……。

千草は小島になりきり、手強《てごわ》い相手の打つ手を探る。裁判所を説き伏せ、畿内商事を追随させるには、果たしてどの手が有効か……。

「次に、裁判所が保全命令を出して、更生手続にのせるケースですが……」

小早川が、千草の推理を中断し、話を先に進める。

「裁判所のわれわれに対する要求は、かなりきついものになるでしょう」

「どんな？」

「まず間違いないのは取引の継続。つまり原料であるハードボードは引き続き供給せよ、と」

「だろうな」

「それも、多少のサイト付きで売れというような要求が出るかもしれません。現金取引ではなく、何ヵ月後かの支払で勘弁しろ、と」

「それは呑《の》めんな。いや、呑みたくない条件だ。何も同じ取引先に、二度焦げ付くことはないからな。で、それだけか？」

「え？」

「いや、裁判所の要求のことだ。そんな程度で済むのか？」

「その他に考えたのは資金援助の要請ですが、これは土台無理な話でして、うちとしては到底受け入れられない」

「それはそうだ。だが、その要求は出ないだろうよ。いまどき裁判所だって、かなり勉強しているからな。あまり理不尽なことはいわないさ。しかし……」

大濠公園の池の、黒く静まり返った水面に眼を遣っていた千草は、ふいに、背筋の凍るような連想にとらわれた。

俺が小島であれば、必ずこの手を使う……。

千草は、小島の意図を、いま明確に捕捉《ほそく》した。

「課長？」

小早川が、千草の気配を察して訊く。

「間違っていたか……」

千草がつぶやく。

「何が？」

「もう一度考え直そう。——対策は別のところにあるようだ」

3月30日。夜11時35分。

千草は疲弊しながらも、懸命の思いで発想の舵《かじ》を九十度修正した。

2

——おはよう、というべきかな？

佐原取締役審査部長が、はっきりした口調でいった。

時計の針は、たったいま、3月31日に入ったことを告げている。

「もう、お休みになっているかとも思いましたが……」

千草が新しいボスの自宅に電話するのは、これがはじめてだ。

——部下が駆け回っているというのに、寝るわけにはいかんからな。もっとも、ウイスキーを舐《な》めながらスパイ小説を読んでいたんでは、あまり威張れたものじゃないがね。

「スパイ小説？」

千草は佐原の愛読書に関心を抱いた。

「どんな小説です？」

——ドイツの有能な軍人がイギリスに潜伏してチャーチルを誘拐する話だ。まだ途中だが、私としては是非成功させてやりたいと思っているところだ。軍国主義者だからね、私は。

「拙《まず》かったかな」

——何が？

「いや、なに、私は軍隊的な報告とやらは苦手でしてね。共栄の件は、大阪に帰ってから、ゆっくりご報告しよう、と……」

ふふ、と佐原が鼻を鳴らした。

——それはかまわんのじゃないか？　会社はレポーターとしての君に給料を払っているわけじゃないからな。それに、報告とやらはもう聞いている。

「誰から？」

——広島支社の梅原機械課長。それと、君の昵懇《じっこん》な江口弁護士。

「素早いものですね」

——そう。君の友人たちは、君の手柄と足跡を正確に私に教えてくれた。特に梅原なぞは、たった一日で損失が四千万円軽減できたといって、泣いて喜んでおった。

「無味乾燥な仕事に追いまくられている人間にとっては、そうやって感謝してくれるのが唯一の生きがいでしてね」

——それはどうかな。広島の何とかいうバーのママは、君がいなくなった途端、ろくに梅原や江口先生と口をきかなくなったそうだ。そういうのも生きがいの一つなんだろう？

誰かが佐原に密告した。

梅原は僻地《へきち》に左遷され、顧問弁護士は解任されるべきであろう……。

——ところで。

と佐原。口調が改まった。

——いま、福岡か？

「そうです」

千草は手短に要点を説明する。とりわけ、小島常務のねらい、そして裁判所の意図を。

数秒、二人は沈黙した。

重苦しい緊張が、電話回線を通じて交叉《こうさ》する。

——地裁は、そこまで要求してくるか？

佐原が驚きの感情を抑えて訊く。

「まず、十中八九」

——で、どう対応する？

千草は横に立つ小早川をみた。

小早川の切れ長の眼に、闘志に似た感情が宿っている。試合にのぞむ前の剣道四段の眼。

「のってみようか、と」

千草は、小一時間考え抜いた、二人の結論をいった。

小早川が小さくうなずく。

——のる？　地裁の要求に、か？

「ええ」

再び佐原が沈黙した。

取締役審査部長の頭脳が、目まぐるしく回転する。メリットとデメリットとを推し量り、リスクの幅を計算する。

千草はマイルドセブンに火を点け、深々と吸い込む。

——断ることも可能だな？

佐原の心が揺らいでいる。

「もちろん」

——その場合は？

「われわれがその要求を断ったところで、地裁は保全命令を出すでしょう」

――明日？　いや、もう今日か。

「…………」

――それで、一応は凍結されるのだったな。債権回収のために打つ手はない。そうだな？

保全命令――資産処分の禁止、弁済の禁止、そして借財の禁止。会社は債権者に弁済することや、担保を設定することを禁止される。

――断っても同じことなら、このさい思い切って裁判所の要求を呑む、つまり「逆をとる」か？

佐原の考えが千草の側に傾いた。

――ただし、そうすることによって、得るものがあるかどうかはわからんな。

「会社の実態や更生手続の流れは、的確に把握できるでしょう。その種の情報だけは、間違いなく入ってきます。しかし、結局のところ、それで終わるかもしれない。つまり、骨折り損ということで」

おそらく、そのように展開を読むのが妥当なのだろうと、千草は思う。

受話器を握りしめたまま千草は、小高い城趾にそびえる七階建の堅牢《けんろう》な構築物に眼を凝らした。国家の三権の一つ——司法権——を握るその構築物は、すべての灯を消して黒々と闇《やみ》に溶け込んでいる。夜の空気を震わせて、巨大な圧力が千草を襲う。

——迷うところだな。

受話器の向こうで佐原がいった。

——しかし、決断せにゃならん。三月《みつき》前に着任したばかりといっても、私は審査部長だからな、これでも。ところで、候補はいるのか？

「苦しいところですが、一人……」

千草は部下の名を口にした。

——彼か？

「駄目でしょうか？」

——君が推すなら反対はしない。しかし、彼を出せば、審査三課はますます人手不足になる。やっていけるのか？

「何とか……」

いまでさえ数少ないスタッフのなかから彼を放出すれば、課のメンバーは四名に減少する。その陣容で西日本の二支社・八営業所の審査業務をカバーするのは至難のわざだ。

千草と佐原は、押し黙ったまま同じことを、つまり今後の課の運営を考える。千草は裁判所の建物に向かいあいながら、そして佐原はウィスキー・グラスを手にして。

——いいだろう。

しばらくして佐原が決断した。

——新米の審査部長としては、あれこれ余分なことを考えずに、部下を信頼する以外に手はなさそうだ。朝一番で重役たちの許可をとる。審尋は十一時だったな?

「そうです」

——それと、課の人員は早急に補充しよう。誰がいいかは、君と相談して決める。

意思決定した後の佐原の対応は迅速だ。

千草は、佐原が審査部長に就任することが決まったとき、ある男が耳打ちしてくれた言葉を思い出す。

(思索的な人間だが、意外に辣腕《らつわん》家だぜ、彼は……)

——それで、君は大阪にいつ帰る?

佐原が訊いた。

「多分、今日中には」

——結構。ところで、一つだけ教えてくれ。何で彼を出そうと思った? 彼は君の右腕だと、私は睨《にら》んでいたんだがね。

「勘ですね、所詮《しょせん》……」

この更生事件は、奇妙な展開をするような予感がする。とんでもない方向に。

——奇妙な展開？

「そう。だから、信頼できる男を出しておいてみたいのです。そうすれば、悔いは残らんでしょう」

——賭《か》けるに値するものが生まれるかもしれない、と思うわけだな？

「今後の展開如何《いかん》によっては、ですね」

——クリエイティブな展開があるかもしれない、と考えたか……。まてよ、君はよもや「クリエイティブ・クレジット」の鉱脈を探りあてたのではあるまいな？

「まさか。目的は純粋きわまりない債権回収ですよ」

——そうかな？　君はまだ何枚かカードを伏せているような気がするがね。

「さっきおっしゃったとおりに思っていただくしかありませんね」

——何といったかな？

「部下を信頼するしかない、と」

3月31日。0時40分。

取締役審査部長は書斎の机に向かい、八時間後に重役たちの許可をとるための申請書作りにとりかかった。自分をここまで抜擢《ばってき》してくれたこの会社は、どうしてこんなに書類による申請を重視しているのかと呪《のろ》いながら。そして、このぶんでは、ドイツの軍人がチャーチルに近づくにはまだ何日もかかる、と嘆きながら。

福岡では、千草が七杯目のバーボンを注文しようとして、小早川に制止された。

小早川は、逞《たくま》しい手で千草の二の腕をつかみ、予約してある部屋に千草を送り届けた。

3

3月31日。朝8時30分。

千草と小早川は、ホテルのグリルで朝食をとる。

典型的なビジネス・ホテルでは、朝食もまたきわめて類型的だ。トースト、ハムエッグ、トマトジュース、そしてコーヒーか紅茶の選択。一番ありがたいのは、氷の浮いた水を何杯もおかわりできることと相場が決まっている。

千草は朝食の半分を放棄して、新聞の棋譜を読む。名人戦挑戦者決定リーグの中原・森安戦。

今日の棋譜で先に仕掛けたのは、すでに三敗していて、あと一つも星を落とせない十段・中原だ。３筋の歩を成り捨て、飛車を切って角を手に入れる。そして、森安の玉頭にねらいを定め、端攻《はしぜ》めを開始した。その間森安は、中原陣に竜をつくることに成功している。ここらあたりから、超一流のプロは攻めのスピードを競い合う。どちらが先に本陣に殺到できるか、と。

千草と向かい合った席では、小早川がまたたく間に朝食を平らげ、脇目も振らずメモの作成に勤《いそ》しんでいる。

武骨な指で素早くファイルを捲《めく》り、重要な箇所を抜き書きする。時折、テーブルの上の電卓を叩《たた》き、何かを計算した。そして、宙を睨んで昨夜のシミュレーションを完結させようとする。

千草は、いつものように、小早川の作業に干渉しない。

小一時間が経過した。

千草は席をたち、電話を二本入れた。一つは、広島に滞在している江口弁護士。そしてもう一本は、大阪本社の佐原取締役審査部長。

十分足らずで、用が済んだ。

席に戻ると、小早川が眼をあげて千草をみた。顔から憑物《つきもの》が落ちており、千草は小早川の作業が完了したことを知った。

「どうでしたか？」

と、その小早川が訊く。

「すべて順調だ。共栄実業の方は、たったいま、裁判所の差押命令が出たそうだ。これで二千二百万円は救済できたわけだ。それと本社だが、われわれの審査部長は重役連中の許可を取り付けてくれた。迅速な措置に感謝しなけりゃいかんだろうな」

小早川が小さくうなずく。

そして、昨夜と同じように、千草に三枚のメモを手渡した。予想される、裁判所の質問事項。そして、それに対する回答。いわゆる想定問題集だ。

千草は、昨夜もそうしたように、小早川のメモに全神経を集中する。

4

3月31日。午前11時20分。

地方裁判所民事担当裁判官室。

裁判長は、左右に陪席の裁判官を伴い、ソファに身を沈めた。補助椅子《いす》に書記官が座り、記録の用意をする。

裁判長は、テーブルの上の三枚の名刺、つまり福岡支社南田建材課長、千草、そして小早川のそれを一瞥《いちべつ》し、話すべき相手が、中央に座っている千草であることを確認した。

「まあ、こんな事態になったけれど、材料は引き続き供給していただけるんでしょうな？」

単刀直入に、千草に訊く。

第一幕の開始だが、小早川の作った想定問答よりも、ワンテンポ速い。

「正直なところ、ためらっております。材料を売った方がいいのか、どうか……。果たして、更生手続にのるかどうか？」

債権者審尋らしく、会話の原点を「更生の見込みの有無」に戻す必要がある。

「それは心配ありませんな」

裁判長の口調に、有無をいわせぬ自信がある。

「なぜ？」

「なぜって、あなた――」

裁判長は肉付きのよい身体で、頬《ほお》のふっくらとした福相ではあるが、メタルフレームの奥の眼だけは鋭く、千草を咎《とが》めるようにみる。

「それは裁判所の心証、ですな」

と、突き放す。

「累積損失が十億円あっても？」

裁判所がこれほど更生法適用に積極的な理由を、是非知りたい。それと、那珂資材工業の小島常務が画策した方法も……。

「累損の多寡だけが決め手じゃありませんわな」

「そうでしょうか？」

「そう。もっと多角的に判断しなければね」

千草と裁判長の視線が絡み合う。

千草は司法官の圧力を感じ、そして、辛うじてそれに耐えた。数秒、経過した。

裁判長が眼を逸《そ》らした。

「どうも、これはおみせした方が早そうだ」

眼で書記官に指図した。

書記官が千草の前に、四枚の書類を並べた。千草はそれを凝視し、隣りの席で小早川が吐息を洩《も》らした。

予想どおりのものが、眼の前にある。小島常務が奔走し、取り付けることに成功した四枚の上申書……。

「やはり、こういうことでしたか」

千草はつぶやいた。

「そういうことです」

と裁判長が押しかぶせてきた。

「材料は引き続き供給していただけますな？」

那珂資材工業の得意先である家電・音響四社は、上申書をもって引き続き那珂の製品を購入することを保証した。

那珂資材工業の、さらにいえば、小島常務の会社再建に向かっての強い意思である。

得意先の賛同。

そして、裁判所の同意——。

千草は、案の定、畿内商事が完全に包囲されていることを知った。

「これでは、材料の納入を拒否するわけにはいきませんね」

千草は認めた。

「そうでしょうな」

裁判長の言葉に、さっきの有無をいわせぬ調子がある。

「ただし」

千草は抵抗した。

「同じ会社に二度焦げ付くことはできませんでね」

「もちろん、キャッシュ。現金取引ならよろしいんでしょうな？」

裁判長が口の端を少し歪《ゆが》めて笑い、そして付け加えた。

「当面の間は、ね。しかしご心配でしょうな、この会社がどうなるか？」

裁判長の誘導訊問《じんもん》。

千草は審尋の第二幕がはじまったことを理解した。ここのところは、予想どおりの展開だ。

「それは気になりますね。たとえ現金であっても、取引を継続する以上……」

「まず、裁判所の考え方をいいましょう。調査の期間ですが、三ヵ月もあれば十分でしょうな。その時点で、裁判所としては開始決定を出す考えです」

堂々といい放った。

「それはまた……」

気の早いことだといおうとして、千草は言葉を呑んだ。これでは、調査することさえ不要ではないか。

「話を戻しますとね、今日の夕刻、保全管理人を選任します。それで、どうでしょうな。保全管理人代理をおたくから出していただけませんかな？」

再び裁判長の眼に、鋭い光が宿っている。

これが、那珂資材工業の小島常務の打った第二の手——。

小島は裁判所を説得し、人を出させることによって畿内商事をとり込もうと画策したのだ。

「どうです？」

裁判長が回答を促した。

「結構でしょう」

千草は即答した。

「え？」

裁判長は自分の耳を疑ったようだった。

「適当な人間を出しましょう。ただし、うちの出す保全管理人代理が、そのまま管財人代理に横すべりするかどうかは、更生手続開始決定の段階で考えさせていただく。それでよろしいでしょうね？」

裁判長は、鋭い眼で千草をみすえたまま、出された条件を咀嚼《そしゃく》した。

「結構」

裁判長も即決した。そして、

「それでは、これで」

審尋が終わったことを告げた。

5

11時50分。

千草と小早川は、肩を並べて裁判所を出た。

「彼には苦労をかけることになりそうだ」

千草の胸に若干の悔いがある。

「中岡さんなら大丈夫ですよ」

小早川が千草を励ます。

公認会計士の資格こそないものの、その方面の訓練をたっぷりと積んだ、審査第三課の課長補佐・中岡。弱者に優しい彼の性格であれば、那珂資材工業の連中と無用のトラブルを起こす懸念もない。

裁判所の前の広場に、一人の初老の男が佇《たたず》んでいる。

白髪を短く刈りあげ、対照的に皮膚の色は不健康なまでに黒ずんでいる。上背はないが肩幅は広く、若い頃に鍛えあげた肉体であることがわかる。六十歳前後とみえた。

近づくと、その男が千草に会釈した。なぜか、詫《わ》びるような感じがあった。

千草も目礼した。

「ご存じの方ですか？」

男と離れてから、小早川がきいた。

「いや」

「でも、挨拶を……」

「多分、彼が小島常務なのだろうよ」

小早川が振り返ると、その男は裁判所の入口に向かって歩き出していた。ゆっくりと、地面を踏みしめるように。

那珂資材工業にとっても、新しい時代がはじまっている。

第五章　役員室の密議

1

4月26日。木曜日。

午後1時30分。

小早川は、那珂資材工業債権者集会の会場の入口で、畿内商事福岡支社・南田建材課長と落ち合った。

ひごろ陽性な南田の顔に、緊張と不安の表情が浮かんでいる。

「ご苦労さま」

南田が小さな声で、福岡空港から直行した小早川を労《ねぎら》った。そして、

「で、無事に済みますか？」

と、集会の見通しを訊《き》いた。

「大丈夫ですよ。川路保全管理人が、うまくさばいてくれるでしょう」

楽観的な意見だけを述べた。いま南田に、無用の心配をさせても、何ら益するものがない。

それに、調査したところによれば、川路保全管理人は、弁護士歴二十年余の働き盛りで、破産管財人の経験が三回、和議と会社更生の申立代理人が各二回、内整理をまとめたのが三、四回。倒産事件のベテランといえる。

小早川は、なおも何かを問いかけようとする南田を促して、会場に入った。

戦前からある会館の一室で、天井はさほど高くないが、どっしりとした落着きがある。ふだんは、セミナーとかシンポジウムといった類《たぐい》の、より文化的な催《もよお》しに利用されるという。出席者の遠慮がちな私語が、天井と壁に反響し、小さな騒《ざわ》めきになっている。

小早川は、試合に臨む剣道四段の眼《め》で、会場を一瞥《いちべつ》した。

まず、出席債権者の数を読む。

七十社前後とみえた。空席は後方に若干。

そして、前方中央部の席がぽっかりと空いている。小早川は、かすかな期待を抱いた。

かりに債権者に突然の焦付きに対する怒りが残っているにせよ、このような着席状況になっているということは、公開の場での気後れが債権者の心を支配していることを示しているからだ。保全管理人代理を派遣した畿内商事の立場からすれば、この集会が平穏裡《り》に終了するのが望ましい。

小早川は南田と並んで、最後列の席に座った。

「早いものですね」

南田建材課長が、債権者の後姿を眺めながら囁《ささや》く。

那珂資材工業が会社更生法の適用を申請したのが3月30日。

翌31日、保全命令と同時に畿内商事は、千草や小早川と同じ審査第三課の課長補佐・中岡を、保全管理人代理として差し入れることを決定した。

それから、ほぼ一月《ひとつき》が経過している。

「われわれにとっては早かったのですがね……」

と小早川は語尾を呑《の》み込んだ。

この一ヵ月間、小早川は例によって、千草とともに多種多様な事件処理に追われ、またたく間に時間が流れた。

しかし、大阪の家を離れて、福岡に滞在している中岡にとって、果たしてこの一ヵ月は短かったかどうか。だが小早川は、担当業務の異なる南田にそのことを指摘するのは差し控えた。

ふいに、甲高い声が会場に響いた。

「甘いよ。君の見方はまったく甘い」

小早川は、電気に打たれたような衝撃を感じた。

背筋を伸ばし、その声の主を捜す。

ほぼ中央の席に座っている男が識別できた。

「決っているじゃないか。これは計画倒産よ。それに、裏で糸を引いている大会社がどこなのか、簡単に想像がつくだろう？」

その男は、右隣りの債権者に、そして全部の出席者に聞かせるように、いっそう声を強めた。

会場の騒めきが、潮を退《ひ》くように止《や》む。

出席債権者の眼が、その男に集中する。

「あれは、誰《だれ》？」

小早川は南田に訊く。さきほどの淡い期待は、音をたてて崩れている。

南田が答えようとしたとき、前方の扉が開き、川路保全管理人が四名の男を従えて入場した。会社更生法の中立代理人である倉田弁護士。那珂資材工業の小島常務と澄田経理課長。そして、畿内商事の派遣した中岡保全管理人代理――。

川路は、一段高くなった演台中央の席に座り、裁判官と見紛《みまが》うばかりの貫禄《かんろく》で、場内を睥睨《へいげい》した。

2

同日。午後4時20分。

大阪・中之島。畿内商事審査部。

千草は、審査第三課長の席で、将棋名人戦の棋譜に眼を凝らしている。

谷川浩司《こうじ》名人対挑戦者森安秀光八段の第四十二期名人戦七番勝負の第二局で、この日も森安は、得意の四間飛車を用いている。

森安は、挑戦者決定リーグで、激闘の末十段・中原誠を降《くだ》し、一方森雞二《もりけいじ》八段が棋界の三冠王・米長邦雄《よねながくにお》に敗れたため、念願の名人戦挑戦者の資格を手に入れた。しかし森安は、4月11、12の両日に行なわれた名人戦第一局で、ようやく二十代に入ったばかりの若い名人に、惜しくも敗れている。

第二局は、今後の展開を占う大事な一戦だが、森安は第一局と同じように、ためらわずに四間飛車を使った。このような頑固なまでの潔さが、千草が森安を贔屓《ひいき》にしている理由だ。

ただし、今日、千草はもう一つ棋譜に精神を集中できない。

かといって、自分の机の上にうずたかく積まれた申請書や報告書、それに業務に関連する雑誌類に目を通す気にもならない。

福岡に出張した小早川からの連絡が遅い。

那珂資材工業の債権者集会は午後3時半で終了する予定なのに、一時間近く予定をオーバーしたいまになっても連絡が入らないのはなぜか。

中岡を保全管理人代理に差し入れて以来、断続的に襲ってくる悔恨の情が、いままた千草の胸を占拠する。

午後4時30分。

漸《よう》く電話のベルが鳴った。

奪うように、受話器を耳にあてる。

「何があったんだ?」

小早川の声を確認してから、性急に訊く。

——それが……。

小早川がいい淀《よど》む。

——一部の債権者から、猛烈な反発が出ました。

千草は、不安が的中したことを知った。

自分の直属の部下である課長補佐・中岡を、保全管理人代理として派遣したのは、失敗であったか？

それによって畿内商事は、痛くもない腹を探られることになったのか？

そして、さもなければ、川路保全管理人がこの債権者集会を開催するといってきたときに強く反対し、法定の第一回関係人集会まで時間を稼ぐべきであったのか、等々……。

「なるほどな」

千草は、しかし、自分の感情を抑制していった。二十年に及ぶ債権管理の職業は、千草を逆境に強い男に鍛えあげている。

「集会の様子を、一応順を追って聞こうか」

上司の声で、小早川に報告を求める。

――まず、冒頭に小島常務が、今回の事態にたち至ったことについて、深く陳謝しました。あそこは、急逝した社長のワンマン経営で、小島常務といえどもカヤの外におかれていたわけですが、常務のあいさつは立派なものでした。

千草の脳裡を裁判所前の広場で擦《す》れ違った小島常務の印象がよぎる。上背はないが、がっしりとした体型。疲弊し黒ずんだ顔の色。

――小島常務は、自分たち経営陣の不明を詫《わ》びました。亡くなった社長に対して信仰に近い感情があったとはいえ、会社の実態、特に資金繰りの実情について無知であったのは、役員として失格の一語に尽きる、と……。

「役員で出席したのは、小島常務だけか？」

――はい。取締役のうち三名は、会社更生法適用申請以来出社していませんし、あとの二人も小島常務に任せきりといった状態です。

小島常務は、今回の集会の目的である債権者への陳謝を、たった一人で、見事にやり遂《おお》せたようだ。それも、みずからの非を認めるという形をとって……。

名ばかりの番頭であった男は、皮肉なことに、自分をさほど高くは評価してくれなかった社長の死後に、はじめて番頭としての職責を全うしつつあるようだった。

それなのに、集会は、なぜ長引いたのか？

「それで、陳謝のあとはどうだった？」

千草は、集会の次の展開を訊く。

――小島常務が、続いて、倒産の原因と会社更生法適用申請に到《いた》った経緯を説明しました。

千草は、当然のことながら倒産原因については熟知している。

公害対策と設備投資と新規事業の失敗。そして、逼迫《ひっぱく》した資金繰りのための赤字受注。その結果が、十億円余に及ぶ累積損失だ。

だが、更生法申請に到る経緯は、どうであったのか？

「その点に関して、何か注目すべき発言はあったのか？」

――いや、われわれが当初予想したとおりでした。帳簿を洗っている最中に、小島常務と他の役員、それに澄田経理課長が、巨額の累積損失に気づき、急遽善後策を協議した……。

「それで？」

――主要債権者、つまりウチのことでしょうが、そこに支援を要請しようという意見が大勢を占めたけれど、結果的には倉田弁護士と相談して、更生法申請に踏み切った。そういう説明でした。

千草は、一月《ひとつき》前の舞台裏のやりとりが、自分の読みどおりであることを知った。

小島常務は、社内の大方の意見を抑え、畿内商事に支援を要請しても困難なことを説いて、会社更生法の道を選んだのであろう。

その選択は、正しかった、と千草は思う。

十億円余の損失。そして、三十億円に及ぶ負債——。

二億六千万円の債権者である畿内商事が、たった一社で支援しきれるものでもなく、かりに支援の要請があっても、断らざるをえなかったに違いない。

その意味で、小島常務の読みもまた、的確であった。

のみならず、この番頭は、生前の社長がおそらく予想だにしなかった辣腕《らつわん》をふるい、得意先の同意を取り付け、しかも裁判所を説得して、見事に畿内商事を巻き込んだ……。

会社にとっては迷惑なことであるが、千草は、いま、小島の措置について、ある種の共感を抱いている。

「その経緯の説明で、債権者の反応はどうだった?」

当時の小島常務の心の葛藤《かっとう》を、債権者たちは理解しえたかどうか、それを千草は知りたい。

——私と南田建材課長は、一番後《うし》ろの席にいたので、債権者の表情はわかりませんでしたが、大多数の債権者は納得したようです。

「小島常務の説明は真に迫るものがあったのだな？」

——はい。それに、倉田弁護士、つまり会社更生法の申立代理人ですが、彼もまた、それを裏付ける発言をしました。ただし、一部の債権者が、せっかく厳粛になりかけた雰囲気に水を差しました。

「どうやって？」

——一番有効な方法で、です。

千草は、一瞬、息を呑む。

扇動者が、真摯《しんし》な集会で用いる効果的な手法。すぐに思いあたった。

「嘲笑《ちょうしょう》したのだな？　小島と倉田の説明を嘲《あざけ》った。そうだな？」

——ええ、そのとおりです。

利発な青年が、上司の直感を確認し安堵《あんど》する様子が、受話器から伝わる。

「その次は、お定まりの質問というわけだ。で、彼らは何者だ？」

扇動者の正体が知りたい。

整理屋が介入したとなると、ことは厄介だ。千草は、その種の事件で、決して妥協はしなかったものの、多くの時間を失っている。

——プラスチックの加工業者でして、どうも誤解があるようです。

「まともな先か？」

——ご心配されるような筋のものではありません。

小早川が、千草のもっとも懸念する点を明確に否定した。

「それで、どんな質問が出たのだ？」

肝心な点を訊く。

——畿内商事と相談のうえで、更生法適用を申請したのが真相ではないか、というのが質問の第一弾……。

危惧《きぐ》したとおりの質問ではあったが、悲しみに似た感情が千草の胸を満たす。

保全管理人代理・中岡のこの一月《ひとつき》の苦労は、結局のところ、嘲笑と悪意の対象としてしか受けとめてもらえないのか？

そして、中岡の派遣を決めた自分の判断は、誤りであったのか？

——その次の質問は、もっと露骨なものでした。

小早川が、事務的に、報告を進める。

「…………」

——更生法申請は、畿内商事の指示によるものではなかったのか、という質問です。

千草は、不幸にして、不安がことごとく的中したのを確認せざるをえなかった。

「それで、川路保全管理人は、その種の質問にどう対応したのだ？」

——どうもこうも……。

小早川が嘆息する。

——あの人は、相当な遣《や》り手ですよ。ただ単に、場慣れしているだけじゃない。このような展開になることを、川路保全管理人は、完全に読み切っていた節がある。もっと勘ぐれば、あの人にとって、この集会の目的はそこにあったのかもしれませんよ。

「畿内商事を突き上げさせるのが目的、か？」

——いえ。それはいわば、スケープ・ゴートでして、保全管理人はこの機会に、不満のある債権者にいわせるだけいわせてやろうと計算していたのだと思います。

「ガス抜きを狙《ねら》ったか。そうやっておけば、今後の保全管理業務になにかと役立つだろうからな」

——はい。それにウチに対するプレッシャーにもなる、と……。

千草は、この会社更生事件が第二段階に入ったことを、明確に認識した。

更生法の申立・受理から保全命令の段階までは、那珂資材工業の小島常務が局面を主導した。そして、いま、この第二段階にあっては、倒産事件のベテランである川路保全管理人が、思惑を胸に秘めて、主導権を発揮しつつある。

辛うじて中岡を保全管理人代理として差し向けたものの、畿内商事が守勢に回っていることは否定し難い。

果たして、小島や川路に伍《ご》して、この倒産事件をリードできるのか？　そして、つまるところ、那珂資材工業はどこへ行くのか……？

——そういうわけで、一時間近くは、不満債権者の演説会といった趣でした。

「もちろん、君や南田建材課長も発言を求められた」

——はい。もっとも、われわれが答える必要はありませんでした。債権者が畿内商事の意見を求めるたびに、小島常務がそれを遮ってくれました。

「どのように遮ったのだ？」

——小島常務は、更生法適用申請を決めたのは私自身だ、その私が、畿内商事には一切相談していないというのだから間違いない、といってくれました。それどころか、最後の方では、小島常務も業を煮やしたのでしょう、かなり思い切ったことを発言しました。

「ほう」

――印象的な発言だったので、念のためメモしておきました。読みあげます。「あるいはあなた方のいうように、畿内商事に相談をもちかけるのが自然であったのかもしれない。また、それが、永年取引してくれた畿内商事への礼であったといまでも思っている。それをできなかったのがなぜか、そこのところをご理解いただきたい」

「…………」

――その発言で、ようやく、一時間に及ぶ演説会が終わりました。締めくくりとして川路保全管理人が、得意先も好意的に製品を購入してくれていること、また工場も正常に稼働していることを報告して、お開きになりました……。

千草の瞼《まぶた》に、再び、小島の影が浮かぶ。

独りで、倒産会社・那珂資材工業を背負っていこうと決意した男の意思的な顔。

そして、一月《ひとつき》前、その小島が抜き打ち的な会社更生法適用申請をしたとき、落胆する千草を励ました小早川の声が、耳の奥に甦《よみがえ》る。

(小島常務は、番頭として、ベストの選択をした。僕は、そう思います……)

（この件は、まだはじまったばかり。はじまったばかりですよ、課長……）

千草は、心のなかのわだかまりを拭《ぬぐ》い捨てた。

力が蘇《よみがえ》りつつあるのを感じる。

「それで、明日は出社できるのだな？」

一応、小早川の予定を訊く。

すぐ眼の前に、難問が待ち構えている。

管財人代理として、中岡を横すべりさせるべきかどうか……。

受話器を握りしめたまま、千草は一点を凝視する。

3

5月28日。月曜日。

午前11時。

大阪・中之島。畿内商事役員会議室。

畿内商事は、二年前、徹底的な合理化をおし進めた。あらゆる華美を排し、利益追求集団に衣替えする。それが経営陣の方針だった。

最上階に位置していた役員室は、機能性の重視から、ビルの中央階に移動し、かつて役員の占拠していた階には、コンパクトで実務的な会議室が十数室誕生した。

その一室。

五人の男が、定刻どおり、参集した。

中央に、支店統括副社長。

その右側に、建材担当常務と福岡支社長。

それと向かい合う形で、管理部門担当常務と佐原取締役審査部長。

「今日のテーマは、『那珂資材工業の現況報告と、今後とるべき措置について』だったな、審査部長？」

支店統括副社長が、いきなり本題に入る。

彼は、この日、十を超える会議と、二つの宴席を熟《こな》さねばならない。挨拶や世間話に割く時間はないし、この実務型副社長は、もともとその種の話題を好まない。

「それで、那珂はうまくいっているのかね？」

と佐原に訊く。

「どうやら、黒字転換には成功しつつあるようですね。4月実績で五、六百万円の黒字、5月もそんなものでしょう」

佐原の手許《てもと》には、中岡保全管理人代理の詳細な報告書と、千草の要を得たメモとがある。

「十億円も損をした会社が、どうして急に黒字転換できるのだ？　不自然じゃないかね？」

佐原の右に座っている管理部門担当常務が、副社長に替わって訊く。

「業績が向上した理由は、三点あるようです」

佐原は千草のメモに眼を落して答える。

「第一に、赤字受注・赤字生産の廃止。二番目が本社経費の削減。第三点が、人員の合理化。細かな数字が必要ですかな？」

「そんなものはいらんさ」

と管理担当常務。

「ただ、人員合理化については聞きたいな。何名減らしたのだ？」

「約二十名」

「それで、誰が首を切ったのだ？　まさかウチから行っている中岡が大手術をやったんじゃないだろうな？　やれ、大企業の横暴だとか、やれ、背景資本だとか、そんな台詞《せりふ》は聞き飽きたからな、私は」

「千草の報告によれば、中岡は大変よくやってくれているようです。しかし、幸か不幸か、人員削減は完全に小島常務の主導の下に行なわれています」

「トラブルはないのか？」

「小島という男は、従業員の間では、絶大な信用があるようでしてね」

「小島、というのか。私は知らんな」

「ご懸念は無用でしょう」

福岡支社長が口を挟んだ。

「あの男がやることであれば、まず変な争議には発展しないと思われます」

管理担当常務が、鋭い眼で、福岡支社長を一瞥する。発言の真偽を瞬時に判別する。それがこの常務の得意芸だ。

「悩ましい数字だな……」

経営陣のなかでも、一、二を争う端正な顔だちの建材担当常務が、眉間《みけん》に皺《しわ》を寄せてつぶやく。

「五、六百万円の利益か……」

暫時、会議室に、沈黙の時間が流れた。

「現状は、おおかた見当がついた」

副社長が議事を進行させた。

「それで、今後の措置については、どう考えればいいのだ、審査部長？」

「中岡を、保全管理人代理から管財人代理に横すべりさせよ、という要求が、裁判所から出るでしょう」

「いつだ？」

「裁判所の予告した保全管理期間は、会社更生法適用申請の受理日から三ヵ月。つまりわれわれのデッドラインは、あと一月《ひとつき》後ということになります」

「で、予想される裁判所の要求には、応じた方がいいのか？」

佐原が答えようとしたとき、管理担当常務が発言した。

「私は、消極的な意見、ですな」

「なぜ？」

副社長が訊く。

「これまでの動きをみますと、うちから管財人代理を差し入れる必要性は、あまり見当たりませんな。それどころか、保全管理人代理を差し入れたばかりに、一部債権者が猛反発して、こっちは痛くもない腹を探られた。それが一月《ひとつき》前の債権者集会の現状ですわな」

「なるほど。で、断れるのか？」

「千草君は、保全管理人代理として中岡を入れるとき、裁判長に明言していますよね。つまり、管財人代理を入れるかどうかは、その時点でこっちが考える、と。断っても、支障はないでしょう」

「そうか。それで、断れば、どうなるのだ？」

「それは——」

管理担当常務が、薄く笑った。

「裁判所の決めることでしてね。余所《よそ》から人を連れてくるか、あるいは更生は駄目だというか、いずれにせよわれわれの範疇《はんちゅう》を超えますな」

支店統括副社長が、二、三度、深くうなずいた。管理担当常務の意見に、あたかも得心したかのように。

福岡支社長は、この瞬間、那珂資材工業の命運が絶たれたことを悟った。畿内商事がスポンサーの役から降りたとき、誰がすき好んで那珂を救済するか。那珂資材工業は、いま破産手続への道を歩みつつある……。

「常務の意見は正論だな。何も、うちが火中の栗《くり》を拾う必要はない」

副社長は、茫洋《ぼうよう》とした顔で宣告した。長い闘争の歳月の末に、副社長はその顔から真意を消す術《すべ》を身につけている。

だが、営業部時代、五年間、副社長の直属の部下として働いた佐原は、この政治家が他の意見を求めていることを察知した。

「それはそれとして」

副社長が、案の定、四人のスタッフに水を向けた。

「いまの常務の強力な意見の他に、別の選択肢はないのかな？」

再び、会議室を、沈黙の時間が覆った。

それを破ったのは、端正な顔だちの建材担当常務だった。

「厄介な問題がありましてね」

「何だ？」

「畿内総合建材の社長から、二、三日前に、申出がありました。つまりあそこの福岡工場の生産するハードボードの三割は、うちを経由して、那珂に納入されている。もし、それを失えば、畿内総合建材の福岡は赤字に転落する、と」

「なるほど。で、君の意見は？」

副社長は、また一つ、政治家の手法を使った。

「私としては、うちが相当の犠牲を払わないかぎり、那珂を延命させたいと考えています。ただし、問題は、その犠牲の程度、ですな」

「いま、この時点では、測定不可能だ、といいたいのだな？」

「そういうことでしょうな」

三度《みたび》、五人の男は押し黙った。

それぞれの思惑が狭い会議室を交叉《こうさ》する。

管財人代理を差し入れるべきか否か。

そして、その場合のメリットとデメリットは何か。

畿内商事のリスクの幅を、どのように捉《とら》えればよいか……。

「ところで、審査部長」

副社長が、かつての直属の部下を名指しした。

「君はどう考えているのだ？　あまり意見を述べぬようだが」

「私としましては」

佐原は、昨日まとめあげた、審査部の見解を述べた。

「管財人代理の派遣を断ることは、事実上困難だと考えています」

「なぜ？」

「われわれが中岡を保全管理人代理として入れることを決めた時の環境といまの環境

とを比べてみると、条件は必ずしも悪化していません」

「もう少し、具体的にいってくれ」

と管理担当常務が詰問した。

「あのとき、これは明らかに小島常務の画策ですが、那珂の得意先である家電・音響各社は、引き続き那珂の製品を購入することを裁判所に上申しました。裁判所は、それを受けて、更生法適用申請を受理し、保全命令を出した。あの時点で、われわれには、畿内総合建材の作った材料の納入を拒否することは、きわめて困難でした。まして、それが現金取引であれば……」

「そのとおりだな」

と副社長が同意する。

「それならば、いっそのこと、監視役として中岡を保全管理人代理として入れてみよう、というのが君や千草の意見だったわけだ」

管理担当常務が補足する。

「ええ。で、いま現在ですが、家電メーカーらは、その約束を遵守して、那珂の製品を購入し続けています。一方、那珂のサイドでは、中岡の報告によれば、血の滲《にじ》むような合理化を推し進めて、どうにか黒字転換に成功した。こういう環境の下では、まず、材料の納入を拒否することは不可能に近いでしょう」

「営業を担当する私としては、いまの審査部長の発言は、心強いかぎりですな」

と建材担当常務がいった。

「畿内総合建材の社長に聞かせてやれば、泣いて喜ぶに違いない」

「問題は——」

と、管理担当常務が鋭くコメントする。

「材料の供給と人の供給とが、まったく別の次元に属するということだ。片方は単なる取引の問題であるし、他方は更生会社の経営の問題そのものだ。佐原君、私の理解は違っているかね？」

昨日、部内の会議で、佐原自身が千草に指摘したのと同じ点を、管理担当常務は衝《つ》いている。

(うちが降りれば、那珂は潰《つぶ》れますよ)

と千草は、そのとき、佐原に答えた。

(何が困るのか)

と佐原は訊いた。

(小島常務、川路保全管理人、裁判所、みな困るでしょうね。かといって、うちを益

するものは、何一つないでしょうよ）

佐原は、深く息を吐《つ》いた——。

これから、思い切った発言をしなければならない。

「那珂が更生できる見込みは、大雑把にいって、半々と見込まれます」

四人の幹部が佐原に注目した。

「かりに更生に失敗したとき、管財人代理を入れておけば、わが社は更生会社の経営責任という、奇妙な責任を追及される懸念があることは否定できません」

管理担当常務が、わが意を得たりとばかりにうなずく。

「しかし私は、昨晩もこの問題を考え続けましたが、もしそうなったらそうなったで、かまわないのではないかと思うようになりました。チャレンジして、中岡を管財人代理として差し入れてみる。いかがなものでしょうか？」

もっとも慎重であるべき審査部長が、いま、もっとも大胆な提案を行なった。

佐原をみつめる四人の眼に、驚愕《きょうがく》の色が浮かんでいる。

「成算は、半々か……」

副社長がつぶやく。そして、

「賭《か》けてみたいのだな、君は？」

と、かつての部下に冷然と念を押す。

失敗したときの責任をとれ、という意味であることが、四人の男に伝わる。

佐原は、取締役審査部長の地位に就いてまだ五ヵ月しか経過していないことに、ふと思い至った。

「ご異存がなければ——」

佐原は、複雑な思いを払い捨て、四人の幹部に宣言した。

「管財人代理を入れる方向でとり進める。それで、よろしいでしょうね？」

小さな重役会は、重苦しい雰囲気のうちに終わった。

佐原は、眼の前の資料を片付けながら、自分を拘束しているものが、副社長や担当常務ではなく、また、部下である千草の意思だけではなく、自分自身のいい出した概念、つまり、「クリエイティブ・クレジット」の幻《まぼろし》であることを、はっきりと認識した。

第六章　対決

1

6月27日。午後1時30分。

地方裁判所民事担当裁判官室。

裁判長が千草と向かい合ったソファに深々と腰を沈めた。

前回の那珂資材工業が会社更生を申し立てた時点での審尋とは異なり、どことなくうちとけた様子は感じられるものの、メタルフレームの奥の眼だけは相変わらず刺すように鋭い。

裁判長の横には、いかにも切れ者といった印象の三十代後半の陪席判事が一人。

補助椅子《いす》の書記官が、書類挟《ばさ》みとペンを手に、いつでも記録をとれる態勢で身構えている。

「もうすぐ予定の三月《みつき》が経過しますな」

裁判長は、薄い唇の端に笑みを浮かべ、千草と小早川、そして南田建材課長の顔を交互に一瞥した。

「それで、まず保全管理の方の進捗《しんちょく》状況ですがね、ご存知《ぞんじ》のとおり完璧《かんぺき》とはいいかねるものの、まあ順調に進んでいると評価すべきでしょうな。工場も正常に稼働しているし、ユーザーである家電・音響メーカーも約束どおり製品を購入してくれている。いまのところ障害は見当たりませんな」

自信に満ちた口調で概況を総括した。

「ただし」

裁判長は再び唇を歪《ゆが》めて笑った。

「不満がないといえば嘘《うそ》になる。二十何名か人員を削減したわけだが、裁判所としてはもっと徹底した合理化、つまりあと十数名は削減すべきだと考えています。それに対して、川路保全管理人や、なんとかいう常務だった男が反対しましてね。この点は今後の検討課題になっている。もっともあの男には、目鼻がついた段階で辞めてもらうことになるでしょうがね……」

千草の脳裏を、三月《みつき》前に裁判所の前庭ですれちがった小島常務の影が掠《かす》める。白髪を短く刈りあげた、がっしりした体軀《たいく》の初老の男。この数ヵ月の苦労からか、身体《からだ》のどこかを病み、不健康に黒ずんだ皮膚の色。

「まあそれはそれとして、全般的に特に難点はない。調査報告書も間もなく仕上がる段階だし、手続的には何ら遅延していない。多少誉《ほ》めすぎかもしれないが、更生事件としては一応模範的な進行状況とみられる。——ご異存ないでしょうな？」

声に有無をいわせぬ調子がある。

千草を見つめる瞳《ひとみ》に、優秀な官僚特有の金属的な光が宿っている。

「それで裁判所としては、予定どおり、明日にも更生手続開始決定を出すつもりです」

判決文を読みあげるように宣告した。

3月31日、那珂資材工業が会社更生法適用を申請したときの審尋でこの裁判長は、三月《みつき》後に開始決定することを、大胆にも千草に予告した。その期限はあと数日で到来する。

千草は、この司法官が、己れの頭脳と直感とをあるいは神の如《ごと》く信じているのではないかと疑い、恐怖に似た感情を抱いた。

「ところで、千草さんとは約束がありましたな？　まあ、それで来ていただいたわけだが」

「約束、だったでしょうか？」

「そう。更生手続開始決定の段階で、管財人の選任問題については協議する。——違いましたかな？」

ほぼ三月《みつき》前、中岡を保全管理人代理として差し入れるとき、千草は裁判長に一つの条件を出した。たとえ裁判所が更生手続にのせることを正式に決めるにせよ、中岡を管財人代理とするか否かは畿内商事が単独で決定する、と。いま、裁判長は、それを「協議事項」にすり替えた。

「私は裁判所と協議するなどとお約束した覚えはありませんが……」

千草は、一応抵抗した。このままでは、裁判長の主導の下に、途方もない地点まで押し流されるような不吉な予感が千草を捕えている。

「そうでしたかな？」

裁判長が身を反らせ、繊細な指先で膝《ひざ》を叩《たた》く。わが意を通せぬ苛立《いらだ》ちが出ているようだ。

千草はマイルドセブンに火を点《つ》けた。喫煙の習慣は、この事件とともに、三ヵ月前に復活している。

「前回の審尋で、私は、この問題は、更生手続開始決定の段階で考えさせていただく。そうお答えしたはずですが」

「それは、あなた」

裁判長が覆いかぶせる調子でいい放った。

「協議であろうと検討であろうと、同じことですな。要は、裁判所としては人が欲しい。畿内商事から出していただけるでしょうな」

千草と裁判長の視線が絡《から》みあう。

裁判長の瞳の金属的な光が、千草を射竦《いすく》める。

「中岡はあれでも、当社にとっては貴重な存在でして」

千草は辛うじて踏みとどまった。

「中岡……？」

裁判長が怪訝《けげん》なおももちでいう。

「私は、中岡さんを出してくれとはいっておりませんがね」

裁判長の言葉が完全に千草の虚を衝《つ》いた。

再び恐怖に似た感覚が千草の背筋を走る。

「…………」

「畿内商事からは、管財人を出していただきたい」

「管財人？　――で、川路保全管理人は？」

「彼には法律顧問といった役柄がふさわしい。私は常日頃、更生会社の経営には弁護士は不適当だと考えていましてね」

予想だにしなかった難問に、千草は少なからず狼狽《ろうばい》した。

この一、二ヵ月、畿内商事の社内討議は、保全管理人代理として派遣した中岡を更生手続開始決定の段階で管財人代理として横すべりさせるか否かに集中していた。渋る幹部会を、佐原取締役審査部長が説得したのが、ほぼ一月《ひとつき》前。佐原や千草を含めだれ一人、管財人の派遣は検討していない。千草はみずからの甘さを思いしらされた。

「それは無理というものでしょうね」

内心の動揺を抑え抵抗した。

「第一、那珂資材工業のようなメーカーを経営できるような人材は商社にはおりません」

「ふっ……」

と裁判長が、顔の下半分で嗤《わら》った。

「人材は、いるじゃあないですか」

「え？」

「千草さん、あなた、どうです？」

隣りに座っていた小早川の驚愕した様子が千草に伝わった。小早川のにぎりしめた
拳《こぶし》が、小刻みに震えている。

千草は辛うじて怒りを抑え、真正面から裁判長の顔をみた。再び視線が絡みあう。

数秒、経過した。

裁判長の瞳が、微《かす》かに揺れた。

「無理ですかな？」

と訊く。

「そのような要求を、今後も出されるのであれば――」

裁判長の無表情な眼をみながら、千草は反攻に転じた。

「当社としては、この更生事件から降りざるをえないでしょうね」

「降りる？」

裁判長の眼に驚きの色が浮かんだ。

「人も引き揚げるし、材料の納入も拒否する。そうおっしゃりたいのかな？」

千草は返答を留保した。

裁判長は、断続的に、指先で膝頭を叩いた。

「それでは――」

裁判長が探《さぐ》りを入れた。

「どの程度までなら、協力してもらえますかね？」

「中岡を管財人代理とすること。それが限度でしょう」

裁判長が右隣りの陪席判事をみた。

切れ者といった印象の齢《とし》若い判事が、なぜか直ちにうなずいた。その顔に、一瞬複雑な表情が浮かんだのを、千草は見逃さなかった。

「結構」

裁判長が断を下した。

「中岡さんには、引き続き管財人代理として協力していただく、それでよろしいでしょうな？」

千草が同意したとき、裁判長はすでにたちあがっていた。

2

午後3時40分。

織内商事福岡支社会議室。

「コーヒーでよろしいか？」

福岡支社長が返答を求めない調子で訊いた。

「いま、何時だ？」

千草は小早川に訊く。

「せっかく、九州にきたのだからな。ゴツゴツした氷に、たっぷり焼酎《しょうちゅう》を注《つ》ぐ。それに、スライスしたレモンを添える。そういった飲みものがほしいのだが……」

福岡支社長が苦笑し、小早川は切れ長の眼で千草を睨《にら》んで制止した。

「まだ四時前ですよ、課長」

「焼酎は、あと一時間、我慢するか……」

千草はみずからにいいきかせた。そして、

「大阪に電話をつないでくれ」

と、小早川に告げた。

——危うく完敗するところだったな、千草君。

説明を聞き終えた佐原取締役審査部長が、受話器の向こうで低く笑った。

——第一ラウンドでは、那珂資材工業の小島常務が奇襲して、君にカウンター・パンチを見舞った。第二ラウンドは、川路保全管理人が債権者集会の場を借りてジャブをとばした。そして今度は、裁判長のボディー・ブローだ。手強《てごわ》い相手ばかりだが、わが千草選手はまだダウンしないのかね？

「まだギブ・アップするわけにはいきませんね。われわれが守勢なのは認めますが、まだこの将棋、こっちの『玉』が詰まされたわけではありませんでね」

——それはそうだ。しかしその男、裁判長にしておくのはもったいないな。

「というと？」

——いや、なに、なかなかみごとな駆け引きをやるからさ。司法試験なぞとらずに、高文、ではなかった、いまは上級公務員試験というのかな、それを受けて、官僚から政治家の道でも歩む方が向いていたかもしれんな。

千草が佐原のいわんとするところを理解するには、しばし時間を要した。

「しかし、私には、裁判長の畿内商事管財人説は、本気とみえましたがね」

――それはそうさ。

佐原が含み笑いを洩《も》らした。

――うちが管財人を引き受ければ、裁判所としてはそれにこしたことはないからな。しかし、やっこさんの最終目的は、中岡を管財人代理にすることだったのじゃないか。違うかね?

「そうすると、畿内商事から管財人を入れろとか、私に管財人になれというのは、中岡を管財人代理にするための高等な陽動作戦だったというわけで?」

――そう。まず、そんなところだろうな……。われわれが中岡管財人代理で腹をくっていたことは、連中にはわからなかった。だから裁判所は、うちを逃さないために、つまり中岡をとどめておくために、あれこれ考えた。それで、そういった審尋になった。まあ、私の推測にすぎんがね。

審尋の終わりの方で、裁判長が隣りの判事の意見を求めたとき、その判事は直ちに黙ってうなずいた。その瞬間、まだ三十代後半にしかみえない判事の顔にちらりと浮かんだ表情は、計算どおりに事が運んだときの満足の現われであったのか。とすれば、今回の審尋の脚本を書いたのは、一言も発しなかった、あの判事だったのか。

――それはともかく、千草君。私としては、今日、二つの発見をして、安堵しているところだよ。

「ほう、意外ですね」

——苦闘している君には悪いがね。どうやら君や小早川にも弱点があるようだな。つまり、シミュレーションの範囲を超えた奇想天外な要素が出てくると、かなり困惑する性《たち》のようだ。インテリ共通の性癖だろうがな。それが一つ。

「つまり、部下の弱点を知って安堵した……」

——まあ、そう怒りなさんな。上司というものはな、部下が優秀であればあるほど、その弱点をみて不思議に安心するものなのだ。それが上司の最高の精神安定剤なのだな。これは覚えておいた方がいい。もっともこんな知識は、君のようなタイプの男には不要かもしれんがね。

「で、二番目の発見は？」

——裁判長相手に啖呵《たんか》をきったことさ。

「今度は、短気という名の弱点、ですか？」

——いや、違うね。困惑した局面で啖呵をきる。つまり勝負手を放って、再び局面を主導する、これはなかなかできるものじゃない。特に、インテリとよばれる人種はそれが不得手なものだ。まして、相手が権威ある裁判長ともなればなおさらだ。

「どうやら、お誉めいただいたようで……」

——だから、千草君。

「…………」

——君は満足ではないかもしれんが、今日の審尋は五分と五分だ。裁判所も結局は得るものを得たし、わが社も予定どおりの進路を進むことができる。私は、よく、交渉ごとを貿易におきかえてみるのだが、貿易の基本は双方がほどほどに満足することにあるし、そうでなければ関係は永続しない。今回の審尋は、だから、成功したと評価すべきものなのだろうよ。

千草は、ほぼ半年前に着任したばかりの審査部長が、いま大きな翼でこの事件全体を覆っていることを感じた。重役会をひとりで説得し、そのことによってみずから窮地にたっているにもかかわらず……。

——で、どうかね、そろそろ本題に入ろうじゃないか？　まさか君は、審尋の結果を報告する目的だけで、電話してきたのではあるまい？

取締役審査部長が、あたかも旧知のあいだがらであるかのように、千草の心を読んでいる。

「実は——」

千草は十分に考えがまとまらぬまま、直感の命じるところに従った。

「畿内総合建材の社長にお会いしたいのですが……」

二百キロ余の彼方《かなた》で、審査部長が千草の意図を推し測った。そして、

——目的は？

と訊く。

「畿内総合建材が、どれほどうちを助けてくれるか、それを探りたいのですが」

——向こうがうちを助けるのか？

審査部長の声に、驚きがある。

——逆ではないのか？　うちが畿内総合建材の製品を那珂に納入しているかぎり、助かっているのは総合建材だろうが？　そのおかげで向こうの福岡工場は、赤字転落を回避できている。

「いや」

千草は否定した。

「それは、このままの状態が継続するという仮定のうえでの議論でしょうね」

——われわれは、今日、中岡を管財人代理として差し入れるのに同意した。つまり、那珂資材工業の更生に全面的に協力することを裁判所に約束した。だとすれ

ば、うちは畿内総合建材の製品を那珂に納入し続け、このままの状態が継続する。違うかね？

「もちろん、その可能性も強いでしょう。われわれとしては、そうあってほしいと願っています。ただし、その可能性は百パーセントじゃない」

——そう。だから私は一月《ひとつき》前の重役会で、那珂が更生できる見込みは半々だと述べた。まあ、それはいい。で、畿内総合建材には何を求めるのだ？

「今後われわれは、更生の見込みを徹底的に詰める必要があります。そのためにはエンジニアの眼が不可欠で、それを畿内総合建材から借用したい」

——なるほど。しかし……。

そういいつつ、審査部長が言葉をきった。千草の言葉を吟味し、適当ないいまわしを捜す様子が受話器に伝わる。だが佐原は、結局のところ、彼にふさわしく直截《ちょくせつ》簡明に訊いた。

——しかし、それだけのことなら、なにも畿内総合建材の社長に会うまでもあるまい？　君の本当の狙いは何だ？

今度は千草が沈黙した。潜在意識の奥底で、自分が畿内総合建材に求めているものは何か。それを具体的な形で捉《とら》えようとした。

数秒、経過した。

渾沌《こんとん》とした状態のなかから、漸く一つのイメージが、千草の脳裏に浮かびあがった。千草が、そして千草以上に佐原が、直視することを好まない危機的なイメージが……。

「スムーズに更生計画を立案できない場合、畿内総合建材がどう出るか……」

千草は、先ほどの裁判所での審尋以来、自分が恐れているものの正体を直視しつついった。那珂資材工業を更生させる試みに失敗したとき、千草と佐原は一つの夢——つまり「クリエイティブ・クレジット」の夢を失うに違いない。そして、そのとき、佐原取締役審査部長は解任されるかもしれない。

——君は、よもや、更生計画を立案できないと踏んでいるのではないだろうな？

審査部長が、千草の気配を察して念を押した。

「いいえ。ただし、あの裁判長のことですから、われわれに対する要求は苛酷《かこく》でしょう」

——で、その要求に対応するとき、どうしても畿内総合建材の協力が必要だと君は考えているのだな？

「…………」

——つまり君は、あらかじめ危機管理の体制を作っておきたいと考えている。そうだな？

千草は、汗ばんだ手で受話器をにぎりしめたままうなずいた。

——それでは、教えてもらおうか。われわれは最悪のケースにどう備えればよいのか、を。そして、畿内総合建材には、何を要求すればいいのか、を……。

3

翌6月28日。木曜日。

午前11時30分。

大阪・北新地の料亭の一室。

廊下越しに、小ぶりながら、整った内庭が見渡せる。一坪ほどの池の周りに、苔《こけ》むした石が五つ六つ。石の間から、てっせんの淡い青紫色の花がのぞいている。

「まあ、一杯」

畿内総合建材社長の榊原が、千草のグラスに冷えたビールを注ぐ。

昨夜、千草は、最終の「ひかり」で小早川と大阪にまいもどった。

福岡でしこたま焼酎を飲み、おまけに新幹線の車中でウィスキーを生《き》のまま空けたため、昼のビールが喉《のど》に心地よい。

「お願いにあがりながら、このようにご馳走《ちそう》になっては……」

と初対面の相手に礼をつくしたものの、ただちに二杯、喉で干した。

「おみごとですな」

榊原社長が顔中を皺《しわ》にした。

「酒などというものは、飲めるうちに飲むにかぎりますな。どうせそのうち飲めなくなる。で、どうです？　ここの日本酒はいけますよ」

「いや、それは……」

さすがに千草も辞退した。ここで日本酒を飲みはじめれば、このまま深更に及ぶ危険がある。

「かまわんでしょうが」

老人は、しかし、誘いの手を緩めない。

千草が最良の飲み友達であることを直感的に見抜いた榊原が両の手を打ち、ほどなく二本の徳利が運ばれた。灰茶まじりの、ぼってりと肉の厚い徳利で、一合半は優に入りそうである。萩焼《はぎや》き、と千草はみた。

「いかがですかな？」

酒を口に含んだ千草に老人が訊く。

さらりとした感触が舌をとらえ、芳醇《ほうじゅん》な香りが口に充《み》ちた。美味《うま》い、と千草は言葉を洩らし、老人がまた皺を寄せて笑った。

さざえのつくりを肴《さかな》に、またたく間に徳利が空いた。

その間、二人はほとんど言葉を交さなかった。

老人もまた、千草と同じように寡黙で、すするように酒を味わい、ときおり小さな庭に眼を休めた。千草は、久方ぶりに、静かな安らぎを味わった。父親と酒を酌《く》み交す気分に似ていた。

「実は……」

三本目の酒を老人の盃《さかずき》に注ぎながら、千草は、はかりごとを老人に洩らした。

「人材をお借りしたいと思いまして……」

初対面の老人が、こくりとうなずいた。

「ご苦労なさっているようですな」

那珂資材工業に関する情報は、すべてこの老人の耳に入っている。

「で、どんな人間が入用《いりよう》かな？」

「那珂が本当に更生できるかどうか、それを判断するエンジニアの眼がほしいのですが」

「たとえば？」

「御社《おんしゃ》の福岡工場の営業課長。あるいは工程課長」

老人は唇に盃をあてたまま、夏の陽射《ひざ》しで明るくなっている障子に眼を遣った。

「その程度のことならば」

老人の小さな眼に、悪戯《いたずら》っぽい笑みが浮かんだ。

「千草さんともあろう人が、わざわざ私に会う必要はありませんわな。よもや、ご依頼の件は、それだけではありますまい？」

今度は千草が小さくうなずいた。背広からマイルドセブンをとり出し火を点ける。

そして、昨日心に浮かんだ構想を切り出した。

「那珂資材工業を買っていただけないものなのかどうか……。それを検討してほしいのですが……」

老人が微《かす》かに驚き、一瞬部屋に静寂が満ちた。

「那珂を、更生会社を、買うことが可能なのですかな？」

「いますぐに、というわけにはいかないでしょうが」

「で、その値段は？」

「いくらなら見合うものなのか、そこらへんも計算してみていただきたいのです」

老人も煙草に火を点け、深々と吸い込んだ。視線を内庭に移し、数分、黙考する。

「千草さん」

老人が真正面から千草をみた。

「あなたは、那珂がこのまま更生することは不可能だ、と考えているのかな？　つまり、何といったかな。更生計画案か……、それを作るのは困難だ、と？」

「いえ」

千草は逡巡《しゅんじゅん》している。

逡巡するままに、初対面の老人に揺れ動いている考えを述べた。

「更生計画案を作ることは、多分可能でしょう。ただし、その計画案どおり弁済できるかどうかはわかりません」

「そう。そして、それは誰にもわからないことでしょうな」

「ええ。で、私の恐れていることは……」

千草の脳裏を裁判長の影がかすめる。メタルフレームの眼鏡の奥底の、決して笑みを浮かべることのない眼。そして、その裁判長により添う、三十代後半の俊才の陪席判事。

「恐れていることとは？」

老人が先を促した。

「裁判所の要求に対応できるかどうか」

「というと？」

「たとえば、更生計画を立案する過程での裁判所の注文」

「かなりきついでしょうな」

「多分」

老人と千草は、同時に冷えた酒を口に含み、黙然と思考にふけった。

「なるほど……」

数分後、老人が千草の心を読みあてた。

「適当な時期に裁判所と縁を切りたいと。――あなたは、そう考えているのですな？」

千草は胸の熱くなるような感動をおぼえ、深くうなずいた。

「よろしい」

老人は、凛然《りんぜん》と千草の要請を受け入れた。

「私には更生法のことはわからんが、那珂を買うことができるかどうか、密《ひそ》かに会社の連中に探らせましょう。それでいいですかな？」

千草が首を垂れ謝意を表したとき、老人は手を打って熱い酒を注文した。

4

同日。

午後4時30分。

畿内商事審査部のファックスが福岡支社からの情報を流し出す。

『那珂資材工業更生手続開始決定のこと——』

千草と小早川は、審査第三課の席でその情報に眼を通す。

『本日、地方裁判所は、更生手続の開始を決定した。概要次の通り。

⑴管財人　川路弁護士

⑵同代理　当社中岡課長代理

⑶更生債権及び更生担保権の届出期間　8月16日

⑷第一回関係人集会　8月23日

⑸債権調査期日　10月15日
⑹更生計画案提出期間　翌年6月27日』

「どうにか更生手続開始決定は出ましたが……」

小早川が逞《たくま》しい腕を組んで千草にいった。

「果たして、那珂が更生できるかどうか」

「できるさ」

千草は即座に答えた。

「間違いなく更生できる」

驚いた小早川の眼が、

「なぜ？」

と訊いている。

「誰もがこの会社を更生させたがっているからだ」

と千草は明言した。

那珂の小島常務、川路管財人、裁判長、そしてわれわれ畿内商事と畿内総合建材……。

「多くの人々が那珂の再建に向かって走っている。その願いは、いつかは通じるものじゃないか」

みずからを納得させるような口調であることを千草は自覚し、そして小早川はその気配を察して押し黙った。

二人はファックスに眼を戻した。

更生計画案の提出まであと一年――。

千草と小早川の労苦ははじまったばかり、といえた。

第七章　十文字丸

1

8月23日。木曜日。

小早川は朝一番のANAで伊丹《いたみ》空港を発《た》ち、福岡に向かった。

日帰りの予定なので、携帯しているのは、膝《ひざ》の上に置いた小さな革の書類入れが一つ。なかに、中岡管財人代理から密《ひそ》かに郵送されてきた、那珂資材工業の調査報告書が収められている。

――紛糾しないでくれ……。

小早川は、遠ざかる大阪の町を上空で眺めながら、心から祈った。

畿内商事の意図と責任とを追及する場と化した、四ヵ月前の債権者集会の記憶が、未《いま》だに小早川の脳裏に鮮明に残っている。

更生会社・那珂資材工業は今日、第一回関係人集会の日を迎えた。

2

同日、午後3時20分。

大阪中之島・畿内商事石油部会議室。

巨漢の石油部長は仁王立ちになって、壁に掛けられた世界地図を睨《にら》んだ。

「どこへ行ってしまったんだ、『彼女』は?」

彼は太い指で、シンガポールを中心とした、半径二千数百キロの円を描いた。

インド洋、ベンガル湾、南シナ海、そして太平洋……。

石油部船用油室の四人のスタッフと千草は、口を噤《つぐ》んだまま、石油部長の指し示した海域に眼《め》を遣《や》る。

「どの支店からも、連絡はないのか?」

石油部長は、この日三度目のぼやきを口にした。

石油部船用油室の取引先である中堅海運業者が倒産して、すでに五日が経過している。にもかかわらず、目指す彼女・『十文字丸《じゆうもんじ》』はシンガポールを出航したまま、その消息を絶っている。

「千草君」

石油部長は、直属の部下を叱《しか》る替わりに、千草に攻撃の矢を向けた。

「わが畿内商事の情報網は、世間一般で評価されているわりには、いささか力不足ではないかね？　たった一隻の船がどこにいるのか、それすらつかめんというのでは、な」

次の株主総会で取締役に選任されるか否かの瀬戸ぎわにいる石油部長の声に、千草の所属する審査部に対する棘《とげ》がある。無傷を誇ってきた石油部長とすれば、二十万米ドルの焦付きは、いかにも痛い。

「そうかもしれませんね」

千草は軽く受け流した。

不良債権が発生したとき、当の営業部長の何割かは審査部の審査能力を批判し、あるいは、審査部の許可を得たうえでの商売であることをさり気なく力説する。そして始末の悪いことには、もっとも自信のある営業部長たちは、審査部の債権回収能力に頼ろうとはしない。しかし、その後の債権回収が困難になればなるほど、自信家の営業部長の審査部に対する要求は、苛酷《かこく》なものに変質する。何も、いまにはじまったことではない。

「私としては、わが社の諜報《ちょうほう》能力は、CIAやKGB、それにモサドのそれに匹敵するように再構築すべきだと思いますよ。その点ではまったく部長の意見に同感ですな」

「ほう……」

石油部長は、巨《おお》きな目を剝《む》いた。

「それで、どうだというのかね？」

「しかしながら、われわれの捜しているのは、『十文字丸』一船のみ。違いましたかね？」

「そう。改めていうまでもあるまい」

「ところで、わが帝国海軍が、何十隻からなるバルチック艦隊の動向を捕捉《ほそく》するのに要した時間は、たしか数ヵ月。それに対して、民間レベルで、この海域のなかのケシ粒にもならない『十文字丸』を捜し出すことは、神業に近いというべきでしょうね」

石油部長は、苛立《いらだ》ちながらも、千草の皮肉を感じとったようだった。

世界地図から離れ、千草の真正面にどかりと座る。大きな体軀《たいく》から、無言の圧力が放射する。

「帝国海軍に比べれば、まだわれわれにはたっぷりと時間が残されていることはわかったさ。しかし万が一、『十文字丸』を差し押えることができなければ、わが石油部の二十万ドルの債権はトータル・ロスかね？　私としては是非とも確認しておきたいところだがな」

「諦《あきら》めていただくしかありませんね」

千草は意識して、無情に突き放す。

「数パーセントの破産配当――。諜報能力をついに整備できなかった、非力な商社としては、それが分相応なところでしょうね」

巨象が千草を睨み、そして何かをいいかけたが、辛うじて自制した。

「私も一つだけ確認しておきたいのですが……」

この焦付きの担当責任者である齢《とし》若いオイルマンが、遠慮がちに口を挟んだ。

「われわれはこうやって必死に『十文字丸』を捜していますね。しかしこのこと自体、時間の無駄ではありませんか？」

「なぜ無駄と思うのだ？」

専制君主の巨象が詰問する。

「私は先日、千草さんにお願いして『十文字丸』の登記簿謄本をとっていただきました」

「それがどうかしたのか？」

「その謄本によれば『十文字丸』には、銀行と生命保険会社の抵当権が十五億円、そして造船所の延払代金保全のための抵当権が三億円設定してあります。一方あの船は、どんなに高く見積ったところで、せいぜい十二、三億円の価値しかないでしょう。そんな船を差し押えたところで、われわれの取り分があるのでしょうか？　喜ぶのは銀行、生保、そして造船所ということになりませんか？　それが一つ」

「われわれが船を押えたところで、抵当権者たちが甘い汁を吸うだけだ、と君は思うのだな」

「はい」

オイルマンが、石油部長と千草の顔を交互にうかがいながら続ける。

「うちが船用油を売ったのは、申すまでもなく先日倒産した海運業者です。しかし『十文字丸』の所有者は、まったく別法人の愛媛の船主で、彼としてみれば、倒産会社に『十文字丸』を傭船《ようせん》にだし、その船に関する他人の船用油代金がたまたま未払であったために船を押えられてしまうわけです。いささか理不尽だと思うのですが……」

「もっとはっきりいったらどうだ？」

巨象が部下を睨みつけた。

「俺《おれ》も千草君も、まったくまとはずれの方向に動いている。そう君はいいたいのだな？」

「…………」

石油部長の部下がいいよどんだ。

「俺はそのような消極的な意見は好まん」

専制君主が断言した。

「わずかでも可能性のあることなら何でもやる。それが商社マン、そしてオイルマンの生き方だ。それがたとえ無駄であってもかまわない。それに、成算があるかないかは、千草君――」

石油部長が、今度は、千草を睨んだ。

「君が計算し、そして判断する。それが君の職務だな？　違うかね？」

石油部長は、この措置が失敗した場合の責任を、みごとに千草に転嫁した。

「おっしゃるとおり、私はそのことによって会社から給料をもらっておりましてね。

ただし、私は、これでも、戦後民主教育の申し子でしてね。関係するスタッフに、十分に納得してほしいと思いますがね」

「何をかね?」

「まず商法、ですね。誰《だれ》でもそうだけれど、こんな機会でもなければ、自分の売っている商品が、法律上どのように優遇されているか理解しようとしない。何度研修会を繰り返しても……」

千草は、年下のオイルマンを、そして他の三人の船用油室のスタッフの顔をみた。四人の男はペンを手に、千草の解説と、そして、千草の指導方針が失敗に帰した場合の責任の所在とを記録すべく身構える。

「——商法八四九条」

千草は、手元の六法全書を引きながら、危うい領域に踏み込んだ。

「船舶の先取特権は抵当権に優先する。そう書いてありましてね。つまり、銀行や生保がどんなに抵当権をつけていたところで、先取特権をもっているものにはかなわない。多少奇異に感じるかもしれないけれど、そう定められている。それが第一の疑問点に対する回答ですね」

四人のオイルマン、そして巨象がうなずく。

「次に、船舶先取特権とは何か、ですね。これは、八四二条。この六号または八号で、船用油代金は船舶に対して先取特権を有すると定められている。その船を誰が所有しているかということとは無関係に……。これが第二の回答になるでしょうね。――つまり、われわれは抵当権者にも優先するし、船の所有者に対しても権利を主張できる。いま行なおうとしていることは、法律上何ら問題がない」

「簡単なものですね――」

質問者が嘆息した。

「素人があれこれ考えたところで、結論を得るまでには何時間もかかりますが」

「コロンブスの卵だ」

石油部長が意味不明の裁定を下した。

「そのために、わが畿内商事には審査部があり、何人かの、あるいは何十人かのプロがいる。われわれは、その指図に従って動けばいい。で、問題は……」

巨象は、再び、世界地図に眼を遣った。

「十文字丸がどこにいるか、だ」

「もう一度、支店にテレックスを打ってくれませんか？」

千草は石油部長に注文した。

「シンガポール、ジャカルタ、カルカッタ、マドラス、コロンボ、バンコック、マニラ、そして——」

千草の視線が北上する。

「香港《ホンコン》と台北《タイペイ》にも。どこかで誰かが、『彼女』を捕捉するかもしれない」

齢若いオイルマンがメモを手に走った。

——数十分後、畿内商事の東南アジア各店は、あらゆる港湾代理店に対し、最優先順位で『十文字丸』を探索するよう指示していた。

3

同日。

午後5時20分。

千草は、自分の席で、勤務時間終了まぎわの虚脱状態に陥っている。

椅子《いす》にもたれかかった背中に、強烈な西日が当たる。二週間を超える真夏日。冷房は利かない。

千草は、窓を開けることさえできない現代的なビルと、それを管理している融通の利かない総務の連中、そして何よりも、冷房代さえケチりはじめた会社の業績とを呪《のろ》った。

机の上には、ところ狭しと積み上げられた書類を覆って、新聞の棋譜の欄が広げられている。第四十三期名人戦挑戦者決定リーグの第六局、勝浦・桐山戦であるが、千草はこの6月、贔屓《ひいき》の森安秀光八段が二十二歳の青年名人・谷川浩司に四対一で惨敗して以来、将棋に対する興味を急速に失っている。

背を西日に焼かれながら、丹念に棋譜を読む気力はない。

「——失礼します」

千草の傍らに、一人の青年がたった。

全体にほっそりした印象を与える男だが、トンボ眼鏡の奥の目が、涼やかで力強い。

——二十五歳。最大誤差、上下二年。私大出の優等生。良家の育ち。屈折したところなし。ただし、胸に適度の野心あり……。

千草は、そう判別した。好みのタイプだ。

「何か捜しものがあるとうかがいましたした」

青年は、千草を正視していった。

「ああ、『彼女』を一人、ね。もっとも……」

「もっとも？」

「残念ながら、この齢になってしまっては、そんなものみつけるあてはないけどな」

青年は遠慮がちに笑い、千草は初対面の男に心を許している自分を発見して、軽く驚いた。

「しかし、まだお若いでしょうが」

青年が如才なくとりなした。

「いや、とても無理だね」

「四十二歳で、諦めるのですか？」

青年は、さり気なく千草の年齢を指摘し、そうすることによって冷やかしの客でないことを示した。

「なるほど」

と千草はうなずいた。

「君は、無能な中年男を助けるために、ここに来たというわけだ。で、私が『彼女』を捜していることを、誰から聞いた？」

「東南アジアの幾つかの支店が騒々しく動きまわっているようでしてね。それと、う

「なぜ？」

「あの船に乗っているのが、日本人船員だからですよ。誰だって、妻や子のいるところに戻りたい。違いますか？」

千草は完全に虚を衝《つ》かれ、そして沈黙した。

青年のその言葉は、日本民族の不思議な帰巣本能を鋭く指摘しているようでもあり、また、そういった情を理解せずに、商社マンの合理的な計算だけで、『十文字丸』を捜している千草を批判しているようでもあった。

「君は結婚しているのか？」

千草は、動揺のあまり、余分なことを訊いた。

「いいえ。しかし、これでも船の商売をやっておりますから、船員の心情は読めるつもりですよ」

千草は、青年の澄んだ瞳《ひとみ》から眼を逸《そ》らした。

そして、青年の言葉を反芻《はんすう》した。数分、経過した。

「わかった」

千草は青年の主張を受け容《い》れた。

「国内の各支店に『十文字丸』探索を要請する。どこかの港湾代理店がキャッチしてくれるかもしれない。それでいいな？」

青年が即座に頭《かぶり》を振った。

「まだ手緩《てぬる》いのか？」

千草は驚きつつ、二十歳近く齢下の青年に反問した。

「僕が住吉部長に命じられましたのは——」

青年は冷静に説明した。

「何が何でも『十文字丸』を捕まえること。それまでは、とても部には戻れません。よくご存知《ぞんじ》でしょう、うちの部長の気性は？」

千草は、住吉の赤ら顔を思い浮かべた。

あの海の男は、目標を遂げるまでは決して諦めず、そしてみずからに課したと同じ責務を部下に強《し》い続けているに違いない。

「われわれはベストを尽している、とはいえんのかな」

千草は、自分自身と青年にいいきかせた。

「さっき、東南アジア全域に『十文字丸』の捜査を頼んだ。そしていままた、君のアドバイスで、日本中に網をめぐらす。これで、われわれとしては、やれることは全部やったことにならんのか？」

「善戦していることは、誰しも認めてくれるでしょう。しかし、失礼ですが、それはあくまで、審査課長としては、ですね」

「で、プロの君としては、まだ努力が足りないというわけだな？」

青年は、素直に、こくりとうなずいた。

動作に幼さが残っており、それが千草に青年の育ちの良さを再び感じさせた。

千草は煙草《たばこ》に火をつけながら、青年の手の内を読むべく、素早く自問自答した。

畿内商事が、独力で『十文字丸』を捜す方法が他にあるか？　――否。

『十文字丸』の消息を知っているのは誰か？　――倒産した海運業者、そして、本船の所有者である愛媛の船主。

彼らに『十文字丸』の所在地を訊くことは可能か？　――否。

「どうやら……」

千草は思考を停止し、敗北を認めた。

「この先は、君にお任せするしかなさそうだな」

青年は、再び、こくりとうなずいた。

「電話を拝借できますか？」

どうぞ、と千草は手で電話を示した。

青年がプッシュホンを押す。

最初に五桁《けた》。

青年が接続音を確認する。

そして一つの数字、最後に四桁の数字を押す。

何秒かが経過した。

そして、誰かが向こうの電話をとったようだった。

「『十文字丸』ですね?」

青年が確認した。

千草は驚愕《きょうがく》した。

青年はマジシャンのような方法で、千草や石油部長のスタッフ、そして東南アジア全域の人間がなしえなかったことを、いとも容易になしとげたようだった。

「こちら船員の家族のものですが——」

青年はふたつめの奇術を、電話の相手に使った。

「いま、どちらですか?」

相手が、何かを答えた。

「それで、いつ、どこに帰港しますか?」

千草は耳を澄ますが、当然何も聞こえない。

「なるほど――」

何秒後かに、青年がうなずいた。

「では、お待ちしております。皆様、お変わりありませんね？」

ほどなく、青年は電話をおいた。

千草は、住吉船舶部長が自信をもって鍛え上げた青年の、呆《あき》れるばかりの手際のよさに内心感嘆した。そして、華奢《きやしや》な第一印象を与えるこの青年が、意外に太い骨格をもった商売人であることを理解した。

「いま『十文字丸』は那覇《なは》沖――」

青年が千草に告げた。

「そして明後日、尾道《おのみち》か常石《つねいし》あたりに入る予定だそうです」

「ありがたい」

今度は、千草が、電話に手を伸ばした。

同期入社の、広島支社・梅原機械課長に手短に要点を話し、尾道と常石の監視を依頼する。

同時に、部下の一人が、船舶差押関係の書類点検のために、江口弁護士の事務所に走った。

「これでいいのかな?」

手配が済んでから、千草は遥《はる》か齢下のプロに訊いた。

青年は、三度《みたび》うなずいた。

「それでは、さっきの電話について教えてもらえるかな? あれは、船舶電話だな?」

「そうです」

「どこでもかけられるのか?」

「日本沿海を十幾つかの海域に区切ってありましてね。僕のかけたのは沖縄海域です」

最初の五桁の数字が、沖縄の海域。そして、あとの数字が『十文字丸』の船舶電話の番号であるらしかった。

「だが、『十文字丸』が沖縄海域にいない場合は、どうなるのかな?」

「それが、良くできておりましてね」

青年が涼しい眼で微笑《わら》った。

「日本沿海にいるかぎり、どの海域にいるか、その居場所を教えてくれるシステムになっていましてね」

「あとは、電話に出た人間に自白させればいい」

「そう。あまりきれいな手ではありませんが」

「誰かが――」

千草は、巨漢の石油部長を思い浮かべた。

「コロンブスの卵とかいっていたが、そのとおりだな。そして……」

畿内商事も、まだ捨てたものではないといいかけて、千草は口を噤《つぐ》んだ。

若い世代が、確実に伸びている。

この青年、そして小早川は、十年後、まぎれもなく畿内商事随一の切れ者として、それぞれの分野でその辣腕《らつわん》を振うに違いない。

「ところで」

千草は幼さの残っている海運のプロに訊いた。

「君自身、私に何か用があったようだな？」

「ええ」

「で？」

情報が欲しい、と青年は思い詰めた表情でいった。

「どこの？」

「明神造船所」

「広島の明神、か？」

千草は、再び、電話に手を伸ばした。

4

翌24日。金曜日。

朝、10時30分。

手狭な取締役室から、ビルの合間を縫うような、安治川の細い流れが見渡せる。

この時間にして、すでにたっぷりと熱量を放射している夏の陽《ひ》が、無数のきらめきとなって鉛色の川面《かわも》に反射する。

「とり越し苦労だったのかもしれんな」

佐原取締役審査部長が、小一時間かけて読み終えた三通の報告書を前に、この五ヵ月の労苦を総括するように千草に話しかけた。

「まず昨日の、那珂資材工業の関係人集会に関する小早川君の報告書だ」

審査部長は、きわめて質素でかつ実務的な執務机の上から、小早川のレポートをとり上げた。

小早川は、昨日、会社更生法一八七条に定める第一回関係人集会に出席するため、九州に日帰り出張した。その集会の様子を小早川は昨夜大阪に戻ってからとりまとめ、今朝一番で千草に提出した。千草はそれを直ちに佐原に回している。

レポート用紙五枚に、小早川の逞《たくま》しい身体《からだ》に似合わぬ几帳面《きちょうめん》な書体で、集会の様子が克明に記載してある。

出席債権者数、所要時間にはじまり、第一回の関係人集会で管財人が報告すべき事項、すなわち更生手続の開始に至った事情、会社の業務および財産に関する経過と現状、債権届出の現況等々である。

「今回は、債権者が妙に騒ぐようなことはなかったようだな」

審査部長は、小早川レポートの最後の二行を音読した。

「上記の通り、集会は事務的かつ整然と進行し、債権者からは何ら発言なく、約四十分間で終了した——と。小早川君のこの結語の部分は、なかなかいい文章だ。集会の適度に厳粛な雰囲気を簡潔に表しているだけじゃなく、なんというか、結構含蓄のある表現になっている。短い時間に書いたんだろうが、いまの若い人にしては珍しいことだ」

千草は、審査部長が古典からスパイ小説まで読みこなす、やや乱読気味ではあるが、幅広い読書人であることを思い出した。

「四ヵ月前の債権者に対する説明会のとき、われわれはひやりとしたものだ。一部の債権者が、更生法を申し立てたのは畿内商事の差し金であるとか、やれ計画倒産だといって批判したからな。われわれは、あるいは、整理屋の介入かもしれないと緊張した。しかし、このレポートを読むことによって、彼らが素人だったことがわかる。プロの整理屋が簡単に矛を収めるわけがないからな。このレポートは、無言のうちに、そのことを教えてくれる。それが第一点」

千草はうなずいて、同意の意思を示した。

八ヵ月前、営業部長から横すべりしてきた佐原が、急速に力を蓄え、かつてないタイプの審査部長に育っていることに、千草は瞠目《どうもく》している。

「第二に、小早川レポートは、一部債権者の不満がどうやら解消したことをわれわれに教えてくれる。畿内商事が痛くもない腹を探られるのも、これで終わったようだな。万事に慎重な、あの管理部門担当常務も安心してくれるだろうし、それに何よりも、これで会社更生に向かって大きく一歩を踏み出すことができた。そう評価していいのだろう？」

千草は、しかし、返答を留保せざるをえない。

審査部長は、一瞬怪訝《けげん》な表情を浮かべながらも、論理を先に進めた。

「次に、川路管財人のこの調査報告書だ」

審査部長はブルーの表紙の小冊子を手にした。『会社更生法第一七九条による調査報告書』というタイトルで、小早川が要領よくレポートにまとめた内容が詳細に記載してある。

「私はこういうものは初めてみるのだが――」

審査部長がページをめくりながらいった。

「要するに、どうして会社更生法を申し立てたのか、そして、会社の内容はどうなっているのか、今後更生していくためにはどうすればよいか、それを管財人が調査して報告する。そういうことだな？」

千草は再び同意した。

「で、川路管財人は、債権者の協力が必要だとか、取引先が安定して製品を購入してくれるのが要件だとか述べて、かなり抑えた筆致で書いてはいるが、会社を更生させることについてはかなり自信がありそうだ。違うかね？」

「少なくとも——」

千草はセブンスターに火をつけた。

会議の連続するこの数日、マイルドセブンではもの足りなくなっている。

「川路弁護士は、管財人という職業が、ことのほかお気に召したのは間違いないでしょうね。弁護士歴二十数年のうち、破産管財人が三回、内整理をまとめたのが三、四回というところからみても、会社経営にはかなりの色気があると判断してさしつかえないでしょうね」

「まず、そんなところだな」

審査部長は、三通目の報告書を手にしつついった。

「誰だって、会社を経営してみたいものだよ。弁護士であろうとサラリーマンであろうと、そして、優良企業であろうと倒産会社であろうと……。人々は、自分が会社を経営するために暗闘し、お互いに傷つけあう。愚かではあるが、それが何よりの醍醐味《だいごみ》なのだな、その種の人間にとっては……。で、これだ」

佐原は、畿内総合建材の工程課長のレポートを、千草の前のテーブルにおいた。

「畿内総合建材の優秀なスタッフは、那珂資材工業の内容を精密に分析してくれた。たっぷりと時間をかけて、な」

佐原が、知性のこもった眼で、千草を直視した。

「彼らは、この半年の月次決算を精査して、年間五千万円から六千万円の利益が出ることをわれわれに保証した。そして、那珂が更生できることを、暗黙のうちに予言している」

佐原は、数ヵ月の努力によって、大きな初仕事に対する自分なりのイメージを、三通の報告書を基にして完全に形成し終えたようだった。

「以上、要約すれば——」

彼は、報告書を指で示しながら宣言した。

「更生会社・那珂資材工業の再建の条件は整いつつあるようだ。損益の面でも、経営スタッフの面でも、な。どうやら更生計画案の作成も、これで目鼻がついたとみていいのじゃないか？　君の危機感は、杞憂《きゆう》にすぎなかったのではないか？」

千草の審査第三課長の机のなかに、中岡や小早川とりまとめた、他の誰の目にも触れていない四通目のレポートがある。

那珂資材工業が弁済すべき更生担保権や更生債権の額を仮定し、その実現可能性を試算したものであるが、あまりに未確定的な要素が多く、まだ佐原に提出するには至っていない。

「どうだね、私の見通しは楽観的すぎるかね？」

取締役審査部長が、今後の方針を決定すべく、千草に同意を求めた。

「いや……」

千草は慎重に言葉を選んだ。

「あるいは部長の予想されるとおり、トントン拍子に行くかもしれません。ただし、永年こんな商売をやっていますと、ついつい慎重というか臆病《おくびょう》になりがちでしてね。二月《ふたつき》前畿内総合建材の社長にお会いしたのも、私のその心配性が原因でしょう」

「ふん……」

審査部長が鼻を鳴らした。

「私の前で猫をかぶったって通用せんよ。八ヵ月も一緒に仕事をしてりゃあ、君がどれほど大胆な人間かは見当がつくさ。で、君が未だに憂慮しているのはなぜだ？　聞かせてもらおうじゃないか」

審査部長が身を乗り出した。

端正な顔だちが一層引き締り、千草はまたも強い知性の力を感じた。

千草は、厚い窓ガラスの向こうに眼を遣った。

何年ぶりかの酷暑が渦になって宙に舞い、行き交う人々が、足早に冷房の利いた安息地をめざして歩く。

「――根本的な問題点は……」

千草は、自分の机のなかのレポートを思い浮かべた。

「どうやら、税金にありそうです」

「税金？」

予想外の答に、佐原の眼に驚きの色が浮かんだ。

取締役審査部長が黙考する。

数秒経過した。

「わからない……」

と佐原が、匙《さじ》を投げた。

「説明してもらおうか」

午前11時20分。

千草は身を乗り出し、那珂資材工業の更生計画案を策定することが困難な理由を、
苦渋に満ちた表情で述べはじめた。

第八章　瀬戸の海

1

8月25日。土曜日。

午後12時40分。

広島県東部の港湾代理店の所長は、昼食の弁当をたいらげた後、何年ぶりかの猛暑に辟易《へきえき》しながらも、この日も日課の散歩を欠かさなかった。

三ヵ月前、かかりつけの医師は、彼がある病気の初期段階にあることを告げたうえで、彼から唯一の楽しみである晩酌を取りあげたばかりでなく、毎日三十分以上歩くことを強制したからである。

彼は堤防に沿って歩きながら、うんざりするほどの熱気と非情な医師と、そして何よりも、遅すぎた結婚とを呪った。

もうすぐ五十に手が届くというのに、この世の中でもっとも愛する一人息子はようやく小学校に入ったばかりであり、その息子が一人前になるまでは、医師の命令に忠実に従う以外、選択の途《みち》はなかった。

どうにか二十分近く歩いた後で堤防に座り、額と首筋の汗を拭《ぬぐ》った。小さなハンカチは、すぐにぐっしょりと濡《ぬ》れた。煙草に火を点《つ》け、明るすぎる海に眼をしばたかせながら、動悸《どうき》の静まるのを待った。

港は午睡を貪《むさぼ》っているかのように静かで、動く人影も少なかった。

そのとき、湾の入口に一隻の暗灰色の貨物船が現われるのをみた。

三十年近く港湾代理店の職業に従事していた彼は、その船が一万五千トン級の撒積《ばらづみ》貨物船であることを、直ちに見抜いた。

思わずたちあがった。

眼を細め、船体に描かれた船名を読み取ろうと努める。

数分後、貨物船がかすかに右に逸《そ》れ、左の脇腹《わきばら》を彼の眼に晒《さら》した。

——『十文字丸』……。

彼はあわてて堤防を降り、電話をかけるべく足早に事務所に向かった。

畿内商事広島支社の梅原機械課長は、商社マンの一つの典型で、深夜に及ぶ残業や休日出勤を厭《いと》わぬ反面、遊ぶことについても人一倍旺盛《おうせい》だった。二年前、メーカーや代理店の気の合った同年輩の連中と、ゴルフの懇親会を結成した。自然に幹事役に収まった梅原は、仕事に注ぐのと同じ種類の情熱をその会の維持のために注いだ。そして、会の内規として、二つの鉄則を設けた。

グリーンのうえではもちろん、それに続く酒の席でも、仕事の話は一切もちこまぬこと、二ヵ月に一度の例会には必ず出席すること、というのがそれである。

せめて二月《ふたつき》に一日くらいは仕事を忘れ、仕事に侵されず、ひたすら遊ぼうではないか、と梅原は友人たちに説いた。そしてメンバーはこの二年間、その内規を遵守し続けてきている。

そのような経緯があったから、もし二日前の電話が千草からのものでなければ、梅原は紛れもなくその依頼を断ったであろう。

しかし、電話の相手は不幸にして千草その人であり、この畿内商事審査第三課長は五ヵ月前、梅原の四千万円に及ぶ焦付きを救済した男であり、そして何よりも、梅原の同期入社の戦友であった……。

梅原は、決然と、みずから定めた禁を破った。

例会が行なわれている今日、梅原は軽装で会社に出た。

二日前、千草の要請に応じて手配した尾道と常石《つねいし》、そして念のため、独断でその網を広げた三原や竹原など広島県一帯の港湾代理店からの連絡を待った。

——午後1時20分。

静かなオフィスのなかで、突然、梅原のダイヤル・インの電話が鳴り響いた。


港湾代理店の所長が息子の行末を案じながら港の堤防に沿って散策している同じ時刻、千草もまた一人息子を伴って、畿内商事の大阪本社に出社した。

土曜の午後とはいえ、職場に家族のものを連れ込むことは、千草の美学に反した。

しかしこの日の朝、ミセス千草は一日家を空けることを千草に宣告した。

カルチャー・スクールでテニスを教えた後で、来年夏の市議会選挙に立候補する準備のため、婦人会とＰＴＡの会合に回るのだという。

彼女は決して和製サッチャーを夢みているわけではないが、日本の政治が地方出身の政治家たちに牛耳られていることを好ましく思ってはいなかった。

マックス・ウェーバーの定義した政治、すなわち、「最優先順位の決定」という高度に知的な判断は、農協のボスや建設業者の親分にゆだねられるべき性質のものではなく、この国の都市圏に棲息《せいそく》する文化人の専権事項に属するというのが、彼女の信念ないし宗教であった。

ミセス千草が、今日から政治活動を開始し、そして当分の間、このような状態が続くであろうことを予言したとき、彼女の一人息子は突然千草の会社をみたいといい出した。

めったに顔を合わせることのない父親とあまりに活発な母親の狭間《はざま》で、孤独な時間を物語や絵画でひとり楽しむことに慣れているはずの少年は、しかしいま、母親が独自の道を歩きはじめたことを、千草と同じように寂しさとともに敏感に受けとめたらしかった。

千草は、残されたわずかな時間を、いずれ巣立って行く少年とともに過ごすため、己れの聖域に息子を入れた。

「お父さん――」

畿内商事大阪本社・審査第三課長の席の後ろのソファに、小学校五年の息子がちょこんと腰かけて訊いた。

「ここで働いているの？」

ああ、と千草は答えた。そして、

「お前、な」

千草は、将来、多くの人々を指導するかもしれない息子にいった。

「そのように座ってはいけないよ」

「え、なぜ？」

「このように座りなさい」

千草は深々とソファに腰を沈め、肘掛《ひじか》けに腕をおいた。

「こうかい？」

と息子が真似《まね》た。

短い足が宙で揺れた。

千草は思わず苦笑した。

「お父さん……」

その姿勢のまま息子が訊いた。

「ここで、どんな仕事をやっているの？」

予想した質問が出た。

息子が千草の仕事に興味をもっているらしいことは、会社をみたいといい出したときから、十分想像できた。

しかし男の何割が、誇りをもって妻や子に、自分の職業を説明できるだろう。まして千草の仕事は、そもそもどのように説明すれば息子が納得してくれるだろう……。

千草は安易な逃げ道を選択した。

「お前が高校生にでもなったら、わかるかもしれないな。……で、おまえは何になりたい？」

幼い息子が真剣な面持で千草をみた。

「何でもいい？」

「ああ、かまわんさ、いってごらん」

「僕は絵かきになりたい。いい？」

千草は頭の中で、息子のいい出した職業と自分のそれとを比較した。反対する理由は何もなかった。

「いいよ。でも、絵かきには大変な努力が要求されるからな。一所懸命、そっちの方の勉強をしてみるんだな」

少年がうなずいたとき、審査第三課長の机のうえの電話が鳴った。

千草は反射的にソファからたちあがった。

顔から、父親の表情が消えている。

耳に当てた受話器の底で、広島支社梅原機械課長が簡潔に『十文字丸』発見を告げた。

畿内商事大阪本社の顧問弁護士である江口は、土曜日の午後を二階の広いベランダで寛《くつろ》いでいた。

四年前にこの家を新築するとき、江口は雑木林を見渡せる二階の一角に、十畳ほどのベランダを設けた。彼はそこにグリーンの人工芝を敷きつめ、白木のテーブルと椅子とを配置した。

休日に日光浴を楽しみながらビールを飲み、手ずから孵化《ふか》させた十数羽のセキセイインコを眺めることが、この野心的な弁護士の唯一の息抜きになっている。

彼が二本目の冷えたビールを喉《のど》に流し込みはじめたとき、妻がベランダに現われ、電話のかかってきたことを告げた。

「誰からだ？」

彼は内心舌打ちしながら、万事におっとりした妻に訊いた。

この一週間働きずくめであった彼は、急を要さない些細《ささい》な相談事であれば、居留守を使うつもりであった。

「それが……」

妻が、心配顔でいい淀《よど》んだ。

江口は妻の顔をみつめ、そして直ちにすべてを理解した。

四十二歳の同い齢の、あの審査第三課長が『十文字丸』を発見したに違いなかった。

「これから事務所に行く――」

と、彼は妻にいった。そして、

「出張の用意をしてくれ。二、三日は留守にするだろう」

江口は残ったビールを一息で飲み干した。

2

8月27日。月曜日。

午後1時30分。

畿内商事大阪本社八階のコンパクトな会議室に、六人の男が参集した。

国内で発生した懸案を処理するため、月に二回開催される最高意思決定機関であり、支店統括副社長がこの会議を主宰する。

「小さな焦付きが一件あったようだな、審査部長？」

中央の椅子に座った副社長が、佐原に訊いた。

「先日倒産した海運業者に、二十万ドルの船用油代金が焦げ付きました。船舶先取特権に基づいて債権の回収を図るべく、本船の差押を準備中です」

「千草が昨夜、弁護士と一緒に広島に飛んだそうだな。船の名は、たしか『十文字丸』……」

佐原は、かつて自分の直属の上司であったこの副社長が、社内の隅々にまで情報の網を回《めぐ》らしていることを知っていた。

他人より速く情報を仕入れることによって、彼は人々に恐怖に似た感情を抱かせることに成功している。佐原は、彼が副社長の地位を射止めたのは、そのような情報網作りと無縁ではないと踏んでいる。

「千草君の迅速な措置によって——」

管理部門担当常務が、横からコメントした。

「世界中のどの海にいるのかわからなかった『十文字丸』をどうにか捕まえることが

できそうですな。それに、船舶先取特権というのは、驚くほど強力な権利でしてね。つまり……」

「そんなことは——」

副社長が、常務の発言を遮った。

「この場で教えてもらう性質のものではあるまい。私としては、君や審査部長の的確な措置を信じている。それで足りるだろう？」

畿内商事きってのこの政治家は、実務の権限と、そして何よりも、結果の責任を部下に押し戻した。

「——さて、と……」

副社長が、机のうえの資料を指で叩いた。

「本題に入ろうじゃないか。四日前の、那珂資材工業の第一回関係人集会は、平穏裡《り》に終わったようだな。整理屋も現われなかったし、一部の不満債権者が騒ぐこともなかったようだ。これで、職務に忠実なあまり、万事に慎重な、わが管理担当常務も安《あん》堵《ど》したのじゃないか？——違うかね？」

副社長の言葉に若干の皮肉が込められており、当の常務は面を伏せた。

「畿内総合建材の社長からは、引き続き謝意の表明がありました」

会社で一、二を争う端正な顔立ちの建材担当常務が、言葉を挟んだ。

「うちが管財人代理まで入れて支援しているおかげで、あそこは福岡工場の製品を那珂に捌《さば》けるため、大いに助かっているそうです」

「あたりまえだろう」

と副社長がいった。

「あの老人にとっては、このままの状態が一番良いのさ。何より安あがりだからな。で、これまでのところ、中岡を管財人代理に入れた審査部長の決断は、どうやら正しかったと評価すべきだろうな。——誰か異存あるかな？」

二人の担当常務と、取締役を兼ねる二人の本部長が、黙ってうなずいた。

会議の主宰者にして最高責任者である副社長が、こうまで明瞭《めいりよう》に断定した以上、リスクを冒してまで異を唱える材料を、佐原を除く四人の男は持ち合わせていない。

「で、問題はこの先、だ」

副社長が、佐原をヒタとみつめる。

「審査部長。君は三ヵ月前の会議で、成算は半々だと述べた。那珂資材工業が更生できる見込みは、いま現在、何割と踏んでいるのかね？」

佐原は、この副社長が情報網作りの他に、記憶の天才と呼ぶべき人種であることを思い起こした。何人の男が、愛すべき些細な虚偽の報告のために、この副社長によってその地位を追われたことか。

「那珂が更生できる見込みは……」

佐原は、三日前の千草との会話を思い浮かべつつ、正直に告白した。

「良くて四分六分。悪くて三・七というところでしょうね。きわめて不本意ではありますが……」

五人の男が、驚愕して佐原をみた。

副社長が佐原の意思決定を称賛したこの席で、それをみずから覆す観測を述べることに、どれほどの価値があるであろう。

「その根拠を聞かせてもらおうか」

副社長が、佐原をみる眼に力を込めた。

「いささか煩雑な数字の羅列になりますが……」

「かまわん。これでも、君らよりは数字に強いつもりだからな」

確かに、この初老の権力者は、数字の理解力を三番目の特質として身に備えている。

「千草や小早川、それに管財人代理に転出した中岡が計算したところによれば、那珂資材工業が弁済すべき負債の額は、約七億五千万円と想定されます」

「内訳は？」

「更生担保権と更生債権で、おおむね半分ずつといったところでしょう」

「更生担保権は百パーセント弁済だな、で、更生債権の弁済率は？」

「三十パーセント弁済を想定しています」

「なるほど——」

副社長が鼻を鳴らした。

「君の部下たちは、リーズナブルな弁済条件を想定しているというわけだ。で、今度は弁済財資の方だな。どのように見込んでいるんだ？」

「工場の遊休地を一億五千万円で売却します。そうすると、収益によって弁済すべき額は、約六億円……」

五人の男が一様に腕を組んで、あるいは宙を睨みまた眼を閉じて、六億円という負債の重みを測定する。

「悪い数字ではないのじゃないか？」

手堅すぎるほど手堅い管理担当常務が、珍しく楽観的な意見を述べた。

「つまり、わが審査部や中岡管財人代理の計算によっても、また畿内総合建材の判定でも、那珂資材工業の年間の収益力は六千万円から七千万円と見込まれておる。とすれば、六億円の負債はおよそ十年で弁済できるという計算になる。私は他の更生計画案の実例には疎いが、十年で借金を返せれば立派なものじゃないのか？　──君や千草が弱気になるのは理解できんな」

他の四人の経営幹部もまた、やはり懐疑的な表情で佐原をみた。彼らの計算は、管理担当常務のそれと一致するようであった。

「どうも、審査部長は──」

支店統括副社長が、皺《しわ》の刻まれた瞼《まぶた》の下の、細く鋭い眼で佐原をみた。

「この件に関しては、君は常に少数意見のようだな。われわれが消極的であったにもかかわらず、君は強硬に主張して、中岡を管財人代理として派遣した。そして、どうやらそれが成功であり、債務の弁済も可能と思われるときに、今度は更生計画案の作成は困難かもしれないといい出す。──常務にしたところで、また、二人の本部長にとっても、君が弱気に転じた理由はわからんだろうな」

「私が困惑しているのは、まことに簡単な、いわば技術的な問題なのです」

「ほう」

「私は先ほど、一般更生債権の七割をカットするつもりだと申しあげました。そうすることによって那珂資材工業は、返済すべき借金の額を極端に圧縮できる。ただし、それと裏腹に、とんでもないデメリットが生じます」

「何だ？」

「那珂にとって、約八億円の債務免除益が発生します」

「……………」

「そればかりではありません」

佐原は手許《てもと》のメモに視線を移した。

「那珂の工場の土地は、約二億円の含み益があると予想されます。したがって、近い将来に行なわれる財産評定の結果、その分だけ資産評価益が出るでしょう」

「……………」

「つまり、新生那珂資材工業が発足する時点までに、約十億円という膨大な、しかし単なる計算上の益金が発生することになります。――一方、那珂の累積損失は、これまた十億円」

「累損が消えるな。ということは……」

「那珂は、一挙に、健全な財務体質の会社に変貌《へんぼう》するということですな」

と、建材担当常務が口を挟んだ。

「結構なことじゃないのかな？　――私は、どうも、佐原君のいわんとするところがわからない。われわれは中岡を差し入れることによって、労せずして九州の優良企業を手に入れたことになる。それればかりではない。関係会社の畿内総合建材は、われわれのおかげで安定的な顧客を確保した。やはり、大成功というべきでしょうな。違うかな？」

「私もそう思うがね」

管理担当常務も同調した。

「新生那珂資材工業は、借金ゼロでスタートすることができる。それだけでもめでたいのに、中岡君はまだ四十前で、その会社を経営するという得難い体験を積むことができる。そして、あの総合建材の老人は、自分の福岡工場の採算を心配することから解放される。――結構ずくめじゃないのかね」

二人の本部長は、黙ってうなずいて、同じ意見であることを示した。

「それはどうかな」

支店統括副社長が異を唱えた。

「メリットが三つも重なっているときには、たいてい、とんでもない落し穴があるものだ。そうだろう、審査部長？」

幾度も危機的な状況を乗り越えてきたこの初老の権力者は、直感的に何かを感じとったようだった。

「累積損失が解消されることによるデメリットは――」

佐原は説明を再開した。

「税法上の恩恵を受けられなくなることを意味します。つまり那珂資材工業は、税金を払いながら負債を弁済しなければならない。かりに、年間六千万円の利益が出ても、その約半分の三千万円が税金としてとられ、更生担保権や更生債権の弁済に回せるのは、三千万円程度ということになります……」

五人の男は、再び腕を組み、それぞれの思考に浸った。

数十秒経過した後で、副社長が口を開いた。

「二十年かかる、ということだな。六億円の負債を年三千万円ずつ返していくわけだからな」

「そうです」

「法律上、問題があるのか？」

「会社更生法が定める期限は、二十年が上限になっています」

「ギリギリだな……」

副社長が、再び黙考した。

「法律が許容しているのなら——」

管理担当常務がいった。

「二十年の更生計画案を作ることだ。何か不都合があるのかね？」

「二十年かけて、借金の三十パーセントを返すことが、果して債務の弁済の名に値するかどうか……」

「債権者にしてみれば、嬉《うれ》しくもなんともないわな。いわば、借金の踏み倒しに近い」

「ええ。わが畿内商事は、過去に何度も、その種の更生計画案で手痛い目に遇《あ》っています」

「しかし、それしか方法がないのじゃないか？」

「佐原君——」

副社長が、はじめて、佐原を固有名詞で呼んだ。

「三十パーセント・二十年弁済で、他の債権者の同意をとれるのか？」

「見当がつきません。ただし、わが社が債権者の立場に徹することを許されるのなら、われわれ審査部はその案に同意しないでしょうね」

「なぜだ？」

「このまま那珂が破産に移行しても、その配当率は二十パーセントを若干下回る程度と予想されます。二十年かけて三十パーセントをもらうよりも、三年やそこらで十数パーセントの配当を得た方がベターですからね」

それに、といいかけて、佐原は口を噤んだ。

自己の理念を神の如《ごと》く信じている、あの個性的な裁判長は、そのような更生計画案を認めるであろうか……。

「苦しいところだな——」

と副社長。

「どうやら、われわれは正念場にたたされているようだ。畿内商事は債権者でもあるし、管財人代理を差し入れて、更生計画案を作る立場でもある。他方、畿内総合建材のことも考えてやらなくちゃならん。しかし、かといって——」

副社長は、細く鋭い眼で佐原をみた。

「管理担当常務のいうように、二十年弁済の更生計画案を作ることのほかに、われわれに選択肢は残されているのかね？」

そのために、二月《ふたつき》前、千草は密かに畿内総合建材の社長に会っている。

しかしあの老人の答えが出ないいま、抜群の記憶力を誇る副社長に千草のはかりごとを洩《も》らすわけにはいかない。

「ほかに手はないかもしれません」

佐原は監督者を欺いた。それも、かつて自分が営業部に所属していたときの直接の部長であり、いま会社の中枢に揺るぎなき地位を確立した副社長を……。

佐原は、この八ヵ月の間に、完全に審査部の長になりきっている自分を発見した。

「他に選択肢がないのなら――」

副社長が、会議の締めくくりに宣告した。

「二十年の弁済期間をどれだけ短縮できるか、それを研究することが一つ。そしてそろそろ、他の債権者がどのような更生計画なら同意するか、それを探ること。――そんなところだな、審査部長？」

佐原は、黙って副社長の的確な指示を受け入れた。

午後2時40分。

建材担当常務が退席し、替わりに別の議案を審議するため、繊維担当常務が小さな会議室に入った。

3

同日、午後1時40分。

畿内商事大阪本社の小さな重役会が、那珂資材工業の更生の可能性を論じはじめた時刻、千草はようやく福山市を発った。

予想外に時間を喰《く》ったのは、江口弁護士の作成した申請書類に手落ちがあったためではもちろんなく、また裁判所の事務処理の不手際が原因でもない。この日、不幸にして、裁判官は多くの事件を抱えすぎていたばかりでなく、民間の人間にはうかがいしれない重要な雑務に、終始追われていたようだった。

このため、江口弁護士が裁判所から『十文字丸』の競売開始決定を得たのは、千草の計算より三時間は優に遅延していた。

車は、十分足らずで、福山市内の雑踏から脱《ぬ》け出した。

そして、夏の陽光が眩《まぶ》しすぎる田園風景のなかを、一路南下する。

「できるだけ、スピードを上げてくれ」

後部座席の江口弁護士が、運転手に命じた。

運転手がアクセルを踏み込み、車が加速した。

田や畑が、車の両側を急流のようにながれ去る。

「間に合うかな……」

と、助手席の梅原機械課長がつぶやく。

「『十文字丸』は、まだ港にいる。ただ港湾代理店の所長によれば、出航準備をはじめたらしい」

「港を出てしまえば――」

と執行官が、後の席で冷静な口調でいった。

「もう、私の権限外ですからな」

「とにかく、急ぐことだ」

江口が、再び、運転手を督促した。

「割増料は、たっぷり弾ませてもらう。それに万一警察沙汰《ざた》になっても、責任は私が負う。私はこれでも弁護士だからな」

車がもう一段階加速し、横にぶれはじめた。

重苦しい緊張が、車内に満ちた。

多くの人々の努力によってようやく発見した『十文字丸』は、いままた、その網の外に逃れようとしている。

「――五ヵ月前もこうだったな、センセイ？」

車が山道をのぼりはじめたときに、梅原が千草にいった。

3月30日、呉の共栄実業が倒産する前日、千草と梅原は、国道三十一号線を車で飛ばした。あのとき二人は、四千万円に及ぶ債権の回収に成功した。しかし、今日は、『十文字丸』が出航するだけで、すべての努力は水泡に帰する……。

車は松林の間を縫うようにのぼった。

二十分後、全速のエンジンが限界に達したかと思われるとき、車は山頂に達し、一挙に展望が開けた。

眼下に、驚くほど広い港が開けている。

三人は、港の隅々に、眼を凝らした。

「――あれだ」

千草が岸壁の一つを指さした。

暗灰色の貨物船が、すべての荷役作業を完了し、いままさに出航すべく待機しているようにみえる。

「急げ――」

江口弁護士が、三度、運転手に命じた。

車は再び全速で山道を下った。

第九章　捕捉

1

8月27日。月曜日。

午後3時10分。

車の両側を赤松の林や柑橘《かんきつ》類の段々畠《ばたけ》が飛び流れ、時折タイヤが軋《きし》んだ音をたてた。

眼《め》の前には息を呑《の》むような眺望が開けている。

きらめく陽光と青の色彩が支配する無限の世界だ。

蒼穹《そうきゅう》はあくまで高く万物を覆い、その青い色を映す海は眩《まばゆ》いばかりに輝いて水平線の彼方《かなた》まで拡《ひろ》がっている。

緑や茶や水色の、あるいは濃くあるいは淡く霞《かす》む島影と、天に浮かぶ小島ほどの大きさの白い雲とは、この巨大な舞台を刻むために造物主の配置した大道具にほかならない。

千草は、しかし、この瀬戸内のパノラマを一瞥《いちべつ》しただけで、揺れる車内で全神経を一点に集中し続けている。

広い海の片隅に、目指す港町がある。

八百年余の昔、平家がこの内海に覇を唱えるため造営したと伝えられる港町だ。山の斜面と川のような水道に沿って民家が折り重なり、古寺の瓦《かわら》が陽光を反射している。

その港町の一つの岸壁に、小指ほどの大きさの、暗灰色の貨物船が係留されている。『十文字丸』は、いま指呼《しこ》の間に認めることができる。

「間に合うかな……」

助手席の梅原機械課長が車内の張りつめた緊張に耐えきれずにつぶやいた。声が微《かす》かに掠《かす》れている。

「船が出てしまったり、発航準備が終わってしまえば——」

ただ一人気楽な、初老の執行官が念を押した。

「もう船を押えることはできませんよ」

このことは福山の高名な裁判官が、千草たちの面前で執行官に注意した事項だ。

商法六八九条は、発航準備を終えた船舶に対する差押を禁じている。

もし『十文字丸』がそのような態勢を整えていれば、多くの人々の努力は水泡に帰する。

懸命に『十文字丸』を探索した畿内商事東南アジア各店のスタッフ、船舶電話という奇術を使って沖縄海域で本船の動向を把握した船舶部の野心的な若い部員、そして数知れぬ港湾代理店の社員たち……。

「江口先生」

梅原が顔だけ後ろに向けて、畿内商事のもっとも有能な顧問弁護士に訊《き》いた。

「発航準備が終わったとは、どういう状態を指すのでしょうか？」

「いまにも発航できる状態——といったのでは弁護士の説明にはならないかな」

「そうでしょうね……」

少なくとも顧問料に見合った説明ではないといいかけて、梅原は口を噤《つぐ》んだ。

いくら同い齢《どし》とはいえ、弁護士という職業に対して最低限の礼儀は必要だし、それに畿内商事の支払っている顧問料は人に誇れるだけの金額ではないと、かつて千草から聞かされたことがあるからだ。

「三つくらいの要件が満たされていることが必要なのかな」

江口が自分の頭のなかを整理するような口調でいった。

「第一に荷役が完全に終了していること。次に、燃料とか食料の手配が済んで、船員が乗船していること。最後に、出航に関する書類上の手続が済んでいること——そんなところでしょうな」

しかし、この距離からでは、『十文字丸』がどのような状態にあるのか判読するのは不可能だ。

車はやがて坂道を下りきり、古い港町に入った。心もち速度を落して、堤防に沿った道路を走る。島がよいの小舟が水路を行き交う。

「あそこだな」

江口が膝《ひざ》の上の地図とみくらべていった。

「そうです」

と執行官がうなずいた。

「止まってくれ」

江口が間もなく運転手に命じた。

福山を出て四十分後、車は漸《よう》やく目的地に到達した。

江口は執行官を急《せ》かして、木造二階建の港湾事務所に走った。

開け放ったドアから、車のなかに熱気とともに潮の香が舞い込む。

「発航の手続が行なわれているかどうか確認しているのだな、センセイ？」

「そうだ」

千草はドアを閉めた。

「俺《おれ》たちは行かなくていいのか？」

梅原の眼が港湾事務所に飛び込む二人の姿を追っている。

「任せておこう。行ったところでどうなるものでもないからな。——それに、これはプロの仕事だ」

「ふん……」

梅原が鼻を鳴らし、右のポケットから煙草《たばこ》を取り出した。

「それが、センセイ、あんたの遣《や》り口だったな。人に任せられるものは思いきって任せてしまう。共栄実業のときは俺に任せてくれたっけな。——で、吸うかい？」

千草は同期入社の戦友の手から、煙草を一本抜き取った。

湾岸道路の向こうの岸壁に、『十文字丸』が係留されている。いますぐにでも出航しそうな態勢を整えて……。

「間に合うかな……」

梅原が千草の煙草に火を点《つ》けながらつぶやいた。

千草は暗灰色の貨物船を凝視した。

2

同日。午後2時40分。

博多駅の十四番線ホームで、三十代半ばのもの静かな男が列車の到着を待っていた。

駅のアナウンスが、彼の待つひかり三号の到着が予定より十五分程度遅れることを告げたが、彼は表情を変えることもなく、熱気の渦巻くホームに平然とたち続けた。

この程度の暑さは、真夏のサッカーの練習に比べれば、まだまだ容易に耐えうる範囲に属していると彼は思った。

がっしりとした体軀《たいく》に似合わず、どちらかというと思索型に属する彼は、天が与えてくれた十五分の間に、ざっと過去を振り返った。

五ヵ月ほど前、千草に那珂資材工業行きを命じられたときの驚きと、そして自分が畿内商事審査部には不要なのかもしれないと感じたときの悲しさが、昨日のことのように思い出された。

定年直前ならいざしらず、まだ三十代の半ばで畿内商事から関係会社に出向した例は多くなく、まして倒産会社に派遣された者は皆無であった。千草の右腕と自負していただけに、彼は必要以上に千草を怨《うら》んだ。

そして案の定、那珂資材工業ではハードな仕事が待ち構えていた。

経営分析とそれをもとにした再建案の模索は、もともと好きな分野であったから、休日を返上して働くことも苦ではなかった。

身に堪《こた》えたのは、挨拶《あいさつ》まわりに行って取引先から、今回の倒産劇のシナリオを書いたのは畿内商事だろうと罵声《ばせい》を浴びせられたり、じんわりと皮肉をいわれること、そしてそれ以上に労働組合との、常に深夜に及ぶ合理化という名の首切り交渉であった。

しかし五ヵ月間、それらの仕事を一つ一つ丹念に片付けて行く過程で、彼は畿内商事審査部では得られない何かを身につけつつある自分に気付きはじめている……。

——約二十分後、新大阪11時12分発のひかり三号が到着した。

混《こ》み合う乗客のなかから、彼は自分と同じ背格好の、六歳齢下の同僚を見出《みいだ》した。佐原取締役審査部長と千草審査第三課長の命を受けて、いま福岡に到着した青年に軽く目配せして改札口に誘導した。

3

同日。午後4時20分。

四人の男は岸壁の手前でタクシーを乗り捨て、小走りに『十文字丸』に向った。潮と魚と機械油の臭《にお》いが鼻を突く。

「間に合ったのか？」

太った梅原が、手の甲で額を拭《ぬぐ》いながらいった。息遣いが荒い。

「港長によれば――」

江口弁護士が顔を暗灰色の貨物船に向けたまま答えた。

「まだ出港の届けは出ていないらしい。ということは……」

「間に合ったということですな」

初老の執行官の声が弾んでいる。この一日、行動を共にしたことによって、執行官にも連帯感に似た感情が芽生えている。

ほどなく『十文字丸』のタラップの下に到達した。

見上げると、一万五千トン級の撒積《ばらづみ》貨物船は、それ自体巨大な岸壁にみえた。

「このタラップを上るのか？」

梅原が急勾配《こうばい》のタラップの手摺《てすり》を叩《たた》きながら躊躇《ちゅうちょ》した。

「俺たちは空を飛ぶことができないからな」

千草の声が少しばかり弾んでいる。

「それに、ゴルフで鍛えた身体《からだ》だ。この程度ののぼりはお手のものだろう？」

真っ先に江口弁護士、二番目に執行官が確かな足どりでタラップを上がる。

千草と梅原は、アルミの手摺をつかみつつ、二人の後を追った。

「俺のゴルフは、な、センセイ――」

梅原が恐怖心をごまかすように、千草の背に話しかけた。

「これでも腕がいいものだから、あっちこっち上ったり下りたりする必要がないんだ。それに山岳コースのような安っぽいところには行かないしな」

タラップを上りきって甲板に達したとき、千草は紺のジーンズの船員をつかまえて訊いた。

「船長さんはどちら？」

若い船員は怪訝《けげん》な面持で船の一角を指し示した。

四人はその通用口から船内に入った。

狭い通路を経て、階段をいくつか下った。擦《す》れ違う船員たちが、見慣れぬ一行に不審の眼を向けた。

迷路の果てに、船長室があった。

『十文字丸』の最高責任者にふさわしい事務机と応接セットのある部屋で、船長は四人の闖入《ちんにゅう》者を迎えることになった。

初老の執行官が、船長に自分の身分証を指し示した。そしてやや逸《はや》る声で、

「本船は差し押えられました」

と宣言した。

彼は裁判所の決定文を船長の前においた。

次いで執行官は、船長専用のキャビネのなかから、『十文字丸』が航行するために必要な国籍証書を取り上げた。

午後4時50分——。

『十文字丸』の執行は完了し、五日間にわたる千草たちの追跡劇は終わった。おそら

く五十名にも上る人々の労苦は、これによって報われたことになるであろう。

しかしいま、千草の胸には何の充足感もない。

国籍証書を差し出したときの、海の男のいかにも無念そうな表情が、鋭利な刃物のように千草の心を刺し貫いている。

4

千草が瀬戸内の港町を俯瞰《ふかん》しつつタクシーを飛ばしている時刻、那珂資材工業の川路管財人は福岡市内のホテルの一室で寛《くつろ》いでいた。

この小さなホテルは、現代的な設備の整った最高級のホテルとはいいがたいものの、しっとりと落ち着いた雰囲気と大濠公園をみおろせる眺望の良さとで、地元の人々の間では隠れた人気があった。

川路は、ほどよく冷房の利いた部屋で、シーバスのオンザロックを舐《な》めながら、内心すこぶる上機嫌であった。

那珂資材工業の再建が、彼の目論見《もくろみ》どおり、軌道に乗っていることがその原因であったが、このことは彼の経歴にとってたとえようもない重い意味をもっていた。

八年ほど前、四十代の半ばに達していた川路は、手がけた事件を、彼自身でさえ思い出すのが困難になっていたものまで一つ一つ振り返り、自分の適性を冷静に点検した。

押出しの良い貫禄《かんろく》で、人に豪放な印象を与えがちな川路であったが、その内実はきわめて冷静であり、かつ緻密《ちみつ》であった。彼はそのとき、第一線の現役として通用する年限を十年と踏み、その間に自分の評価を揺るぎないものにする必要を感じ、そして野心を抱いた。

まる一週間をかけて、医師のような冷徹な眼で過去の仕事を分析した結果、彼はどうやら成功したと客観的に評価できる仕事が倒産事件に集中していることを、発見ないし再確認することができた。この分野であれば、九州はおろか、東京や大阪の弁護士にも遜色《そんしょく》がないと彼は判断した。

爾来《じらい》川路は、精力的に倒産事件を取り扱うよう心がけ、破産管財人の職に三度就任し、その他に内整理を三、四度とりまとめた。その結果、当初の野望どおり、倒産事件のベテランという評価を定着させることに成功し、そしてそれにふさわしい収入を獲得することができた。

しかし、一年ほど前、川路はふとあることに気付き、自分の願望がまだ完結していないことを悟った。

企業の清算や解体では経験を積んだと自負できるものの、一度も大型の会社再建の醍醐味《だいごみ》をあじわっていないことに気付き、身の震えるような寂しさを感じた。このままでは、倒産事件のベテランという呼称は一方に偏したものといわざるをえず、それを回避するためには、何としても再建型の倒産事件を扱う必要があった。

彼は、有能な実務家として腕をふるうことが可能な、精神的、体力的な限界が目前に迫っていることを自覚し、少なからず焦っていた。

そのような精神状態にあったとき、裁判所は彼を那珂資材工業の保全管理人に、次いで管財人に選任した。彼に与えられた、はじめての好機であった。

川路は、文字どおり寝食を忘れて職務に没頭し、これまで蓄積した知識と経験を生かし、かつ辣腕《らつわん》をふるった。

——すべてが順調であった……。

と川路は、いま大濠公園を遠望しつつ、この五ヵ月の労苦をみずから評価した。

相手にとって不足のない畿内商事は、いま眼の前で渋茶を啜《すす》っている小島元常務の書いたシナリオに乗り、そして何よりも、川路自身の手腕に屈したかのように、引き続き原材料のハードボードを供給しているばかりでなく、とびきり優秀な課長補佐を管財人代理として派遣してくれている。

川路はその中岡の穏健な人柄を愛しつつも、彼の公認会計士に匹敵する知識と、サッカーで鍛えあげた体力とを十二分に利用し、それ以上に畿内商事の人質としての価値を各方面にそれとなく宣伝した。

川路にかかりに気がかりな点があるとすれば、彼より四、五歳は齢下のはずの、あの老練にして緻密な裁判長が、川路を管財人にするとき、若干の抵抗を示したらしいという点だけであった。しかしそれすらも、川路のこの五ヵ月の実績に比較すれば、とるに足らない風聞といえた。

いまや完全に彼の右腕となった中岡が、唐突に、畿内商事のスポークスマンであるらしい小早川と会うことを勧めたとき、川路は鷹揚《おうよう》にそれを受け入れた。

中岡が手元にいるとはいえ、畿内商事との連絡を今後ますます密にすることは、更生計画の立案一つをとってみても、川路の必要不可欠な事項に属していた。

午後3時30分。

予定より二十分ほど遅れて、中岡と小早川が、川路と小島の待つ部屋の扉を叩いた。

中岡が簡潔に相互を紹介した。

川路はみずからシーバスの水割をつくり、うらやましいほど時間と体力が残されている二人の青年にそれを勧めた。

「——小早川君」

那珂資材工業の実態に通暁し、同時に畿内商事の思考パターンに馴染《なじ》んでいる中岡が、みずから司会役をかって出ていった。

「まず、今回の出張目的を聞かせてもらおうか？」

川路は、かつて中岡と机を並べていたというこの青年が、いままで出会ったことのないような澄んだ切れ長の眼と、いかにも意志的な唇の線をもっていることを発見して驚いていた。

まことに畿内商事のスポークスマンにふさわしいと川路は感じ、このときはじめて、仕事にかまけて息子たちの養育を怠った自分の罪と、遂《つい》に娘をもてなかった身の不幸とを内心嘆いた。川路は、後事を託すべき後継者を、いまだに見出していなかった。

「——畿内商事は……」

青年は静かに呼吸を整えた。

頭のなかで、何ごとかを整理しているようだった。

川路や小島、そして中岡にもうかがい知ることはできなかったが、このとき小早川は、千草から指示された事項、そしてこの部屋に入る前にロビーから大阪本社に電話して聞きとった、小さな重役会と支店統括副社長の結論を思い浮かべていた。

「畿内商事としては——」

小早川は、学生時代の剣道の試合に臨むときの表情で、那珂資材工業の命運をにぎる三人の男に告げた。

「那珂の更生計画の立案は、きわめて困難ではないかと危惧《きぐ》しております」

一瞬、居心地のよいホテルの一室の空気を震わせて、鋭い戦慄《せんりつ》が飛び交った。

川路はこれまで営々として築き上げてきたすべてのものが、音をたてて崩れ落ちるのをはっきりと自覚した。

しかし彼は、過去の経験と知力とでもって、辛うじて危地に踏みとどまった。

川路は、意思の力を頭脳に集中しながら、息子ほど齢の違う青年の言葉を、そして畿内商事の意図を十分に咀嚼《そしやく》すべく、シーバスの入ったグラスをテーブルにおいた。

5

広島・流川――。

瀬戸内の長い夏の日が漸く暮れはじめる時刻、三人の男は砂漠の民がオアシスを求めるように、駱駝《らくだ》の代わりにタクシーを駆って、酒の泉の湧《わ》き出《い》でる街にたどりついた。

三人は五ヵ月ぶりに小さなバーの扉を引いた。

「乾杯！」

梅原が音頭をとり、三人そろって冷えたビールを流し込む。

大瓶を五本空けたとき、どうにか喉《のど》の渇きが癒《い》え、三人の身体《からだ》の細胞のすみずみにまで水分が行き渡った。

「連戦連勝だな、この店でこうやって三人で飲むときには……」

天性陽気な梅原が、誇りをもって総括した。

紛れもなく梅原は、『十文字丸』捕捉《ほそく》の最大の功労者の一人であった。彼が数日前、広島県一帯の港湾代理店に対し『十文字丸』探索を要請してくれなければ、そしてまた、ゴルフの例会を欠席して土曜出勤してくれなければ、『十文字丸』はいまごろどこかの港を目指して、穏やかな瀬戸内海を航行していたに違いなかった。

梅原は、この数日、自分の所属する課の損益とは係《かか》わりのない下働きをすることによって、五ヵ月前に四千万円の焦付きを救済してくれた千草と江口に対する借りを返せたことを素直に喜んでいる。

「連戦連勝といえば、梅原さん――」

漸く三日間の緊張感から解放された江口弁護士がいった。

「これは私が自慢に思っていることの一つだけれど、私が千草さんと組んでやった仕事は全部成功してますね。訴訟であろうと示談であろうと、また今度のような差押であろうと」

二年半前に独立したばかりの野心的な顧問弁護士は、あるいは将来重役に栄進するかもしれない梅原に、さり気なく自己の戦歴を示した。江口は長い畿内商事とのつき合いで、どのようなタイプの人間が出世するか知っており、梅原はどことなくその類型に近いような気がした。

「それにしてもセンセイ、あんたは今日はツイている」

梅原が六本目のビールを手酌で注《つ》いで、千草にいった。

「何が？」

「みろよ」

梅原が眼で合図した。

普段は和服のママが、珍しく洋装でカウンターのなかにいる。

肩から柳模様の刺繍《ししゅう》が流れるベージュのブラウスと、黒の長目のスカート。

長い髪の半分を、かき上げるようにして金の髪飾りで留めているため、瓜実顔《うりざね》の儚《はかな》い線が露《あらわ》に照明に映えている。

そのママが、五ヵ月ぶりに訪れた三人の客の前に、注文も訊かずにそれぞれ好みの酒をおいた。

江口と梅原にはスコッチの水割とオンザロック、そして千草の前にはバーボンの水割。

「――どうした、センセイ？」

梅原がグラスのスコッチを半分、一息に飲み流していった。

「あまり元気そうじゃないな、せっかくママが新鮮な姿でいるというのに……」

千草は黙ってバーボンを口に含んだ。

おおらかで少し田舎臭く、そのぶんだけ神経を和《なご》ませるバーボンの香りが口に満ちた。

千草の脳裏を、いくつかの顔が去来した。

国籍証書を差し出すときの、あの船長の無念そうな顔。「クリエイティブ・クレジット」といいだした佐原の、決意を胸に秘めた顔。そして市議選に立候補すると宣言した妻の顔……。

急速に酔いが回った。

「少し疲れているんだな」

江口が、顧問弁護士としてではなく、同い齢の友人の声音でいった。

「今夜は、広島に泊れるんだろう、センセイ？」

梅原が千草に訊いた。

「ああ……」

と千草は答えた。

なぜか満足感が乏しいにせよ、今日一つの仕事が終わったのは事実だ——と千草は思った。

そして、大阪では今日、佐原が巧みに重役連中を口説いて、那珂資材工業の更生計画案の作成が困難であることを予告したはずだった。

また福岡では、もっとも信頼する部下である中岡と小早川が、いまごろ中洲あたりの料亭で、川路管財人と小島元常務に対し、裁判所と債権者の意向を打診するよう働きかけているはずであった。

明朝大阪に帰ればいい、と千草は思った。

そして、余りに長くこの仕事をやりすぎている自分の経歴を顧みた。

「泊れるのだったら、さあ、大いに飲もう」

梅原がウィスキー・グラスを眼の高さに上げ、再び乾杯を促した。

三人がそれぞれの酒を飲み干すとき、いつの間にか、小さなグラスに琥珀《こはく》色の液体を満たしたママが、それに倣《なら》った。

彼女は白く形の良い喉をのぞかせつつ、一息でグラスを呷《あお》った。

ふうっと息を吐きながら、彼女が一瞬微笑を含んだ眼で千草をみつめたとき、千草の永遠の友である江口と梅原は、若干の嫉妬《しっと》心をもって、彼女の飲んだ琥珀色の液体がバーボン・ウィスキーであることを理解した。

6

同日。夜8時40分。

佐原審査部長は書斎の籐椅子《とういす》に体を伸ばし、寛ぎのひとときを味わっていた。むやみに忙しい一日だった。

特に、副社長が主宰する午後の国内懸案会議がいけなかった。那珂資材工業にはじまって、繊維部門の案件が二つ、次いで機械部門の関係会社対策が続き、駄目押しは船舶商内の抜本的見直しときた。

あまりに豪華すぎるメニューに、老練な実務家にして畿内商事随一の政治家でもある副社長も手を焼き、佐原は後半ただ辟易《へきえき》した。今日の議題は、一介の取締役審査部長の給料の、ゆうに三倍の価値はあった。

佐原は、営業部長時代の部下が、嬉《うれ》しいことに、海外出張帰りの手土産にもって来てくれたコニャックを舐めながら、読みかけの小説に没頭した。イスラエルとエジプトの中東和平交渉を決裂させるため、リビアのカダフィ大佐がダヤン外相の暗殺を図る物語で、この手の小説を読んでいるとき佐原は、仕事はもちろん、半年前に嫁にいったきり、めったに実家に近づかない娘や、この春二度目の受験に失敗した息子のことを忘れられた。

だから、妻が階下の居間から書斎に電話を切り替えてきたとき、佐原は文字どおり舌打ちした。

そして、かつて誰《だれ》かに、今夜と同じような安らぎの時間を邪魔されたことを思い出した。

記憶力のいい佐原は、それがほぼ五ヵ月前のことであり、その夜彼が読んでいたのはドイツの軍人がチャーチルを誘拐すべくイギリスに潜入する物語であることを思い出した。

そして、あの夜の千草の電話を境にして、佐原は那珂資材工業という困難な場面に誘拐されることになった。

不吉な予感が佐原を捕えている。

——おくつろぎのところ申しわけないな、佐原君。

受話器の奥で支店統括副社長が、珍しく佐原を固有名詞で呼んだ。

珍しいといえば、この副社長が佐原の自宅に電話をかけてくるのははじめてのことであった。佐原は微かに緊張した。

——困っていてな、実は。

老人特有の、やや甲高い声でそういって、副社長は言葉を切った。

佐原は困惑した。

この権力者が多少のことで困り果てるとは、とうてい思われない。

佐原は積み重なった懸案の一つ一つを思い起こした。そのどれもが問題含みであるのは当然だが、それら懸案処理のための会議が行なわれた夜に、副社長が電話をかけてくるだけの緊急性はみあたらない。

「何か、異常事態でも？」

佐原は副社長に訊いた。

——ああ……。

副社長がいい淀《よど》んだ。そして、

——異常事態ともいえるし、見方によってはそうでないともいえるだろう。しかし私のおおやけの立場からみれば後者に分類すべきだろうな、残念ながら……。

いつになく副社長の歯切れが悪い。

佐原は個人的な事情が絡んでいることを察した。

——ところで、千草はどこにいる？

唐突に、副社長が話題を転じた。

「千草？　いま広島のはずですが……」

――広島、か……。

受話器の向こうで、副社長が何かを考えている。

「何か、千草に係わりのあることで？」

――さっき『十文字丸』の船主から電話があった。大分腹に据えかねたようで、何というひどいことをするのだと抗議してきよった。愛媛の船主にしてみれば、倒産した海運業者に『十文字丸』を傭船《ようせん》に出していたばかりに、何の関係もない畿内商事に船を押えられることになったのだからな……。

「しかし、それは……」

佐原は部下のために、船用油を売った畿内商事は、その船が誰の所有かということと無関係に、船舶先取特権に基づいてその船舶を差し押えることができる旨説明しようとした。

しかし、副社長が遮った。

――君のいわんとするところはわかっているさ。第一、わが審査部が間違ったことをするはずもない。……愛媛の船主は私に腹を立てているのだ、水臭いといってな……。

「水臭い？」

——そう。奴《やつ》は大学時代の同級生でな。彼は卒業すると愛媛に戻って親父《おやじ》の経営していた小さな船会社を継ぎ、いまでは十数隻の貨物船をもつまでになった。一応、成功者と呼べるだろう。いまでも賀状のやりとりをする仲だ。

「…………」

——可愛《かわい》い『十文字丸』を差し押えたのはお前の指示かといって奴は怒ったが、なに、私はそんなことは知らんと突っぱねた。畿内商事の副社長がそんな細かなことまでいちいち知るか、といってな。

副社長が低く笑った。

彼が『十文字丸』差押を事前に知っていたことは、今日の午後の会議の発言からも明らかである。

だが——と佐原は思う。

副社長は『十文字丸』の持主が古い同級生であることを知っていたかどうか……。

知っていてその情報を洩《も》らさなかったようでもあり、また、そうでなかったようでもあった。

だが、いずれにせよ佐原としてみれば、副社長が愛媛の船主の抗議を拒絶してくれただけで満足すべきであった。

——ただ、一つだけ困ったことがあってな。

「何でしょうか？」

——私は宿題を負ってしまった。

「…………」

——奴は差押の責任者に会わせろといってきかんのだよ。不幸にして彼はいま大阪にいるものだから、明日の朝一番で会社に乗り込むといってな。すまんが君と千草とで会ってやってくれんか。私が会ったのでは、会社のためにはなるまい？

「千草を今夜中に呼び戻せ、と？」

——そういうことになるかな。

夜9時5分。

最終の「ひかり」が広島を発《た》つまであと二十分足らず。

佐原は、流川の馴染みの店でバーボンを飲みながら、何ヵ月ぶりかで深まり行く広島の夜を安らいでいる千草の姿を、身を切られるような思いで瞼《まぶた》に思い浮かべた。

第十章　暁の船主

1

8月28日。火曜日。

朝5時20分。

『十文字丸』の船主は、中之島のホテルの一室で目覚めた。

このホテルは、彼が大阪に出張するときの常宿で、いささか値段は張るものの、ゆったりとした部屋のスペースと、周囲の雑音をほぼ完璧《かんぺき》に遮断する重厚な造りとが、働き者の船主の気に入っていた。

彼は、もう数えることさえ困難になっている長い歳月、きまってこの時刻に目覚め、夜明け前の貴重な時間に人知れず思索にふけることを習慣としていた。

四十年余、海を舞台に活躍してきた彼は、何ごとかを考えるとき、できるだけ広い空間と可能なかぎりの静寂とを欲した。そして、このホテルは、常に彼の期待を裏切らなかった。

彼は、目覚めるとすぐに起きあがり、昨日あった出来事の一つ一つを思い起こし、今日とるべき行動を点検することにしていたが、この朝は珍しく長い時間ベッドのなかにとどまっていた。

指先で皺《しわ》の寄った瞼を揉《も》みほぐしながら、彼は身体の芯《しん》に疲労が蓄積していることを自覚した。これは、年に二、三度あるかないかのことだった。

十分後、彼は漸く起きあがった。

そして、いつものように浴室に入り、温めの湯で短く刈り上げた胡麻塩《ごましお》の頭と、六十五歳という年齢にしては逞《たくま》しすぎる身体を丹念に洗った。

それから、新しい下着とさっぱりしたワイシャツ、そして綺麗《きれい》にプレスされたズボンを身につけ、窓の厚手のカーテンを引いた。早朝の淡い光が部屋に満ちた。

彼はソファに深々と腰を沈め、いま直面している緊急の課題にどう対応すべきか考えようと努めた。

しかし、彼の思考は過去に遡《さかのぼ》った。

四十年前、大学を卒業すると同時に家業を継がねばならなかったときの、あの身の震えるような緊張感。

その当時、わずか三隻にすぎなかった持船を、血の滲《にじ》むような努力によって一隻ずつ増やしていった長い道程。

造船所や海運業者との絶え間ない駆引き……。

彼の脳裏に、十四隻の貨物船を手に入れたときのそれぞれの場面が、あたかも昨日のことのように思い出された。

彼は、しかし、首を振って視点を「今日」に戻した。

まだ十分に精力的な彼は、現役を引退した老人のように過去だけを振り返るわけにはいかず、現に彼の九番目の娘である『十文字丸』は、二百キロ余の彼方で捕捉され、いまひたすら彼の救援を待ちわびている……。

彼はテーブルのうえのポットから冷水をコップに注ぎ、一息でそれを飲みほした。

漸く、いつもの闘志がじんわりと胸に甦《よみがえ》りつつあるようだった。

彼は、昨夜、かつての学友だった男と交した電話の内容を思い浮かべた。

あの男は、今度の『十文字丸』事件は知っておらず、ましてこのことに指揮権を振るえる立場でないことを明言していた。そして、友情の名において、今度の事件の責任者に会わせることを確約してくれた。

だが——と『十文字丸』の船主は思う。

彼は、額面どおりその言葉を信じていなかった。

いまでも賀状のやりとりをする関係であり、四十年前には学業の首席の座を争いつつも共に遊んだ仲ではあったが、彼は昔からいま一つあの男には信頼をおいていなかった。

その原因が何であるのか、意識して探求したことはなかったが、ある夜、あの男が畿内商事の常務取締役に就任したという報に接したとき、彼はすべてを理解した。

彼が嫌っていたのは、あの男が二十代からもち続けていた資質、そして船主自身が幾多の訓練の果てに獲得した政治性そのものにほかならないことに気付いたからである。

だから彼は、いま畿内商事の副社長に栄進したあの男に頼ろうとは、微塵《みじん》も思っていなかった。

それに彼は、いつだって、たったひとりで数多くの窮地を切り抜けてきていた。

『十文字丸』の船主は、再び冷水を口に含み、三時間後に行なわれる畿内商事との交渉に備えようとした。

彼は、自分のおかれている状況を技術者のような冷徹な眼で点検し、みずから主張できる権利を法律家の頭脳で整理しようと努めた。

一時間が経過した。

窓から差し込む強い陽光に眼をしばたかせながら彼は、しかしついに、何ら有効な手段を発見できなかったことを再確認し、みずからの思考を停止させた。

もし畿内商事がそれを望むのであれば、彼の可愛い九番目の娘は競売に付され、彼の手許《てもと》を離れることになる。

だが——と、この粘り強い『十文字丸』の船主は、一縷《いちる》の望みを抱いた。もしかりに、畿内商事に、彼と同じように経済合理性を重んじる人間がいれば、まだまだ交渉の余地はある、と。

彼は、あとわずかの時間で広島の港を出航し、彼の待つ愛媛に向かうばかりになっていた『十文字丸』を驚くほどの迅速さで捕捉した男たちが、そのような合理性を兼ね備えていることを心から祈った。

2

朝、8時45分。

畿内商事大阪本社の冷房のよく利いた役員応接室に、一瞬、緊張感を伴った沈黙の時間が流れる。

自己紹介にはじまり、時候の挨拶、それに続くとりとめのない雑談。

そして、いよいよ交渉の本題に入ろうとするとき、いつもきまって訪れる緊張の瞬間。

『十文字丸』のオーナーは、元来、交渉ごとにおけるこの瞬間を、他のどの時間よりも好んでいた。

瞬時にして交渉相手の眼の色を読み、隠された腹の底を探る。そして、彼が未明に考え抜いて用意しておいたいくつかの選択肢のなかから、自分のとるべき方針を即決する。――この瞬間は仕事にすべてを打ち込んでいる彼にとって、たとえようのない醍醐味があった。

そしてこれまで彼の心理分析と意思決定とは正確そのものであり、その結果、彼は十四隻の貨物船を手中に収めている。

しかし、いま、彼は初めてといっていいほどの窮境にあることを自覚していた。

四十年余にわたる経歴のなかで、彼が不利な立場にたたされたことは幾度もあり、そしてそのつど彼は窮地を乗り越えてきていたが、今回のように最初から相手に急所をにぎられたのは初めてのことであった。

だが、このしたたかな海の商売人は、自分の弱味をみせずに、するりと本題に入った。

「どうも先取特権というものは、われわれ船主にしてみれば、全然納得できませんな」

彼は大きな目で、『十文字丸』をあきれるほど迅速に捕捉した二人の男を交互にみつめ、そしてその本心を読みとろうと努めた。

「なるほど――」

彼の正面に座っている男が、意外にも柔軟に彼に相槌《あいづち》を打った。

もの静かな印象を与える五十代の紳士だが、この種の相手は手強《てごわ》いと『十文字丸』の船主は値踏みした。

彼は、先ほど手渡された名刺の肩書を思い浮かべた。たしか、取締役審査部長とあった。

「で、どのような点が納得いきませんか？」

その男が、低く落ち着いた声で訊いた。

船主は、この男が、人の意見を聴く訓練をたっぷりと積んでいるらしいことを察した。

「まず、船主サイドに落度はないというべきでしょうな」

彼は、未明のホテルで反芻《はんすう》した言葉を口にした。

「私は『十文字丸』をある海運業者に傭船に出した。それで海運業者は、東南アジア航路で本船を運航しつつ、おたくから燃料油を買ったらしい。私の関知しないところでね。ところが、その業者は倒産してしまった――そうですな？」

「事実関係はそのとおりでしょう」

「つまり、おたくが燃料油を売ったのは、倒産した海運業者であって、私ではない。とすれば、おたくとしては、油を売った先《さき》から焦げ付いた債権を回収すべきであって、うちの大事な船を押えるのは、まことに筋違いというべきでしょうな。違いますかな？」

『十文字丸』のオーナーは、畿内商事が海商法に認められた正当な権利を行使したにすぎないことを、百も承知していた。

だが彼は、どのように考えても、この交渉では他にとっかかりがなく、そして密《ひそ》かに用意した条件を畿内商事に呑《の》ませるためには、このような前哨《ぜんしょう》戦が必要不可欠なものであると信じていた。

しかし、取締役審査部長の返答は、完全に彼の意表を衝《つ》いた。

「お気の毒としかいいようがありませんね。私は法律には素人だから、船舶先取特権というものは、まことに奇妙な権利だと感じています」

聡明《そうめい》な船主は、この審査部長が、彼が予期した以上にものわかりの良い人間であるらしいことを直感した。

「まぎれもなく畿内商事は、今度の倒産劇の被害者です」

審査部長が、穏やかな眼で真正面から船主をみていった。

「しかし、われわれは、あなたも被害者にほかならないと認識しています。被害者同士で相争うことは、私の本意ではありません」

船主は、畿内商事があくまで権利に固執するのであれば、本船を競売せよと開き直るつもりであった。

そのような事態になれば、彼は『十文字丸』の運航による収入と『十文字丸』そのものを失うが、反面、畿内商事も多くの時間と経費、そして日々の金利を負担せざるをえないであろう。

『十文字丸』の船主は、夜明前のホテルの一室で、この交渉が最悪の場合、そのような相打ちの形でしか終息しないことを危惧していた。だが、それは、あるいは杞憂《きゆう》にすぎなかったかもしれないと、かすかに期待を抱いた。

「それでは、『十文字丸』の差押と競売は、どういうことになりますかな?」

百戦錬磨の船主は、自分でも驚くほど率直に、交渉相手の意向を打診していた。

このようなことであれば、早朝にあれこれ考える必要はなかったかもしれないと悔やみながら……。

「競売は取り下げることになるでしょう」

審査部長が鮮やかに手の内を晒《さら》け出した。そして、いきなり核心に触れた。

「われわれとすれば、わずか二十万ドルのために煩瑣《はんさ》な手続を踏むことを好んではおりません。そして、あなたにしたところで、この程度の金額のために『十文字丸』を失うことは本意ではありますまい。とすると、問題は……」

「金額、ですな。『十文字丸』を解放するために必要な金額。いわば身代金かな?」

船主は、そういいながら、みずから苦笑した。

「われわれは、どうやら、犯罪者らしい……」

と審査部長も苦笑した。

「で、身代金の額はいくらですかな？」

船主は切り出した。

審査部長が、ふと、横に座っている部下の顔をうかがった。

船主も、つられて、その男の顔をみた。

充血した眼と、いかにも疲労しきった表情が、船主の第一印象として残った。

だが彼は、うわべの印象とは別に、その男の思慮深い瞳《ひとみ》の色と、強固な意思を表わしている口元の力強さを見逃がさなかった。この四十を過ぎたばかりの男が、『十文字丸』の誘拐者であることを、老練な船主は見抜いた。

——審査第三課長……。

と船主は、この交渉相手の役職を思い浮かべた。

「で、全額かな？」

船主は、その男に重ねて訊いた。

否——と、審査第三課長は直ちに首を振った。

「全額を主張したのでは、交渉すること自体時間の無駄でしょうね」

「ということは、譲歩の余地がある、と?」

「お互いに被害者ですからね。それに——」

審査課長が、船主の胸に浸《し》み入るような、明るい微笑を浮かべていった。

「このような些事《さじ》に駆引きするほど、お暇ではないでしょう?」

『十文字丸』の船主は、息子ほど齢の違う審査課長の眼の底を睨《にら》んだ。そして彼は、驚くほど手際よく『十文字丸』を捕捉したこの男が、人を出し抜く要素を完璧なまでに身につけていないことを確認した。

それに彼は、いわれるまでもなく多忙をきわめており、現に十五隻目の新造船のために、こうやって単身大阪に出向いていたのだった。

「それなら、『十文字丸』解放の条件は?」

船主は、単刀直入に、その男に訊いた。

「私のほうから条件を切り出すのですか?」

「そう——」

と船主は断定した。

「いつだって、誘拐者が身代金を要求するものと相場が決まっている。違いますかな?」

審査課長が苦笑しつつ、上司の顔をみた。

取締役審査部長が、すべてを任せるといった風情で深くうなずいた。

「——八割」

と、その審査課長が通告した。

「焦げ付いた債権の八割をお支払いいただければ、即刻『十文字丸』を解放しましょう」

「八割？」

『十文字丸』の船主は、あきれる思いで、審査課長の充血した瞳をみつめた。

船主は、これまでの商社との長い付き合いから、畿内商事のような会社がこの種の合意をする場合、事前にそれを社内稟議《りんぎ》にかけ、愚かしいほど多くの人間の承認印を取り付けねばならないことを知っていた。

だから船主は、この男が審査部に所属していながら平然とその禁を破り、そしてその監督者自身も泰然とそれを許したことに、内心驚いた。

そして、この男が提示した条件は、船主が未明のホテルで漠然と期待していた金額と奇妙なほど一致していた。

「駆引きをする気はないようですな？」

船主は念を押した。

「ありません」

審査第三課長が答えた。

短い沈黙の時間が流れ、船主はすべてを計算しつくした。他にとるべき方策はありようもなかった。

「電話をお借りできますかな？」

船主が訊いた。

どうぞ、と審査第三課長が、部屋の隅の電話機を指し示した。

船主は太い指でプッシュ・フォンを押し、愛媛の会計課長に、十六万ドルを畿内商事に振り込むよう簡潔に指示した。

3

10月9日。火曜日。

午後4時50分。

千草は新聞の棋譜の欄に眼を凝らしていた。

第四十三期名人戦の挑戦者決定リーグで、千草の贔屓《ひいき》の森安秀光が、好敵手青野八段を屠《ほふ》った一局である。千草は丹念に棋譜を読みながら、勝敗の行方とは別に、なぜ自分が森安を買っているのか、それを分析しようと努めていた。

あの狂気に似た猛暑が止《や》むと同時に事件の数も減っており、千草はいま何ヵ月ぶりかで、彼のもっとも望んでいた安穏な時間を手に入れることができるようになっていた。

二十分近く棋譜を追った結果、千草はみずから提起した疑問に対する解答を見出した。

粘着力——と、千草は森安の将棋を総括した。

江戸っ子の気《き》っ風《ぷ》のよさや、東北人の粘り強さとはまったく異質の、合理的に計算されつくした粘着力が森安の将棋の骨格を形成しているようだった。そしてそれは、関西の風土にしか育ちえないものであり、千草にもっとも欠けている要素にほかならないことを自覚した。

しかも——と千草は、森安を羨《うらや》んだ。

早く九段になりたいと公言する森安のおおらかさは、眩いばかりの明るさがあった。

「課長――」

唐突に、千草の思考を小早川が中断した。

彼は左手にもった受話器を指し示しながら、異常事態の発生を千草に告げた。

4

同日。

千草が畿内商事大阪本社の自分の机のうえに肘《ひじ》を突き、頭をかかえながら棋譜を読みはじめるより二時間前――。

川路管財人は、お気に入りの福岡市内のホテルの一室に、三人の男を招じ入れた。

川路はもう数年前から、密かに何事かを謀るとき、この古くからある小さな落ち着いたホテルを利用していた。このホテルであれば、彼の狭い法律事務所とは違って、ふいの来客を気にすることもなければ、また、那珂資材工業の管財人室のように、従業員の眼を意識する必要もなかった。

川路は、白髪を短く刈りあげた初老の男と、いかにも緻密《ちみつ》そうではあるがやや神経質な四十近い男と、そして、頑健な肉体に似合わずもの静かな雰囲気を漂わせる青年とを、窓側のソファに誘《いざな》った。

その場所からは、秋の色濃い大濠公園が見渡せる。

川路は、しかし、本題に入ることをしばし躊躇《ためら》った。

これは——と彼は、自分自身の心理状態を冷徹な法律家の頭脳で客観的に分析した。

——これは、自覚症状がありながら、医師の宣告を待っている患者の心理に似ている。

川路は、眼の前の三人の男には気が付く術《すべ》もなかったが、ほぼ半年前のみずからの決断を内心後悔していた。

もしあのとき、那珂資材工業の保全管理人の職を引き受けなければ、彼は、ときおり舞い込んでくる破産管財人や内整理の代理人の仕事をこなしつつ、まだ弁護士としての平穏な職域にとどまることが可能であった。だが、徒《いたず》らに野心を抱いたばかりに、今日このように、経営者としての苦渋まで味わおうとは、いかに有能な川路にとっても計算の範囲を超えていた。

ふと、大濠公園の池に遊ぶ鷗《かもめ》や鴨《かも》の甲高い鳴き声が、川路を我に返らせた。

川路は、この密かな会議の主宰者にして那珂資材工業の最高責任者である自分の発言をまっている三人の男に眼を戻した。

「まず、私の方からご報告しましょうか？」

四十近い神経質な男――澄田経理課長が、川路の顔色をうかがっていった。

澄田は、半年以上にわたる経験から、この法律家があらゆる議論の基礎に計数を据えねば気の済まぬ人間であることを痛感させられていた。そして、この種の報告は、まさに経理課長である彼の職務そのものにほかならなかった。

「ご報告すべきは、二つの点に絞られると思われます」

澄田は、川路好みに、簡潔に問題点を整理していた。なにしろ、この気の短い管財人は、冗長な説明を親の仇《かたき》のように嫌っていたからである。その点、会社を倒産に追い込んだあの社長とは、雲泥の差があった。

「第一に、経理面からみた会社の現状ですが――」

澄田は、慎重に、手許の資料に眼を走らせながらいった。

彼は、数少ない経理課のスタッフとともに、工場の原価計算や製品の販売価格の動向を徹底的に調べあげていた。

「わが社は、いま、完全に黒字体質の企業に変貌《へんぼう》し、年間六千万から七千万円の利益を計上できるものと断言してさしつかえないでしょう」

「だろうな」

川路が、意外に不機嫌な顔で同意した。

「で、原因は何だ？」

「はい。それは三点に要約することが可能でしょう。まず、徹底的な合理化に伴うコストダウン」

「小島さんの手柄だ」

川路は、澄田の説明を遮って断定した。

「小島さんの情理を尽くした説明に組合側も納得し、予想以上の人間が希望退職を申し出てくれた。それに尽きるな」

渋茶を啜《すす》っていた小島が面を伏せた。

「第二に、家電・音響メーカーが、高値で製品を購入し続けてくれていることがあげられます」

「それも小島さんの手柄だ。――いや、もっと正確にいえば、小島さんの書いたシナリオにそって、中岡君が巧みに根回しをした。今回の倒産劇の責任者は畿内商事だと批判を浴びながら、な」

「――で、第三に……」

澄田は、予想外な川路の反応に戸惑いつつ、説明を続けた。

「会社更生法の申立に伴い、わが社は金利の心配をする必要がなくなりました。更生手続開始後の利息は、申すまでもなく、劣後的更生債権として取り扱われ、およそ弁済されない宿命にあります。営業外収支の改善は、きわめて大きく業績の向上に寄与しております」

「私の知りたいのは――」

川路は、穏やかな秋の陽《ひ》を浴びている大濠公園の水面に眼をしばたかせながら、最大の関心事に触れた。

「一月《ひとつき》ばかり前、畿内商事の小早川君が提起してくれた問題点はどうなのだ？　――彼のいうとおりか？」

「それが、ご報告すべき第二点なのですが、まさに、彼の指摘したとおりでして、わが社の十億円に上る累損は、八億円の債務免除益と二億円の資産評価替えによって、計算上消滅します」

「あっという間に、だ」

「はい、幸か不幸か……」

「何年もかかって積み上げた損を、瞬時にして解消する。――これは奇跡というべきだが、要するにわが社は、税金を収めつつ負債を支払う運命にあるわけだ。そう認識すべきなのだな？」

「そのとおりでしょう」

川路は、冷えたお茶を一息で飲み干し、視線を宙に漂わせた。彼は、いま、更生計画の立案がほぼ不可能に近いことを、口に残ったお茶の苦さとともに、否応なしに認めていた。

「――次に……」

川路は、あくまでも冷静に那珂資材工業の命運と自分自身の行く末をみきわめるべく白髪の初老の男の意見を質《ただ》した。

七ヵ月前、たった一人でこの倒産事件のシナリオを書き、そのとおりに裁判所と畿内商事を巻き込んだ小島は、いま川路や澄田、そして中岡を得ることによって肩の荷をおろし、漸く健康を回復しつつあるようだった。彼の担当は、債権者の意向を打診することにあった。

「で、感触はどうだった？」

「芳しくありませんね」

小島は敗北を認めた。

「もしわれわれが、税金を納めつつ更生債権を弁済するとなれば、それに要する期間は約二十年。債権者は、それほど悠長ではありません。二十社近くあたってみましたが……」

「そのような条件であれば、破産せよといったわけだ」

川路は、みずから希望した更生管財人の地位を失う日が、目前に迫っていることを自覚した。

彼は、この十年近い年月の間に熟《こな》してきた仕事の一つ一つを、あたかも老人が過去を振り返るように、脳裏に思い浮かべていた。倒産事件のベテランという評価を定着させるため、彼がついやしてきた労苦は、ほどなく雲散霧消する……。

だが、簡単に事態を諦《あきら》めるにはあまりに粘り強すぎる川路は、念のため、三人目の男の意見を訊いた。

畿内商事が万全を期すため送り込んできたこのもの静かな青年は、サッカーで鍛えあげた頑健な肉体と、公認会計士に匹敵する能力と、そして何よりも人柄の良さとでもって、いまや川路のもっとも信頼する参謀になっている。

「敗北宣言をするか?」

青年の意向を打診しつつ、川路はみずからの気力が、あとわずかの時間で消滅することを自覚していた。二人の医師は、まさに彼の予想どおりの診断を突きつけた。そして、この三番目の青年も直ちにそれに同意するに違いない……。

しかし、中岡の言葉は、完全に川路の意表を衝《つ》くものであった。

「私は、まだ、敗れたとは思っておりませんね」

川路は、みずからの耳を疑いつつ、青年の口元に強い意思の力が宿っていることを発見した。

「この更生事件は——」

青年は、三人の男を直視した。

「開始決定が出てまだわずか三ヵ月。結論を急ぐ必要はないでしょう。まだまだこれからでしょうね」

三人の男は、雷に撃たれたような思いで青年をみつめ、結局この青年が那珂資材工業の最終的な意思決定者であるかもしれないことにはじめて思い至った。

「それは……」

川路が、重苦しい沈黙のあとに、老練な弁護士らしく、青年の意見を質した。

「その考えは、畿内商事の方針そのものなのか？」

青年の顔に、ふっと穏やかな微笑が浮かんだ。

「そうです」

青年は断言した。

「――しかし、確認しましょうか？」

「是非、頼む」

と川路がいった。

「これは、大事なことだからな……」

中岡はたちあがって、連絡をとるべく部屋の隅の洒落《しゃれ》た電話機に近づいた。

――午後5時10分。

畿内商事大阪本社・審査第三課長の机の上で電話が鳴り響いた。

棋譜に精神を集中している千草に替わって、小早川が素早く受話器をとり上げた。

第十一章　転回

1

10月15日。

午後1時40分。

那珂資材工業の第一回債権調査期日――。

裁判所の広い集会場の中央に、裁判長と陪席判事、そして川路管財人とそのスタッフが居流れる。

出席債権者の数は、およそ二十名。

当初、この更生事件に多大の関心を抱いた債権者の多くは、半年という時間の経過とともに次第に興味を失い、今日の集会を欠席している。かつて、任意の債権者集会で鋭く畿内商事の責任を追及した、あのプラスチックの納入業者の姿もみあたらない。

千草と小早川は、人影のまばらな集会場の片隅に腰をおろした。熱気の失《う》せた集会場の空気が、妙によそよそしく冷たい。

定刻より十分ほど遅れてから、裁判長が債権調査をとりおこなう旨宣言した。

次いで川路管財人がたちあがり、個別の債権者の届出額と認否する額を、いかにも事務的な口調で読みあげる。

川路はわずかな計算違いのあった四社の届出債権に異議を述べ、そして、畿内商事をはじめとする担保権者の債権調査を留保した。彼は、これから行なわれる財産評定の結果によって、更生担保権の額を確定させようと決めていた。

川路が数字の朗読を終えたとき、裁判長が異議を述べられた債権者は一ヵ月以内に更生債権確定の訴を提起することができる旨注意を喚起した。

――この間、わずか四十分。

那珂資材工業の債権調査は、あっけないほど平穏に終了した。

このため、畿内商事を除く債権者たちは、更生手続が順調に遂行されているものと信じつつ席をたった。

しかし、この更生事件に深く関与している者は誰《だれ》一人、事態を楽観視してはいなかった。

川路管財人はこの儀式のあいだ中ずっと無力感に囚《とら》われていたし、千草と小早川は、うわのそらで何事かを考え続けていた。そして裁判長は、これから川路管財人と畿内商事に念を押すべき事項を、明晰《めいせき》な頭脳で整理していた。

2

——三十分後。

千草と小早川は、書記官に導かれて裁判官室のソファに座った。

おびただしい判例集や古い書籍の放つ紙の臭《にお》いが、一瞬、緊張した二人の心を和《なご》ませる。

小早川は、学生時代、たまにしか通わなかった教授の研究室を思い出し、千草は常に仕事をもち込む、狭いけれども居心地の良い書斎を心に浮かべた。

しかし二人の連想は、裁判長と陪席判事が真正面に腰をおろしたとき、たちどころに消え去る。

「――お忙しいのに、わざわざ大阪からご足労いただいて恐縮ですな」

裁判長が、口元だけに笑みを浮かべて、型どおりのあいさつをした。

川路管財人を介して千草を呼びつけたことに対する、一応の礼である。

千草は、しかし、それを額面どおりには受けとらない。前二回の面談の経験から、千草は裁判長の人となりを熟知するに至っている。

自分こそが司法官として最適任者であると、信仰に近い確信を抱いているこの人物は、必要とあればいかなる大企業の社長でも平然と召喚するに違いなく、まして一介の審査課長を呼ぶことなど至極当然のことと思っているはずであった。

「予想外に、出席者が少ないものですね」

千草は挨拶がわりに、先刻の債権調査期日の出席者の数に触れた。

「そう。しかし、あんなものです――」

裁判長がこともなげに断定した。

「倒産直後にはだいぶ熱くなっている債権者も、一定の冷却期間をおくと、しだいに沈静化するもののようですね。まあ、皆さん、何ヵ月も前の焦付きに時間をとられるよりも、今日の商売で手一杯ということでしょう。それに更生事件の場合は、裁判所の厳重な監督下にあると信じているから、債権者も安心する。――もっとも那珂の場合、果たしてそのように安心していていいものかどうか……。どうです、千草さん？」

裁判長のメタルフレームの奥の鋭い眼《め》に、わずかながら皮肉の色が滲《にじ》んでいる。

――前哨《ぜんしょう》戦の開始……。

この数ヵ月、千草の胸に宿っていた不安感が、いま急速に膨張する。

「裁判所にお任せしておこうという債権者の気持も、わからんではないですね」

千草は辛うじて切り返した。

「ほう。なぜ？」

「那珂資材工業の採算が黒字転換したらしいという情報が、債権者の間に伝わっているようですね。それに更生手続の方も、裁判所のおかげで順調に運んでいると信じることができる環境にあります。とすれば、あとは受身で自分の債権が弁済されるのを待てばよいと、債権者の多くは考えるでしょうね。――当社がそう考えているように……」

瞬間、千草と裁判長の視線が絡み合った。

いつもこうだ――と千草は思った。

裁判長の顔に、かすかに不機嫌な表情が浮かぶ。

「それは、どうかな」

重苦しい口調で裁判長がいった。

「他の債権者の思惑はどうでもいい。しかし、少なくとも裁判所としては、畿内商事を単なる債権者とは考えていません」

「そうですか？　――われわれは、これまで、債権者の立場を崩してはおりませんが」

「いや。そういうわけにはいかんでしょうな」

裁判長は、あくまで一債権者の立場にとどまりたいという、千草のささやかな願いを拒絶した。彼は、二十年余にわたる裁判所の生活のなかで、他人の希望を受け入れるという習慣をもたなかったし、何よりも千草の希望は、彼の構想から外れるもののようであった。

「来ていただいた理由を話した方が早そうだ」

裁判長が、苛立《いらだ》ちを隠さずに、本題を切り出した。

「あなたには、一度、裁判所としての考えをお話しして、是非とも理解していただきたいと考えていましてね」

「…………」

「つまり、更生事件の本質について、どう考えるかということですな、お話ししたいのは……」

千草は、これまで抱き続けてきた不安な予感が、不幸にして的中したことを悟った。この手練《てだれ》の裁判長が相手であれば、これは避けることのできない結果であった。

「まず第一に、裁判所としては、弁護士は更生会社の管財人には向かないと考えています。企業の経営には法律家は不適当だ、と」

「しかし……」

千草は抵抗した。

ここで抵抗しなければ、この、会社更生法の理念に燃える裁判長は、思うがままに局面を指導し、畿内商事に彼の構想の一半を担わせるに違いない。

「われわれの眼からみても、川路管財人はよくやっているようですがね」

「いや。それは違います」

裁判長が、言下に否定した。

「那珂がうまくいっているのは、小島という元の常務――私は当初、彼の力量を正確に把握していなかったが――彼の統率力と対外的な信用に負うところが大きい。そして、おたくから入れてくれた中岡管財人代理の計数管理能力。――これに尽きます」

「中岡君を高く買って下さるのは大変ありがたいことですが、どうも川路管財人の評価は完全に喰《く》い違っているようですね。しかし、それはそれとして……」

「何ですか？」

「かりに川路管財人の個人としての能力が、裁判所の目からみて不十分だとしても、現在那珂がうまくいっているのは、いまの体制が有効に機能しているからでしょう。つまり、川路・小島・中岡のラインが理想的に機能していると評価できます。とすれば、このままで何の不都合もないでしょう」

これは、千草と小早川が、新幹線の車中であらかじめ用意した回答であった。

裁判長は、しかし、薄い唇で嘲笑《わら》った。

「中岡さんから何も聞いていませんか？」

「………………」

「理由はよくわからんのですがね――」

裁判長が続けた。

「川路管財人は、どうやら自信を失いかけているようですな。彼は管財人の職を辞したがっているようにみえるが、千草さん、あなたには心当りがあるでしょう？」

千草は、内心、動揺した。

川路が、更生計画の立案を前にして、躊躇《ためら》っていることは事実である。そしてその契機になったのは、とりもなおさず千草が指摘した事項に関連する。

しかし、この裁判長は、どこからその情報を入手したのか……。

「――辞職、ですか？　あの自信家の管財人が、そう簡単に職を投げ出すとも思えませんがね」

「心当りはない、と？」

「全然、思いつきませんね」

再び、裁判長と千草の視線が絡み合う。

人を射竦《いすく》めるような裁判長の眼光に、千草は瀬戸際で耐えた。

「まあ、それはいい。私は、四ヵ月前、更生手続開始決定の段階で、畿内商事から管財人を出してくれるよう要請した。――もちろん、ご記憶でしょうな？」

「ええ」

「ところが千草さん、あなたはそれを拒否し、私は譲歩した。そうですね？」

「………」

「だが私は、依然として弁護士は管財人には不適当だと考えている。で、これはまだ先のことだけれども、裁判所としては、更生計画案の認可の段階で、管財人を入れ替えようと思っています。更生計画の遂行、つまり那珂の本格的な再建の段階では、川路管財人には降りてもらおう、と。――これをあなたに伝えておきたかった」

「つまり、いずれ畿内商事から管財人を出せ、と」

「それが一番自然な姿でしょうな……」

裁判官室の広い窓から、穏やかな秋の陽《ひ》が差し込んでくる。眼下に、緑の豊かな公園が広がっている。千草はその公園を散策したいという誘惑に駆られ、腰を浮かしかけた。

「千草さん」

裁判長が咎《とが》めるような眼で千草を制した。

「管財人の件は、裁判所としても、いますぐご返事をもらおうとは思っていない。まだまだ時間がありますからね。しかし、お話ししたいことがもう一つありましてね」

その言葉と同時に、いつもは伏し眼がちの陪席判事が、冷徹な眼で千草を直視した。

千草は、いま、自分が最大の窮地に陥っていることを自覚した。数ヵ月来危惧《きぐ》し続けてきた予感が、これから現実のものになる……。

「私は常日頃《ひごろ》、更生法というものは、より全般的な観点から運用されるべきであろうと考えていましてね。つまり、これまでの更生事件は、更生会社の保護に力点をおきすぎた、と」

「…………」

「逆にいえば、一番被害をこうむったのは、債権者たちでしょう。彼らはきわめてわずかな金額を長期にわたって弁済される。場合によっては、破産事件より劣悪な条件で、ね。――しかし、こういった債権者の犠牲のうえに成り立つものが、果たして会社更生の名に値するかどうか。千草さんなら良くおわかりでしょう」

「…………」

「そこで、当裁判所としては、この那珂資材工業の事件は、名実ともに会社更生の名にふさわしい計画案を作ってもらいたいと考えているわけです。他の事件の模範となるような更生計画案を、ですね」

「というと？」

「どうですかな、千草さん。あなたがたの感覚では、どの程度の計画案なら納得がいきますかな？」

老練な裁判長は、さり気なく千草にカードを渡した。

これが一般的な形での質問であれば、千草は大いに弁ずることが可能であった。

しかし、こと那珂資材工業の更生事件に関するかぎり、千草の立場は複雑に錯綜《さくそう》している……。

「一概にガイドラインは示せませんね。債権者の立場もあるでしょうが、他方で従業員の利益も絡みます。また、会社の財務体質と収益力の問題がありますからね」

そう答えながら千草は、みずからの信念と力量とを唯一絶対のものと信じていることの裁判長が、心から千草の意見を求めているのではないことを見抜いていた。

「こんな線ではどうですかな」

裁判長が、長い間あたためていたらしい腹案を示した。

「負債の三十パーセントを七、八年で弁済する。——いかがですかな？」

裁判長の瞳《ひとみ》に力がこもっている。

横の小早川の身体《からだ》が、電気に打たれたように、一瞬震える。

「——無理でしょうね。那珂資材工業には、そのような収益力はないでしょうから」

「そうですかな」

裁判長が口元で嗤《わら》った。

「織内商事が総力をあげれば、不可能とは思えませんがね」

三度《みたび》、千草と裁判長の視線が絡んだ。

裁判長の圧力が、千草を羽交い締めにする……。

「どうも、ご期待には添えないようですね」

声がかすかに掠《かす》れている。

「何が？」

「管財人を引き受ける件も、更生計画案の方も、どうにも荷が重すぎるようでして……」

「まだ十分に時間があります」

「いや、とても……」

考えておいていただきたい——と裁判長は締めくくった。

席をたつとき、千草は両の肩から力が脱《ぬ》けていることを自覚した。

裁判長は見事なまでに、この更生事件の急所を衝いた。

——投げ出すか……。

裁判所の長い廊下を歩きながら、千草の脳裏を弱気な考えがよぎった。

3

同日。

午後3時40分。

千草は二人の部下を伴って、はじめて大濠公園に足を踏み入れた。

湖と見紛《みまが》うほどの大きな池が、眼の前に広がっている。野鳥が数種、空を飛び、水に浮かぶ。

「驚いたな。こんな素晴しい公園なら、もっと前にくるんだった……」

「そうでしょう？」

中岡が語尾に力を込めた。

「しかし課長は、仕事中毒ですからね」

小早川が千草を弁護した。

三人は、石造りの観月橋を渡った。

水辺に鴨《かも》と家鴨《あひる》が遊び、鷗《かもめ》が鋭い弧を描いて宙に舞う。

——十分後。

三人は、池の中央の松島で歩を止めた。

ぐるりと池を取り囲む、柳の古木が見渡せる。

そして南の方角に、油山がかすかに霞《かす》む。

千草はマイルドセブンに火を点《つ》けた。

かつてない安らぎの気分が、千草の胸を満たしている。

「止《や》めたいのでしょうね、課長は……」

小早川が、放心したような千草の顔に向かってつぶやく。

「もともと争いごとは好きじゃありませんからね、課長は。そしてわれわれも……」

すべてを放《ほう》り出し、気を許した二人の部下とともにこの公園で一日遊ぶことが許されるならば、これに勝る幸福はないと千草は思った。

しかし……。

「君は今夜川路管財人と会うのだったな？」

千草は事務的な口調で中岡に訊《き》いた。

「ええ……。でも、ありのままに裁判長の意向を伝えれば、川路さんは職を辞すでしょうね」

「それは困るな。何としても、そのような事態だけは避けたい」

「そのためには、川路さんにはすべてを話さぬことでしょうね」

小早川が言った。

「全部伝えればいいというものではないですし……」

三人は押し黙ったまま、それぞれの方向に眼を遣《や》った。

千草は油山を眺め、中岡は野鳥の動きを追い、そして小早川は遠い城址に焦点を合わせているようだった。

千草は、二人の腹心に、数ヵ月前から抱いていた構想を話すべきときがきたことを感じた。

「実は……」

千草は、あの畿内総合建材の社長に依頼した謀りごとを、二人の部下に洩《も》らしはじめた。

中岡と小早川の瞳に火が灯《とも》り、鷗が鋭い鳴き声をあげて三人の頭上を飛び交った。

4

この日、山陽経済研究所の戸倉情報課長は、瀬戸内に面する三つの造船所を回った。

彼の所属する興信所は、いわゆる大手の興信所に比較すれば小規模で、しかもローカルなものであったが、広島ではその手軽さにおいて定評があった。

所長の、地味ではあるが正確さを尊ぶ性格は、所員の一人一人に丹念な仕事を要求し、その結果山陽経済研究所の調書は、やや時間がかかりすぎる嫌いはあったものの、その精度において顧客の抜群の信頼を勝ちうるに至っていた。

戸倉情報課長は、その山陽経済研究所の働き頭であった。

彼は他の調査員に比し、二つの利点を兼ね備えていた。地元の、それも瀬戸内海に面する川尻町の出身であるという点と、十年近く東京の有力な興信所で勤務していた経験とがそれである。

川尻町や、それに隣接する町の人々の多くは、彼の主たる仕事場である造船所やそれに関連する分野に散らばっており、戸倉は彼らから貴重な情報を仕入れることに幾度も成功し、ついには情報網といったようなものまで作り上げていた。

そして東京の興信所での経験から、戸倉は情報の有効な取扱い方を学んでいた。彼は仕入れた情報を迅速に、あるいはときとしてわざと緩慢に流すことによって、金銭や信頼、そしてこれが何よりもありがたかったが、反対給付としての情報を見返りに手に入れていた。この面では、畿内商事は彼の大事な顧客の一つであった。

午後4時25分——。

戸倉は乗客のまばらな呉線の座席に腰をおろした。

間もなく左の車窓から、平　清盛《たいらのきよもり》が開削したと伝えられる音戸《おんど》ノ瀬戸が遠望できた。

この海の回廊を、四国・三津浜を発《た》ったはずの真白いフェリーが、鮮やかな航跡を残しつつ通過した。

戸倉は煙草《たばこ》をくゆらせながら、今日まわった三つの造船所の情報を頭のなかで整理した。

どの造船所も、どうにか安定的な受注を確保しており、いますぐどうといった危機的な材料はなさそうであった。あの昭和五十年代前半の、悪夢に似た連続倒産劇の再現の兆しはみあたらなかった。

二十分後、列車が呉のホームに滑り込んだとき、この有能な情報課長は二番目の造船所で聞いた噂《うわさ》をふと思い出した。

「——ちょっと、旨《うま》すぎる話でな」

戸倉と同じ町出身の営業部長が、雑談の合間にそういった。

——何が？

「いや、人様のことだから、どうでもいいんだが」

——どこのことをいってるんだ？

「明神、さ。明神造船所」

——明神がどうしたって？

「明神が韓国の船主から受注したことを知っているか？」

——まあな。

「さすがだな。で、何番船だ？」

——ただで教えるのか？

「お互いさまだろうよ。いずれ借りは返すさ」

——七百五十一番船だ。

「その船だが、少し腑《ふ》におちないんでな」

——どこが？

「船価が高すぎるようなのよ。もちろん、正確にはわからんがな」

——結構なことじゃないか。瀬戸内の造船所が繁栄するということは……。

「しかし、な」

——何だ？

「俺《おれ》には、とてもあの船価では注文はとれないぜ。営業部長失格、かな？」

戸倉は、あの営業部長が、この業界で凄腕《すごうで》で鳴っていることを熟知していた。そして、あの男があああいうからには何かあると、長年の経験から直感した。

列車が呉の駅を発ち、やがて江田島の穏やかな島影が姿をみせはじめたとき、戸倉はふと、明日は明神造船所にあたってみようと思った。

そのとき彼は、この十日ばかりの間、畿内商事審査第三課長の千草に一切の情報を入れていないことに気がついた。明神の風聞は、あるいはとるに足らない噂ともいえたが、あの審査第三課長から、いかなる些細《ささい》な情報でも送るようにと懇請されていたことを思い出した。

広島の駅から連絡しようと、情報の取扱い方のルールを知っている戸倉は思った。

5

畿内商事広島支社の機械課長・梅原は、この夜、広島薬研堀の小料理屋に七人の男を招いた。

表向きは、日頃お世話になっているメーカーや特約店の実務担当者を慰労するための会合ということになっていたが——そしてそれは真実であったが——この七人の男たちは、梅原の主宰する懇親ゴルフ会のメンバーでもあった。

ほぼ二ヵ月前梅原は、『十文字丸』探索のためにゴルフの例会を突然欠席する破目に陥り、みずから定めた会の鉄則を破った。

今夜の宴会は、その罪ほろぼしの意味を兼ねていた。

肉付きの良い体型と柔和な表情から、人に大雑把であけっぴろげな印象を与えがちな梅原ではあったが、その内実はきわめて几帳面《きちょうめん》であり、かつ義理堅かった。

「こうしてみると、あの会の規則というやつは結構有難味のあるものだな」

小料理屋の二階の座敷で、招かれた客の一人が鍋《なべ》をつつきながら少しふざけた口調でいった。

「まったくだ」

誰かがそれに応じた。

「あれがなければ、こうやってご馳走《ちそう》になれないもんな」

己れを知り抜いている梅原は、あのような規則を設けることによって自分の仕事中毒に歯止めをかけようとしたが、その規則を破ったのは、やはり梅原自身だった……。

「それにだね――」

三番目の男が口に何かを入れたままいった。

「こんなことなら、梅原幹事にはどんどんルールを破ってもらいたいもんですな」

七人の招待客は声をあげて笑った。

それからしばらくの間、男たちはほど良く煮えた何種類かの魚と牡蠣《かき》、そして野菜を忙しく口に運び、辛口の地酒を喉《のど》に流し込んだ。

胃の腑が落ち着いたところで、ゴルフ談義に花が咲いた。

上手は上手なりに、また下手は下手なりに、これまで行ったゴルフ場の批評や、多種多様なコースのそれぞれの攻め方についての講釈が延々と続いた。

あっと言う間に二時間余が経過し、十分に酔いが回ったとき、梅原の隣りに座っていた機械ディーラーの男が小声で訊いた。

「ここの払いは会社で落とすのか？」

「ああ。日頃仕事でやっかいになっているお礼の宴会だからな、これは」

そうか、と男は口のなかでつぶやいた。その様子に、どことなくぎこちないものがあった。

「どうかしたのか？」

今度は梅原が訊いた。

「そういう趣旨の宴会なら、少しは仕事の話をしてもいいんだろうな」

「かまわんさ。で、何だい？」

「三日ばかり前に大阪に出張したんだが、そのときメーカーの連中にしつこく明神造船所のことを訊かれた。何か聞いていないかってな」

「どうして明神に関心があるんだ？」

「いや、なに、連中は明神向けにエンジンを造っていてね。ところが明神が、非公式に納期の延長を打診してきたらしい」

「………」

「不自然だろう？　エンジンなんてものは、船を造る工程と密接な関係があるから、納期を延ばすなんてことは普通考えられないからな。それで連中は首をひねっていて、俺に訊いたというわけだ」

「なるほど」

「しかし、もちろん、俺にも答えられなかったさ。で、どうなんだろう、おたくの方に何か情報は入っていないか？」

「いや、何も聞いてない」

「だろうな。でも何か耳にしたら教えてくれないか。あのメーカーは俺にとって大事なお客さんでね」

「いいよ。お安いご用だ」

三十分後、八人の男は小料理屋を出た。

「――どうだろう。もう一軒、行かないか？」

狭い路地で、誰かが提案した。

いいな、行こう、と酒の強い四人がそれに雷同した。

「梅原さん、あんたは行かないのか？」

機械ディーラーの男が怪訝《けげん》な面持でいった。

「ああ。残念だけれど明日は早出でね。今夜は早く寝たいんだ。もう齢《とし》だから無理は利かない……」

七人の男がいかにも愉快そうに笑った。

梅原は独りで夜の街を歩いた。それも人通りの多い商店街を避けて。

ひんやりとした秋の夜気が、火照《ほて》った頬《ほお》に心地良い。

梅原は歩き続けながら、喉に刺さった小骨のように、さっきから頭の片隅にひっかかっているものの正体をつかもうと努めていた。

——約十分後。

酔った梅原の頭脳のなかに、一つの記憶が甦《よみがえ》った。

ほぼ二ヵ月前の『十文字丸』騒動の最中、あの審査第三課長が明神造船所に関する情報を求めてきた……。

そしてさっきの機械ディーラーの話。

何か符合するようでもあり、またそうでないようでもあった。

しかし、みた目よりはるかに鋭敏な営業マンの直感は、この情報を審査第三課長に伝達する必要を認めた。

6

翌朝、『十文字丸』の船主は、定刻の5時20分に愛媛の自宅で目覚めた。

彼は素早く跳ね起き、それから冷水で顔を洗った。体力気力ともに充実しているのを感じ、彼はあるかないかの笑みを浮かべた。

早朝、思索にふけるのは彼の習慣であったが、このふた月ばかりの間、船主はたった一つのことを考え抜いていた。

つまり、彼の十五番目の持船の建造計画がそれである。

毎朝彼は部厚い書類や資料に目を通し、十四隻の持船の設計図の一つ一つを眺め、二十何冊かの手控えのノートを点検した。そういった地道な努力の積み重ねの結果、ほぼ三週間前に構想のアウトラインが固まった。

その構想の下に、船主は昼間造船所や傭船《ようせん》業者、それに懇意な荷主と何度も接触し、そして彼らの意見によって自分の構想を少しずつ修正していった。

この朝、船主は二時間近くを費やして、最終の計画案に精神を集中した。彼はあらゆる角度から分析したが、最終案はまことに非の打ちどころのないものに仕上がっていた。

船主はこの朝二度目の微笑を口元に浮かべて、十畳の和室の書斎から、朝陽にきらめく瀬戸内の海に眼を休めた。

暫時虚脱状態に陥った船主の脳裏に、ふと何の脈絡もなく、数日前の奇妙なできごとがよぎった。船主が十五番目の船をもちたがっているという情報をどこからか仕入れた造船所の営業部長が、密《ひそ》かに接触を試みてきたのがそれである。

どの造船所を起用するか、すでに心に決めていた船主はとりあわなかったが、その時彼は心のどこかにひっかかる不自然なものを感じた。

これまで縁のなかった造船所が積極的な営業活動の一環として彼に働きかけてくるのは異とするに足らぬことではあったが、船主はそのような営業行為の必要性そのものに疑問を感じた。なぜなら、船主の知るかぎり、その造船所は豊富な受注残を誇っており、いま新規の顧客を急いで開拓する必要はないはずであった。それも、営業部長みずからが先頭にたって……。

船主は、手元の建造計画が満足できるものであることを確認した余裕もあって、本棚の引出から、伝手《つて》を頼って入手した造船所各社の内部資料をとり出した。彼はそのなかの一枚の表を、愛用の座卓の上に広げた。それは、彼に接触を試みてきた造船所の船表で、受注状況や各船の建造工程が要領よくまとめられている。船主は何事かを推理する表情で、その船表の隅々にまで眼を走らせた。

十分後、船主の視線が一点で静止した。

——七百五十一番船……。

発注先は韓国の海運業者とあった。

船主は再び穏やかな内海に視線を漂わせつつ、今度は頭のファイルのなかからその海運業者の情報を引き出そうと努めた。

こちらの方は十分もかからなかった。

四十年余もの長い間、海を舞台に活躍してきた彼の情報量は、あるいは他の同業者の誰よりも豊富であり、また六十五歳という年齢にもかかわらず、彼の記憶力は微塵《みじん》も衰えていなかった。

船主はその海運業者が、数年前、突然契約をキャンセルし造船所を泣かせた前歴があることを思い出した。

船主は情報の断片がぴたり符合することを、そしてその結果、自分の推理が的を射ていることを確信し、この朝二度目の満足感を覚えた。なにしろこの結論に到達するまで彼は二十分足らずの時間しか費やしておらず、これは誰からみても驚異的な速度といえた。

このとき、愛媛の船主は、この情報と推理とを畿内商事に洩らしてやろうと、ふと思った。

『十文字丸』解放交渉の後の会食で、あの取締役審査部長と審査第三課長は、彼に対して地元の造船所や海運業界で何か面白そうな、つまり商売になりそうな情報があれば教えてほしいと幾度も懇請し、船主は畿内商事がその種の情報に飢えていることを十分に認識した。

今朝二十分足らずでまとめた結論を無償で提供しても、それは後日何らかの大きな見返りとなって戻ってくるであろうと、この海の商売人は計算した。

しかしあまりに思索的な愛媛の船主は、それが情報を洩らす真の動機ではないことも知っていた。

彼は、『十文字丸』の捕捉《ほそく》と解放交渉で鮮やかな手口をみせたあの二人の男に対し、いまだに畏敬《いけい》の念に似た感情を抱いている自分に気付いていた。

第十二章　苦悩する審査部長

1

10月24日。水曜日。

午後4時30分。

畿内総合建材の社長・榊原は、定刻より十五分早く京都の料亭に着いた。

この料亭は部屋数も少なく、派手なところは何一つなかったが、孟宗《もうそう》の竹林を借景にした野趣に富む庭園は、榊原の好みに合った。

榊原は、二十年余にわたる長い社長稼業の間、わずらわしい現実から逃避したいと願うとき、決まってこの料亭を利用した。独酌を楽しみつつこの庭に眼を休めるとき、榊原は数多くの自分の失敗と、そしてそれ以上の頻度で繰り返された人々の裏切り行為とを忘れることができた。

六年前、畿内総合建材の前身である彼の榊原合板が経営危機に陥り、ついには畿内商事の軍門に屈するときも、彼はこの料亭で昂《たかぶ》る神経を鎮め、そして翌日から冷徹で粘り強い反攻に転じることができた。

その結果、榊原合板は畿内総合建材と名称を改め、何人かの派遣役員を畿内商事から受け入れたものの、彼は今日に至るまでその地位を守り続けていた。

——しかし……。

と、本来淡泊な性格の榊原は、来年6月の役員改選期にその職を辞することを心に決めていた。

生え抜きの五十四歳の常務が実力を蓄え、完全に社内を掌握しているため後顧の憂いはなかったし、この数期、会社の業績は安定していた。いま辞めても、数代にわたって続いてきた会社に対する義理は十分に果たしたことになると榊原は踏んでいた。

彼は、まだ肉体的に余力が残されているうちに社業を離れ、あと十何年かの余生を酒や読書や旅行に費やしたいと願っていた。

そのような心境にあったから、今度の一件が自分の最後の仕事になるであろうことを十二分に認識していた。

そして、いまこうやって待ち構えているあの審査第三課長が協力者であるならば、相手にとっても不足はなかった。

――十分後。

定刻よりやや早く、その千草が奥座敷に姿をみせた。

顔に疲労の色が濃く、少しやつれたようだと榊原は感じた。

「まず一献」

榊原は、当然のごとく、藍《あい》色の清水《きよみず》の徳利で酒を勧め、千草もまた遠慮なく盃《さかずき》を干した。

「この前の酒と？」

千草が口に残った余韻を味わう風情でいった。

「そう、同じ酒です。わかりますかな？」

榊原はこの審査課長が、最良の飲み友達であることを確かめて、心ひそかに安堵《あんど》した。酒を人生の伴侶《はんりょ》と決めている榊原は、酒を嗜《たしな》まない人間に対してはある種の偏見を抱いていたからである。

「――さて、と……」

二本目の徳利が空きかかったとき、榊原は本題に入った。

「那珂資材工業の方はどんな具合ですかな？」

彼は何人もの部下から、那珂の業績や将来性、それに川路管財人の意見や動向を聞いて知ってはいたが、千草の腹の底だけはいま一つつかみかねていた。

「大変、苦戦しております」

千草が盃をおいて答えた。

「裁判所相手に、ですな？」

「ええ。裁判長が更生計画のガイドラインというのを示しましてね」

「かなり厳しいものだとか……」

「更生債権の三十パーセント程度を七、八年で弁済できないようなものであれば、会社更生の名に値しないといわれました。逆にいえば、借金の一割や二割を二十年近くもかかって返すことは債権者泣かせ以外の何ものでもない、と」

「なるほど」

榊原は、細い眼をいっそう細めて、裁判長のガイドラインのもつ意味を、そしてその実現可能性を素早く計算した。部下から報告のあった那珂の収益力では、そのような更生計画の立案と実行は不可能に思えた。

「で、千草さんは、裁判長の方針についてどうお考えなのかな？」

窮地にたっている男に対して、この質問はあるいは酷すぎるかもしれないと思いつつ訊いた。

しかし、千草の返答は、榊原の意表をついた。

「裁判長のガイドラインは、きわめて妥当なものでしょうね」

「え？　——だが……」

「ええ、那珂にとっては困難な、いや不可能なガイドラインですが、更生の理念としてはそのようにあるべきでしょう」

榊原は内心の動揺を抑えつつ、広い廊下越しに孟宗の林に眼を遣った。

榊原は、息子ほど齢の違うこの審査課長が、身かけによらず意外に図太い骨格をもっていることに気づいた。そして、四ヵ月前の千草との会話を反芻《はんすう》し、この男があの時点ですべてを読み切っていたことに年甲斐《がい》もなく身の震えるような感激を覚えた。まことに、このような男であればこそ、自分の最後の仕事の協力者にふさわしい、と……。

「すべてが織り込みずみだったようですな。裁判所の反応も、何もかも。——で、これから先の計画は？」

「暗中模索といったところですが、お願いしていた件のご返事をうかがおうと思いまして……」

那珂資材工業の買収——。

榊原は七、八枚のレポートを千草に手渡した。

彼のもっとも信頼する技術陣と経理のスタッフがとりまとめた報告書で、買収の条件があらゆる観点から検討されている。この書類を渡すことによって榊原は完全に手の内を晒《さら》し、そして千草相手に駆け引きする意思のないことを言外に伝えた。

榊原は、あと数ヵ月でその職を辞すいまになって、はじめて畿内商事の人間に心を許している自分を可笑《おか》しく思った。

「わかりました」

呆《あき》れるほどの速さで報告書を読み終えた千草がいった。

「この条件ならば、那珂を買っていただけるのですね」

「そう。誰もが納得できる案でしょうな。これなら社内の反対もない」

あの五十四歳の、自分の後継者も双手《もろて》をあげて賛成し、前任者の置き土産を心から喜んでくれるであろう。なにしろ、このことによって、畿内総合建材は那珂の消滅による赤字転落をまぬがれるばかりか、かなりの利益を確保することになるのだから。

「ご意向はよくわかりました。しかし、甘えついでにもう一つ——」

「…………」

「この案は、那珂の価値ある資産だけを買い取る構想になっていますが、まるごと那珂を買うとなれば、いくらが妥当なのか……」

「まるごと？」

「ええ。会社全体として」

榊原は、この鋭敏なパートナーが、幾とおりもの可能性を模索しているらしいことを感じた。たしかにこれほどの男であれば、たった一つの選択肢に自分と会社とを賭《か》けはしないであろう。

千草の構想のすべてをいま聞きだしておこうと、榊原は思った。

榊原は両の手を打ち、馴染《なじ》みの女将《おかみ》に熱い酒と、そして自分の最後の仕事の幕開けにふさわしいとびきり美味《うま》い料理とを注文した。

竹林の向うに沈んだ落日が、薄墨を流したような西の空を、淋《さび》しい朱の色に染めはじめている。

2

11月5日。月曜日。

午後2時30分。

佐原取締役審査部長は、執務室の机のうえにかがみこんで、もう小一時間も千草の報告書に全神経を集中していた。

日頃温和な佐原の眼が、別人のように鋭い。

商社マン、それもついこの間まで営業畑一筋に歩いてきた男には珍しく、佐原は難解な法律用語や煩雑な数字の羅列してある文章を読むことが苦ではなかった。

遠い昔、文字どおり勤勉な学生時代に積み重ねた訓練が、畑違いの職場の長になったいま、妙に役立っているようであった。

千草の提出した報告書は、まことに手際よくまとめられていた。

那珂資材工業の現状分析と将来性の予測。

川路管財人やそのスタッフの動向。

裁判所の指導方針とその実現可能性等々……。

どの項目一つをとってみても、那珂資材工業のおかれている立場がきわめて立体的に、しかも過不足なく整理されていた。

しかし、とりわけ佐原の興味をひいたのは、ようやく固まりつつある畿内総合建材の方針に関する件《くだり》であった。

千草はいう――「畿内総合建材は、多少の出血を覚悟したものの如《ごと》し」と。

――もし、それが真実であれば……。

と佐原は思う。

あの気難しい老人は、父祖三代にわたるみずからの会社を半ば傘下に収めた畿内商事の人間に対し、いま初めて心を開いたことになる、と。

千草は、果たして、誰もがなしえなかったその難事に成功したのかどうか……。

佐原は報告書を机の上におき、何本目かの煙草に火を点け、そして瞑想《めいそう》した。

胸にかすかな痛みがある。

千草や小早川、そして中岡が、かくまで那珂の更生事件に没頭している背景には、「クリエイティブ・クレジット」の重圧がつきまとっているのではないかという思いが、この数ヵ月、佐原の頭を離れないからである。

ほぼ一年前、取締役審査部長の職に就いたとき、佐原はおそらく会社生活で最後になるであろう野心を胸に抱いた。堅実ではあるが、あまりに地味で受動的な審査部を、自分の任期中に一変させようというのがそれである。

佐原は、審査部のあるべき姿をほぼ確信に近い形で頭に描いてはいたが、万事に慎重でかつ現実的な彼は、とりあえず、営業部を指導できる強力で機動的なスタッフを突出させてみようと考えた。

佐原は千草に白羽の矢をたて、そして「クリエイティブ・クレジット」という言葉に自分の願望を込めて千草にそれとなく伝えた。

おそらく千草は、その言葉のねらいを完全に見抜いているに違いない、と佐原は思う。

それゆえにこそ千草は、腹心の部下を那珂に入れ、川路管財人や小島を間接的に指導し、苦しみつつ裁判長とかけあい、そして遂《つい》には畿内総合建材の社長との連携を図っているのであろう。

千草のその試みは、半ば成功しつつあるようでもあり、またそうでもないようであった。

佐原は新しい煙草に火を点け、苦悩している部下のために何をなしうるかを考え続けた。

十分後――。

佐原は役員秘書室と連絡をとり、関係役員の在籍状況と、今日これからの予定とをチェックした。それから国内支店統括副社長に対し、三十分後に臨時の懸案対策会議を開くよう要請した。

取締役審査部長の地位に就いて、はじめての要請であった。

3

「――どうやらこれで全員だな?」

議長席に腰をおろした副社長が、細く鋭い眼で出席者の顔ぶれを確認していった。

副社長の右手の列に管理担当常務と取締役経理部長、左側に建材担当常務と佐原が座っている。

副社長室に隣接したこの小さな会議室は、事実上この権力者の独占するものであり、彼はこの部屋で、決して外部に洩れてはならない数多くの内輪の会議を行なってきていた。

そして会議室を飾るものは、この実務的な副社長にふさわしく、部屋の隅の台におかれた唐三彩の馬の陶器、それだけである。

「いよいよ大詰だな？」

やや甲高い声で、副社長がこの会議の開催を求めた佐原に質《ただ》した。

「大詰でもありますし、そろそろ会社の方針を確定すべき時期でもあります」

「だろうな。那珂資材工業が会社更生の申立をして、すでに――」

副社長が一瞬、その重たげな瞼《まぶた》を閉じた。そして、

「もう八ヵ月か……」

「はい」

「で、どんな具合なのだ？　だいぶ状況は、はっきりしてきたのだろう？」

他の三人の役員が、無言で佐原を注視する。

「まず第一に、裁判所の指導方針が明らかになりました」

「更生計画立案の基準、だな？」

単刀直入に急所を衝《つ》いた。それもどこかで聞いた法律用語を使って。

「それで、どんな指導方針なのだ？」

「更生債権の三十パーセントを七、八年で弁済すること――というのが裁判所のガイドラインです」

副社長の細い眼にかすかに驚きの色が浮かび、三人の役員が吐息を洩らした。

一呼吸おいてから、

「無理だろうな。まったく無茶な話だ」

と、管理担当常務が口を挟んだ。

「この前の佐原君の試算では、更生債権の三十パーセントを二十年で弁済するというのが限度だった。それを七、八年で、というのでは、議論の余地もなにもあったものじゃない。狂ったか、その裁判長は……」

「――佐原君」

取締役経理部長が、穏やかではあるが粘っこい口調で訊いた。

「債権・債務の関係は、確定したのかな？」

「まだ更生担保権の調査を残していますが、事実上固まったとみていいでしょう」

「どのように？」

「更生担保権が三億八千万円、優先更生債権が一千万円、一般更生債権が約十二億円。――そんなところに落ち着くでしょうね」

「そうすると、更生会社が弁済すべき額はいくらになるかな。一般更生債権の弁済率を三十パーセントとして」

「約七億五千万円」

「そうだな。で、那珂の年間の収益力は？」

「六千万円から七千万円のあいだでしょう」

経理畑を歩き続けてきた、いかにも秀才そうな面影を残している取締役経理部長が、暫時黙考した。そして、

「やはり無理だな――」

と、突き放すように断定した。

「債務免除益とかによって累損が一掃されるならば、那珂が弁済にまわせる税引後の利益は三千万円程度。とすれば、七億五千万円を返すには、二十年でもあぶないくらいだ」

「そうだろう。そういう計算になるはずだ――」

管理担当常務が同意した。

「こんな簡単な計算がわからんような裁判長では困ったもんだ。司法試験制度には、せめて小学校の算数程度の課目を入れるよう、実務界で働きかける必要があるんじゃないか？――どうだ、佐原君？」

佐原がやや鼻白んだとき、支店統括副社長が喉の奥で笑った。

「大変建設的な意見で結構だ。だがな――」

副社長は凄味《すごみ》のある笑みを浮かべて管理担当常務の顔を一瞥《いちべつ》した。

「そんなことは、裁判長は百も承知だろうよ。君はそう思わんかね？」

管理担当常務の顔に、一瞬、狼狽《ろうばい》の表情が走った。

「だが、まあいい。――で、二十年弁済案を、他の主要債権者は呑《の》むのか、審査部長？」

「残念ながら……。那珂の常務であった小島という男が、ひそかにあたってみましたが、反応は消極的です」

「だろうな。わずか三割程度の配当を二十年かけてもらったところで、嬉《うれ》しくも何ともないわな。ところで、裁判所の注文はそれだけか？」

「もう一点。更生計画認可の段階で、うちから管財人を出せ、と」

「管財人を……」

副社長が絶句した。

「馬鹿《ばか》な――」

管理担当常務が、吐き捨てるようにいった。

「遂行できそうもない更生計画を作れと命じ、そしてそれを遂行する管財人を出せという。そんな権限が裁判所にあるのかね、佐原君？」

「いや」

「そうだろう。いや、そうに決まっている。私の知っている司法とは、そのようなものじゃないからな」

「佐原君——」

取締役経理部長が念を押した。

「われわれは、あくまで那珂資材工業の債権者の立場を貫くべきだよ。ここを間違えてはいけない。もしかりに、裁判所の意向を受け入れて管財人を引き受け、更生計画を作るようなことになれば、われわれは債権者ではなく経営者になり、那珂資材工業の全責任を負うことになる。危険きわまりないことだよ、これは」

「断ったんだろうな？」

管理担当常務が押しかぶせてきた。

「千草は、更生計画立案の件も、管財人を引き受けることも、はっきりと拒否したんだろうな？」

「もちろん千草にしたところで、消極的な返答しかできませんからね」

「フライングをしてはいないだろうな、あの男は？　——会社の許可も得ずに、裁判長に何か約束してはいないだろうな？」

「それは、ありえませんね」

数秒、小さな会議室に、重苦しい空気が満ちた。

佐原は、この瞬間、誰もが千草の姿を瞼に思い浮かべ、これまでの千草の行動の一つ一つを点検していることを察知した。

大きく、かつ成熟した組織は——と佐原は思う。

敵にたち向かうと同時に、あるいはその前に、内部の敵を捜し、内部の人間の失敗を糾弾する。そして、そのことによって、その組織は内から崩壊する。軍隊も、官僚組織も、そして……。

「君や千草が、裁判所の意向を拒絶する方向で動いているなら、私としても異論はない——」

管理担当常務が、会議を締めくくるような口調でいった。

「それを会社の方針としたいならば、それで結構だ」

「私もそれがベターだと思いますな」

取締役経理部長が賛成した。

「どうでしょう——」

管理担当常務が副社長に進言した。

「そろそろ、会社の方針を決定しようじゃありませんか。いつまでもだらだらするのは、われわれにとっても那珂にとっても、決して好ましいことじゃない」

副社長は皺《しわ》の刻まれた瞼を閉じ、何ごとかを瞑想する。

いまここで票決されれば、自分は敗れるに違いない――と佐原は覚悟した。管理担当常務と取締役経理部長は撤退を主張し、建材担当常務は態度を留保するであろう。

その結果、那珂資材工業再建の芽は潰《つい》え、佐原や千草の試みは無に帰する……。

「会社の方針を決めてもかまわんが――」

副社長がつぶやくようにいった。

「われわれが手を引けば、那珂は破産だな？」

「多分……」

「で、そうなったら、わが社としては、何が困る？」

老練な副社長が、さり気なく土俵を替えた。

「まず困るのは、わが社というより、畿内総合建材でしょうな」

建材担当常務がはじめて口を開いた。

「あそこは那珂向けの商売を失うことによって、年間何千万円かの利益減になるでしょう。もっと悲観的にいえば、福岡工場をたたむことにさえなりかねない。福岡工場の赤字転落は必至ですから」

「やむをえないだろう――」

と管理担当常務。

「畿内総合建材が困るからといって、うちが那珂を丸ごと抱き込むことはできないからな」

「そう簡単にはいきませんでね」

建材担当常務が反発した。

「なぜ？」

「福岡工場をたたむとなると、百人近い人間を配置転換させねばならん。これは大仕事でしてね。下手をすると労働争議になりかねない」

「…………」

「それだけじゃない。わが社が畿内総合建材を傘下に収めてようやく六年。この間、できるかぎりの宥和《ゆうわ》策をとって、社長もそのまま据え置きにし、どうにかうまくいっているというのに、ここでうちの都合で福岡工場をたたむとなると、六年前に逆戻り

——いや、もっとまずいことになりかねない」

「独立運動、か？」

「まあ、最悪の場合はね」

「…………」

管理担当常務の勢いが萎《な》え、取締役経理部長は頬杖《ほおづえ》をついて何ごとかを考えはじめた。

会議室に沈黙の時間が流れ、佐原は形勢が五分近くまで回復したことを実感した。

「——さて、と」

誰もが決断を回避しかかったこの絶妙の瞬間に、副社長が身を乗り出していった。

「そろそろ会社の方針を決めた方がいいのだったな、常務？」

管理担当常務が、力なくうなずいた。それはついさっき、自分がいい出したことだった。

佐原はこの副社長がまだ自分の直属の上司であった十余年前、このような形で困難な事態を収束するのを幾度も目撃していた。

決してみずからの意見を主張することなく、それでいて議論の方向を思うがままに操縦する——これは天性の政治家にのみ可能な手法に違いなく、それによってこの男はみずから傷つくことなくいまの地位を手に入れたのであろう……。

「それで、どうだろう。われわれは、もう一度、審査部長の意見を聞いてみようじゃないか」

畿内商事きっての政治家が、提案の形をとって佐原に命じた。

「よもやわれわれの審査部長は、何らの腹案なしに、臨時の会議を開くよう求めることはあるまいからな。そうだろう、審査部長？」

4

この日、佐原は、二、三の夜の誘いを丁重に断り、まっすぐ帰宅した。

これは、人付き合いのよさで通っている佐原にしては珍しいことで、月に一、二度あるかないかのことだった。

営業畑を一筋に歩み続けていた頃から、佐原はみずから誘うことは少なかったものの、他に約束が入っていないかぎり、めったに人と歓談するのを拒みはしなかった。

このため、数多くの人々が佐原を社交的な人間と信じて疑わなかったが、佐原は本心では宴席や付き合い酒を好んではおらず、また酒好きの男たちが半ば自己弁護的に説く酒席の効用についてもきわめて懐疑的であった。

佐原は、長い経験から、ともに酒を飲むことによってある種の連帯感が芽生えるという俗説を信じてはいなかったし、もしかりに仕事をもつ男たちの間に連帯感が生まれるとすれば、それはほかでもない、全力を尽くして同じ一つの仕事に打ち込む以外にないことを知り抜いていた。

だから佐原は、体調の悪いときや何かを考えたいとき、そして彼の唯一の趣味である読書に没頭したいと思うときには、その手の誘いをきっぱりと断ることができた。帰宅した佐原は、妻と二人だけの夕食もそこそこに済ませ、二階の書斎に引きこもった。

コニャックをグラスに半分ほど注《つ》ぎ、安楽椅子《いす》に身を委《ゆだ》ねた。そして読みかけのスパイ小説——イギリスの情報部員が、自分を冷遇した組織に復讐《ふくしゅう》する物語——に眼を落とした。

二十分後。

佐原は、このスリリングな小説を、わずか二ページしか読み進めていないことに気づいた。

彼は本を閉じ、コニャックを口に含んだ。

頭の隅に、みずから要請して開催した午後の懸案対策会議の様子が、未《いま》だに鮮明な画像として残っている。

——審査部長の腹案を聞こう。

老練な副社長が頃合いを見計らって佐原を促したとき、小さな会議室にみなぎった、冬の冷気に似た緊張感。

そして、佐原をみつめる四人の役員の、好奇心に満ちてはいるが、他人のミスは何一つ見落すまいとする官僚の眼……。

佐原は目をつむり、重圧に耐えつつ述べた言葉の一つ一つを反芻した。

——いまわれわれは窮境に陥っています。

佐原は、自分が指揮をとってきたこの更生事件の概況を、決して雄弁にではないが簡潔に整理して述べた。

もし裁判所の意向を受け入れれば、達成不可能な更生計画の立案を余儀なくされるばかりか、皮肉なことに、それを遂行すべき管財人を無理を承知で派遣せざるをえなくなるであろう。

かといって、かりに撤退すれば、畿内総合建材とわが社はあまりに多くのものを失うことになるだろう。

——膠着状態《こうちゃく》だな。

と副社長が言葉少なにコメントした。

——それで、打開策は？

佐原は、この日はじめて、千草が密かに進めてきた工作の全貌《ぜんぼう》を明らかにした。

四人の役員の顔に、一様に驚愕《きようがく》の色が浮かんだ。

——可能なのか？

と、副社長の眼が疑っていた。

——多分。

と佐原は答えた。

そして佐原は、畿内商事の懸案事項を司《つかさど》る四人の役員に対し、その工作の了承を求めた。

数分の重苦しい沈黙の後に、まず建材担当常務が佐原の提案に賛成し、次いで取締役経理部長が同意した。そして管理担当常務が不承不承うなずいた瞬間、数ヵ月にわたって千草と榊原の間で検討されてきたプランは、畿内商事の公認するところとなった。

重役会の許可をとりつけたことによって佐原は、この更生事件の大詰の段階で、千草の行動の自由を獲得しそれを保証することができる。

これは白羽の矢を立て、あえて突出させた部下に対する上司の責務といえた。

――しかし……。

と、いま、佐原は安楽椅子のなかで思い悩みはじめていた。

佐原は、これまでの経験から、理念に燃える男の手強《てごわ》さを知っていたし、千草から聞いたあの裁判長は、紛れもなくその種の典型であると確信できた。

そして、そのような男が容易に千草の提案を受け入れると信じるほど、佐原は若くも未熟でもなかった。

佐原はこの更生事件がまだ二転三転することを覚悟し、芳醇《ほうじゅん》なコニャックを味わいつつ、最終着陸地点がどこなのか見定めようと精神を集中した。

いうまでもなく、最終着陸地点とは、更生会社・那珂資材工業がたどりつくであろう結末と、そして何よりも、みずから提唱した「クリエイティブ・クレジット」の行く末とがそれである。

第十三章　座礁

1

12月11日。火曜日。

本格的な冬の寒気団が西日本を覆ったこの日、小早川は朝7時に出社した。夜間通用口で顔なじみの守衛に合図して、人気の少ないビルのなかに入る。そして、エレベーターで十二階に直行。仕事場である審査第三課の照明をつける。

早朝、会社に出ることは、苦ではなかった。

この一年余の間、小早川は、毎朝4時から5時の間に起床する義務をみずからに課していた。

彼は、まだ人が安眠を貪《むさぼ》っている時刻にベッドから脱《ぬ》け出し、独身寮の狭い庭で木刀を振った。そして、我妻栄《わがつまさかえ》の『民法講義』に没頭——。

このような生活が、正確には、一年三ヵ月続いていた。

小早川は、畿内商事審査部の六年の経験で、実務的な知識は相当量蓄積したと自負してはいたものの、一度、それらの知識の断片を体系のなかできっちり整理する必要を痛感させられていた。

しかし慢性的な残業と、それに続く、神経の疲れを癒《いや》すための酒とが、小早川から夜の時間を奪っていた。

何日か打開策を考え続けた小早川は、ある夜、ふと学生時代の寒稽古《げいこ》を思い出し、それが閃《ひらめ》きとなって未明の独学につながった。

もっとも、法学部出身でありながら法律を好まない小早川にとって、この訓練は苦痛以外の何物でもなかった。何度も、この、砂を嚙《か》むような努力を放棄したいという欲望が小早川を襲い、そしてそのつど彼は辛うじてそれに耐えた。

しかし、このような努力を一年近く続けたある朝、小早川はいつの間にか自分が二つか三つ上の階段にたっていることに気がついた。これは、学生時代、剣道三段の資格を手に入れる寸前に感じた、重く厚い壁を突き破ったときの感覚に奇妙なほど似ていた。

そして、このとき小早川は、いままで畏敬《いけい》する存在でしかなかった千草を、はじめて自分の射程距離内に捕えていることに気づき、そのような自分自身に驚いた——。

この日も小早川は、いつものように一時間ばかり『民法講義』を読み、それから出社した。

デスクにつくなり、うずたかく積まれた書類のなかから、昨夜読みかけになっていた書類をとりあげる。

それは船舶部からとり寄せた極秘書類で、畿内商事と昵懇《じっこん》な関係にある海運業者のそれぞれについて、その保有する船舶の型やトン数、傭船《ようせん》業者や積荷の関係が記載してあるばかりでなく、その財務体質や資金余力、そして、これから畿内商事としてそれらの船主に対してどのように対処すべきかまでが、びっしりと書き込まれている。

小早川は、判例や学説を読むときの鋭い眼《め》で、海運業者の一つ一つを丹念に点検し、もう一隻の新造船をいまもつに足るだけの力を備えているかどうか読みとろうと努めた。

一時間後——。

小早川は、ふと、少し乱暴な手つきで、その資料を机の片隅に押しやった。

畿内商事傘下の海運業者たちは、いずれもいまの陣容を維持するのが精一杯であり、とても戦線を拡張できるだけの余裕はないようにみうけられたからである。

小早川は煙草《たばこ》に火をつけ、ついに自己資本を充実できなかった彼らを呪《のろ》った。

一服した後、小早川は、自分の机の横に設置してある端末に向かった。

節くれだった指でキイを叩《たた》き、これまで畿内商事と取引関係にあったあらゆる海運業者のデータをチェックした。

彼はコンピュータに呼びかけた。

――過去三期、年間の収入が十パーセント以上の割合で伸びている会社を示せ。

――その期間、経常段階で黒字を維持している企業は？

――自己資本三億円超の企業は？

スクリーンにいくつかの会社の名が浮かびあがり、そして小早川の要求の度合がシビアになるにつれて、次々に姿を消した。

小早川は、結局、この方法をもってしても目的に到達しえないことを悟った。

彼は溜息《ためいき》をつき、畿内商事審査部が取引を推進しようという千草の思いつきがあっけないほど簡単に挫折《ざせつ》したことを認めた。

しかし、9時近くになって出勤してきた同僚たちと朝の挨拶《あいさつ》を交しているうちに、小早川の胸にある考えが浮かんだ。

小早川は、札幌から福岡まで全国に散っている審査マンの顔を一つ一つ思い出しながら、それぞれの審査課あてにファックスを打った。

——当社との取引関係の有無を問わず、恒常的に億単位の利益を挙げている企業で、償却資産に興味を示す可能性のある企業をリストアップされたし。

おそらく有効な反応はあるまいと思いつつ小早川は、しかし、審査部がそのネットワークを利用して商売に挑戦していることに、ある種の興奮を覚えていた。

これは、長い間手がけている那珂資材工業の更生事件と同様に、あるいは審査部の未来にかかわる重要な仕事のように小早川には感じられた。

2

この日、畿内商事船舶部長の住吉は、得意先まわりに一日を費やした。

午前中は、かねて昵懇の間柄の、中堅海運業者の三人の社長と会い、午後は近畿や瀬戸内海に工場をもつ造船所の営業所長クラスと面談した。

このうち差し迫った用件があったのは、ついこのあいだ小さな貨物船を発注した下関の造船会社の大阪営業所長だけであったが、住吉はいつものように特別に用事のないところにも顔を出した。

住吉は、畿内商事における自分の地位が次第に向上し、そしてついには船舶部長の重責を担ういままでも、時間の許すかぎり取引先を訪問していた。このことによって住吉は、海運会社や造船業者から、まだ非公式な段階にあるいろいろな計画を聞き込んだり、とりとめのない噂話《うわさ》の真偽のほどを確かめることができた。そしてそのうちのいくつかは、確かに畿内商事の利益につながった。

しかし、住吉が精力的に顧客のもとを訪れているのは、そのような目先の商機をつかむのが主たる目的ではなかった。

畿内商事にスカウトされる前、十年近く海上勤務に就いていた住吉は、海の男たちがうわべの反応はともかく、心の底ではことのほか来客を喜ぶ性分をもっており、彼らとうまくやっていくためには、定期的な接触を保つのが最良の方法であることを知り抜いていた。

彼らは、自分たちと同じ種類に属していると信じることのできる男のためならば、多少の無理は承知で難事を引き受ける性癖をもっており、それは住吉の、巨額でしかも時間の制約の多い仕事にとって、かけがえのない意味を有していた。

住吉が行く先々で振舞われたお茶で腹を一杯にして帰社したとき、時計の針はすでに4時半を回っていた。

船舶部長の大きな机の上に、幾多の書類が山積みになっている。昨日の夕刻から今日にかけて住吉の五十名を超えるスタッフが集めた情報の洪水、そして住吉のサインを待っている稟議書《りんぎしょ》と伝票類がそれである。

7時から大手の船会社の重役と会食の予定が入っている住吉は、瞬間的に識別しながら、記憶に値しそうな書類だけを読み、その他の八十パーセントの「紙」は見ずに判を捺《お》した。

三十代の前半まで、その生活の大半を洋上で過ごした住吉は、畿内商事に移籍した当初、現実の出来事と書類との乖離《かいり》に悩みはしたものの、二十年近い絶え間のない訓練は住吉を典型的な商社マンに仕上げていた。

小一時間後、住吉はすべての書類を捌《さば》き終えた。

彼は電話の側《そば》の六、七枚の伝言メモのなかから、緊急性の高そうな一枚を選び出し、そこに書いてある内線番号を押した。

数分後、チャイムが就業時間の終了を告げたとき、一人の男が住吉に目配せして応接セットに座った。

「――珍しいことだな」

住吉はその精悍《せいかん》な顔に笑みを浮かべて、顔なじみの男にいった。

「あんたが直々お出ましとはな。だがね、こっちの方はいまのところ平穏無事で、あんたの世話になりそうな案件は心当たりがないんだが……」

住吉は畿内商事に途中入社した当初から、この男のことをよく知っていた。

ややもすると官僚的になりがちな本部機構のなかにあってこの男は、住吉の直面した営業上のトラブルを営業マン以上の柔軟さでもって処理してくれた。それも、確か三度ばかり……。

その男が、ふっと、少し照れたように笑った。

「妙な情報が入りましてね」

と、直截《ちよくせつ》核心に触れた。

住吉は、いつも多忙を極めているこの男が、冗長な会話を好まないことを思い出した。

「どんな？」

住吉も要点だけを訊《き》いた。

「明神造船所の船台が空いたらしい」

と男が答えた。

そして、広島の興信所と梅原の情報、それに愛媛の船主の推理とがぴたり符合していることを指摘した。

「なるほど……」

住吉はこの男の情報収集力の凄《すご》さにいまさらのように舌を巻き、同時にこの男が何ごとかを企《たく》んでいることを直感した。

「商機だ、といいたいのだろうな」

念を押した。そして、

「何が欲しい？」

とその男に訊いた。

唐突に船台の空いたいま、明神を買い叩いて安い価格で船を発注することは十分に可能なようだ。しかし、住吉の懇意な船主たちは、誰《だれ》もが手一杯の状態で、今日明日、新造船をもつだけの余裕はない。

「もっとも、船主を捜せ、というご希望には添えそうもないがね」

「いや」

その男はきっぱり否定した。

「その点はこっちでもチェック済みでしてね。いくら畿内商事の誇る住吉水軍でも、とてもこの急場には間に合いそうもない」

「よくご存知《ぞんじ》のようだ」

住吉は苦笑した。

「しかしわが船舶部としては、顧客を捜す以外に能はないと思うがね」

「いや」

その男は再び否定した。

「智恵《ちえ》があるでしょうよ。——ノウ・ハウといってもいい」

「ノウ・ハウ？」

「そう。この状況下ではどのようなタイプの船ならば採算にあうのか。そして、積荷や傭船業者の関係でどのような仕組みを作ればいいのか。——そういったことは船舶部にしかわからない」

「しかし……」

住吉はこだわった。

「どんな仕組みを考えたところで、船主のあてがなければどうしようもないだろう？」

「船主は——」

とその男が驚くべき言葉を口にした。

「船主は、きっと、みつかるでしょうよ。また、みつからなければ、それはそれだけのことでしてね」

 こともなげに言い放った男の、いかにも意思の強そうな口元を住吉は睨《にら》んだ。そのように容易に事が運ぶのであれば、営業部の労苦はどれほど軽くて済むことだろう。

しかし同時に住吉は、この男から、ある種の迫力を感じとった。過去、住吉がトラブルに巻き込まれ、そしてこの男がそのことごとくを解決したとき、いまこの状態に似た熱量がこの男から放射し他を圧倒したことを住吉は思い出した。

「しかし、妙だな……」

住吉はつぶやいた。

「営業部が商売の仕組みを考え、あんたが顧客を捜すのか。逆のようだがな」

男の顔に、例の照れたような微笑が浮かんだ。

「まあ、いい――」

住吉は話を先に進めた。

「で、俺《おれ》はどうすればいい？」

「人を貸してほしい」

とその男がいった。

「誰を？」

男は住吉の部下のなかから、あの『十文字丸』を探索した若い男の名を告げた。

3

12月14日。金曜日。

九州北部に粉雪が舞った。

例年より何日か早い。

とかく南国のイメージの強い九州ではあるが、筑紫《つくし》山地の北側の気候は出雲《いずも》や石見《いわみ》のそれと似たところがある。冬季、日射《ひざ》しは弱く、曇天の日が多い。

千草と小早川は、空路福岡に入った。

那珂資材工業の更生担保権の調査期日に出席するというのがこの出張の表向きの理由であったが、真のねらいは別のところにあった。そして裁判長もまた、中岡管財人代理を介して千草との面談を希望していた。

更生計画案の提出期間が満了するまで、あと半年余。

千草や裁判長に残された時間は、さほど多くはない――。

更生担保権の調査期日は、これまでと同じ裁判所の集会場で開かれた。

出席債権者の数は辛うじて十社を超える程度であり、このため広い集会場の前方の、一段高くなった演壇に並んだ黒衣の男たちのものものしさと、白々と空席の目立つ債権者の席とは、奇妙なコントラストをなしていた。

千草は小早川と並んで後方の席に腰をおろし、指折り数えて会社更生法の適用申請から約九ヵ月が経過していることを確かめた。そして、川路管財人の読み上げる数字を聞き流しながら、ほとんどすべての債権者は、この九ヵ月の間に、那珂資材工業に対する焦付き債権の実質的な処理を終了しているに違いないと想像した。

――とすれば、いま、那珂の行く末に関心を抱いているのは……。

千草の脳裏に何人かの男の顔が浮かび、次いで千草はふと気づいて前方の演壇に眸を凝らした。

そのとき、演壇中央に座っている、鋭敏にして老練な恰幅《かっぷく》のよい紳士――裁判長――が、刺すような眼で千草を一瞥《いちべつ》したように感じられた。

4

「——たびたびすみませんな」

略式の挨拶を口にして、裁判長が千草の正面のソファに座った。

一呼吸遅れて陪席判事が、そして書記官が、千草と小早川を包囲するように所定の位置につく。

「お越しいただいたのは、二度目、いや三度目でしたかな？」

何人かの裁判官が机を並べている部屋の、衝立《ついたて》で区切られた一角。応接セットの三方には頑丈な書棚があり、このスペースを半独立的なものに仕上げている。

「今回で、たしか四度目のはずです」

千草は裁判長の記憶を正した。

「——もっとも、回数が多いからといって、別に心楽しいわけではありませんが……」

ふっ、と裁判長が苦笑した。

「それはそうでしょうな。残念ながら、刑事被告人をはじめとして、ここに来るのを喜ぶ人間はあまりいない。誰もが、それぞれの悲劇を背負っておりましてね。もっとも……」

裁判長の顔に皮肉な笑みが浮かんだ。

「一部の、いや大多数の弁護士は別でしょうな。なにしろ、裁判所は彼らの仕事場でしてね」

齢《とし》若い陪席判事の顔を、一瞬、複雑な表情がかすめる。

「ところで」

裁判長が本題に入った。

「考えていただけましたかね。前回、お願いしたこと」

千草は、深く息を吸いこみつつ、これから述べねばならぬことを素早く頭のなかで整理した。

更生債権の三十パーセントを七、八年で弁済する更生計画の立案。

そして、更生計画認可の段階で、畿内商事から管財人を派遣する件――。

その二点が、裁判長から与えられた宿題であった。

小早川が、千草の横で、その鍛え上げられた肉体を硬直させ身構える。

「残念ですが」

千草は用意した回答を口にした。

「裁判所のご期待にそうことは不可能なようです」

「なぜ？」

裁判長が、メタルフレームの奥の鋭い眼で、千草を咎《とが》めるように射竦《いすく》める。

「もし、那珂資材工業が税金を納めずにすむのであれば、七、八年は無理としても、十年くらいで更生債権の三十パーセントを弁済することは可能かもしれない。しかし、税金を納めつつ債務を弁済するとなると、二十年は必要でしょう」

「それは、那珂資材工業の現状分析から導き出された結論でしょうな。しかし——」

裁判長がその無機質の双眸《そうぼう》に力を込めた。

「納税は国民の義務、でしてね。それを免れる方法はありませんな。かくいう私自身、税金によって収入を得ているわけだ。——しかし、それはそれとして、那珂の現在の収益力だけから結論を導き出すわけにはいかんでしょう」

「更生法の理念がある、と？」

「そう。そこのところは、千草さん、あなたならよくおわかりのはずだ」

過去、いく度か、千草は劣悪な弁済条件に泣かされている。たとえば、債権の二十パーセント足らずを二十年で弁済する、というような。

しかし、いま、畿内商事の立場は微妙だ。

「理念は理念として」

千草は裁判長の意向を無視して繰り返した。

「畿内商事としては、裁判所のガイドラインにそった更生計画案を作るだけの自信はないし、またそのような更生計画を遂行するだけの力もありません。どう考えたところで、これ以外の結論は出しようがありませんね」

「畿内商事の総力をあげても？」

「ええ」

千草は断定した。

裁判長が千草を睨み、そして瞑想《めいそう》した。あたかも、みずから強引なまでの指導力を発揮してきた、この更生事件の行く末を考えるかのように。

そして千草は、これから行なおうとしている提案を心のなかで復唱しつつ、じっとその間合いを測った。

「破産しかないか……」

裁判長がつぶやいた。

これまでにない、弱い調子の声音であった。そして、

──畿内商事としては、それでもかまわぬのか。

とたずねるような眼で千草をみた。

千草は息を整え、そして首を縦に振った。

裁判長は、それを、当然のことながら破産に同意する意思と受け止めたようであった。彼は再び黙考し、息詰まるような時間が流れた。

そして、裁判長が何ごとかを──多分、那珂資材工業の命運を左右する決定的な発言を行なおうとしたその瞬間、若い陪席判事が口をはさんだ。

「千草さん」

訴えかけるようなまなざしで千草をみた。

「惜しくはありませんか？」

「惜しい？」

「せっかく黒字が定着しかかっている那珂を見放すのはいかにももったいないと、そのように考えるのではありませんか、企業の論理というものは？」

「違いますね」

と千草は、紛れもなく裁判長の右腕であり、終始この更生事件の脚本を書き続けてきたであろう若き俊才を突き放した。

「企業の論理云々《うんぬん》はともかく、畿内商事は十分に身のほどを知っておりましてね」

「どのように？」

「できもしないことを引き受けるほど、われわれは増長してはおりませんから」

「とすると、総合的に判断して、破産もやむをえないと腹をくくった、と？」

「そういうことでしょうね。もっとも……」

千草は、いま、この数ヵ月にわたって温めてきた腹案を話すべきときが訪れたことを認識した。

「もっとも、その判断は、裁判所のガイドラインを選ぶか、それとも破産を選ぶかという、二者択一の場合の判断でしょうがね」

千草はそのような表現で、相手にカードを渡した。そして、辛抱づよく裁判所側の反応をまった。

「ということは」

老練な裁判長が、千草の発言にのった。

「別の、つまり第三の選択肢がある、ということかな？」

「そうです」

「どのような？」

裁判長と陪席判事が身をのり出した。

「われわれとしても、できることなら那珂資材工業を存続させたいと考えています。われわれの商売の利益のためにも、また那珂の従業員の利益のためにも。そして一般債権者のことまで考えるならば、裁判所の示されたガイドラインに沿った弁済案を作るのがもっとも望ましいことも十分に理解できます。しかし、何度も申し上げているように、どうもそれは不可能なようです」

「………」

「かといって、那珂の再建努力を放棄し、その結果那珂が破産会社になったところで、誰もが得するわけではない。これは明らかです」

「そう。そうでしょうね」

陪席判事が同意した。

「つまり、われわれ畿内商事の考えていることと裁判所のご意向とは、実に基本的な部分で一致しているようです。第一に那珂を再建させる、そして第二にリーズナブルな、つまり債権者泣かせでない弁済案を作る、という点で……」

「正確に認識されているようだ」

裁判長がいささか弱い声音でいった。

「だが、それにしても、第二点の方は無理だといわれる」

「那珂の収益力が少なくて、それでまともな弁済案を作れぬのであれば、かりに誰一人喜ばないとしても、これは諦《あきら》めるしかないでしょう。しかし、これまでの血の滲《にじ》むような努力によって、那珂の収益力は決して同業他社にひけをとらないものに改善されています」

「………」

「那珂が理に適《かな》った弁済案を作れぬのは、ただ一点」

「税金だ、と？」

「ええ。まことに形式的な債務免除益と資産評価益とによって那珂の累損は一掃され、その結果那珂は税金を納めつつ債務を弁済する宿命を負わされます。換言すれば、税金の方が債務の弁済に優先する……」

「しかし」

裁判長が繰り返した。

「それを回避することはできない」

「ええ。そのとおりでしょう。しかし、より正確にいえば、現状のままの那珂資材工業を残し、その収益力によって旧債を弁済するかぎりは——というべきでしょうね」

裁判長が千草の発言の意味を理解しかね、傍らの腹心の顔を窺《うかが》った。だが、陪席判事も首を横に振った。

「何か方法があるのかな？」

裁判長が千草に訊いた。

「もし、あくまで、理に適った弁済案を追求するのであれば――」

千草は瞳《ひとみ》に力をこめ、二人の裁判官の顔を交互にみた。

「収益による弁済は諦めるしかないでしょう」

「というと？」

「那珂の資産の主要な部分を第三者に売却する。そしてその売却代金によって債権者に弁済する、という方法……」

衝撃が、予期せぬ衝撃が二人の裁判官の身体《からだ》を刺し貫いたようだった。

裁判長はその繊細な指先で膝《ひざ》を叩き、陪席判事は呆《あき》れた面持で千草を凝視した。

「清算型更生、か……」

何秒かの沈黙の後に裁判長がつぶやいた。

そして、

「那珂の資産を買う先に、心当たりがあるのでしょうな？」

と訊いた。

「ええ」

と千草は答えた。

しかし、千草は畿内総合建材の名は伏せた。

「妥当な価格なのでしょうな？」

裁判長が重ねて訊いた。

「五億円前後になるでしょう」

千草は説明した。

裁判所のガイドラインによって、更生会社那珂資材工業が弁済を求められている金額は約七億五千万円。期間は七、八年。それを即金で弁済するとなれば、七億五千万円の今日的な経済価値は五億円前後ではないか。したがって、五億円内外で那珂の主要な資産を売却し債権者に弁済する案は、実質的に裁判所のガイドラインに沿うものである、と——。

まことに商社マンらしい、非の打ちどころのない計算であった。

千草は、このとき、確実な手応《てごた》えを感じ、これまでのみずからの努力がようやく実を結びつつあることを実感した。

よもや、それがとんでもない錯覚であるとは気付かずに……。

「なるほど」

よく考えさせていただきましょう、と鋭敏にして老練な裁判長がいったとき、千草はその言葉をも誤解して受けとめた。

5

その三日後の夕刻――。

中岡管財人代理と小島元常務とは、川路管財人の指示により、市内のホテルの一室に入った。

ことが大詰の段階にきたいま、一度じっくりと三人で善後策を協議しようと川路がいい出し、なじみのホテルを指定したからである。

しかし、裁判所の突然の呼び出しがあったため、とりあえず中岡と小島が先発した。

――二人で先に一杯やっててくれ。

裁判所の好意的な回答を当然の如《ごと》く予期していた川路は、そのように機嫌よく二人を送り出した。

中岡と小島は大濠公園を見渡せるソファに座り、それぞれ好みの飲み物をとった。

小島は、意外なことに、薄いシーバスの水割を注文し、いかにもうまそうにそれをすすった。

「だいぶ回復されたようですね」

中岡が情感をこめて小島にいった。

ワンマン社長の急逝と会社倒産という異常事態のなかで健康を害し、ついには医者から一切のアルコールを禁じられていた小島は、いまようやく薄い水割一、二杯なら飲むことができる。

「この頃《ごろ》やっと、気が楽になってきましてね」

小島が述懐した。

「どのような形であれ、従業員の雇用の問題さえ解決されるならば、私の役割は終わるわけですからね」

まさにそれが本音であろう、と中岡は思った。

たった一人でこの会社更生法中立のシナリオを書き、そのために東奔西走し、そしてここまで畿内商事をも巻き込んだ小島の意図は、自分の仲間の職場の確保にあったに違いない。そしてその目的はいま達成されようとしており、それが実現した暁には、この古武士のような男はみずから身を退《ひ》くであろう。

「そのあとは、どうされますか？」

九ヵ月ともに働いてきた親近感から、中岡はつい余分なことを訊いた。

「知り合いから誘われておりましてね」

小島もまた率直に答えた。

「もともと小さな不動産屋をやっていた男ですが、土地造成のブームとかで父祖伝来の土地に値がついて、税金の問題やなんやかやで人手が足りなくて困っているようでしてね」

「…………」

「そう、土地成金、ですな」

小島は、ふっと照れたような笑みを浮かべた。

「まあ、私の経験がどこまで生かせるかわからないけれど、手伝ってみようか、と」

「ああ、それは……」

小島の手堅く着実な手腕であれば、あるいはそのような事業も向いているかもしれないと中岡は思った。

中岡は、そして、そこで話を打ち切るべきであろうと考えた。尊敬すべき年長者の出処進退に関し、これ以上言及することは憚《はばか》られたからである。

しかし、中岡はその話に興味を抱いた。

頭の隅に、畿内商事福岡支社から転送されてきたファックスの文章がある。若干年下ではあるが畏敬に値する小早川が、やや切実な文体で、償却資産を求めている事業家を捜していた。

小島を誘っている人物は、あるいはそのような事業家であるかもしれなかった。

中岡は、礼を失することは承知のうえで、その話の詳細を聞こうと身をのり出した。

だが、そのとき——。

何の前触れもなしに部屋のドアが開き、血の気の失《う》せた川路管財人が飛び込んできた。

思わずたちあがった二人に川路は、

「駄目だ」

と叫ぶようにいった。

「…………」

「駄目だ」

川路は繰り返した。

「裁判所は清算型更生計画を認めないと通告してきた——。那珂の命運もこれまで、だな……」

中岡は、過去九ヵ月にわたる川路や小島、そして自分自身の努力が水泡に帰したことをはっきりと悟った。

彼は、崩れ落ちそうになる身体を懸命の思いで支えながら、千草と小早川の顔を思い浮かべていた。

第十四章　戦備

1

1月16日。水曜日。

伊集院は、底冷えのするこの日、朝6時35分に目覚めた。いつもの時刻である。冷水で顔を洗い、清冽《せいれつ》な空気を胸の奥底まで吸いこみながら軽い屈身運動。そして一汁一菜の質素な食事を採る。

これは、もう数十年も続いている習慣であった。ただ一点、七、八年前に起床時間を一時間半ほど遅らせたことを除いては。

伊集院はそのころ——ちょうど還暦を過ぎたあたりから——人と仕事に対する価値観を、意識して変えた。

まず彼は、いつの間にか極端に人嫌いになっている自分自身を受け容《い》れた。

これは、かつてあれほど精力的に数多くの人間と折衝してきた伊集院にとって、容易に信じられぬ内なる変貌《へんぼう》であったが、もはや抗する術《すべ》はなかった。

心当たりがないわけでもなかった。

彼が事業家としての地位を確立したこの二十年ばかりの間、数かぎりない銀行員や株屋、そして投資コンサルタントと称する詐欺師まがいの男たちが、蜜《みつ》に群がる蜂《はち》のように伊集院に波状攻撃をかけ続けていた。

確かに、その何割か――伊集院の几帳面《きちょうめん》なメモによれば約二十パーセントの良心的で有能な男たち――は、彼の潤沢な資金を巧妙に運用し、彼の財産を増殖させることに成功していた。しかし、残りの大多数のハッタリ屋は、それに匹敵する損害を伊集院に与え続けた。

還暦の祝の数日後、伊集院は彼らとの取引による損益計算書を丹念に点検した結果、あまりに多くの時間を失ったわりには何ら得るところがない事実を確認した。伊集院はそれを境に彼らを遠ざけるとともに、儲《もう》け話を持ち込む人間とのいっさいの接触を断ち切った。

それに、これが肝心な点であったが、伊集院の膨大な財力は、そのような小まめな資金運用を必要としてはいなかった。

この小高い丘の上に建てられた豪壮な邸宅から見渡せる土地はすべて伊集院のものであったし、それればかりか、伊集院は福岡市の郊外に千町歩に及ぶ土地を所有していた。

家業の没落から旧制高校を中退し、いくつかの職業を経験した伊集院は、戦後の混乱期にあまり他人には公言できない仕事で大いに儲け、しかも賢明にもそのすべてを土地に替えていた。そして、昭和四十年代からはじまった宅地造成ブームは、父祖伝来の土地の数百倍にも及ぶ土地を所有するに至った伊集院に巨利をもたらした。だから伊集院は、この土地を手堅く売却すればあと数十年、否、百年近くはゆうに喰《く》っていけると踏んでいた。小利を追求する必要はどこにもなかった。

しかし、皮肉なことに、伊集院が仕事に対する価値観——つまり勤勉さ——に対する信仰を変えることを余儀なくさせられたのは、まさにこの膨大な財産が原因であった。

使っても使いきれない財力を背景に、年甲斐《がい》もなく遊興と放蕩《ほうとう》の道に狂い、額に汗して働くことの虚《むな》しさを感じるに至ったというのであれば、まだ救いはあった。だが、そうではなかった。伊集院は一滴の酒を嗜《たしな》むこともなく、道楽といえば仕事の合間に九州各地の旧跡、特に彼がここにあったと信じて疑わない古代邪馬台国《やまたいこく》の時代の遺跡を巡ることくらいが唯一のものであった。

伊集院から勤労意欲を奪ったのは、あまりに酷すぎる税金そのものにほかならなかった。

彼は、働けば働くほど国庫を潤す結果にしかならないことに辟易《へきえき》すると同時に、この実質的な社会主義国家の官僚たちを養うために働いている自分自身に腹を立てていた。

伊集院は、この数年、そろそろ潮時だと感じ続けていた。この理不尽な状況に別れを告げて隠居し、気ままに各地の史跡巡りをするころあいだ、と。

しかし、伊集院にとって気懸りであったのは、後継者である専務——つまり長男——が、彼と同じように、あるいはそれ以上に、勤労そのもののもつ価値に疑念を抱いているらしいという点であった。

それゆえに伊集院は、みずからの引退を前提としつつ、その所有する財産を手堅く管理できる人物を捜し求め、ついに旧知の間柄である小島の内諾を得ることに数年がかりで成功した。

そのような小島の紹介であったから、すっかり人嫌いになっていた伊集院も、例外的にその男たちに会うことを渋々認めざるをえなかった。そして伊集院は、小島の執《しつ》拗《よう》な勧誘から、今日の来客は、あるいはこれまで彼の富に群がってきた連中とは多少種類が異なる人間かもしれないと、ほんの少しだけ淡い期待を抱いていた。

2

午前10時30分。

伊集院は十町歩を超える果樹園を見渡せる応接間で、専務の長男とともに三人の来客を迎えた。

小島と、彼が伊集院に会うことを勧めた二人の男がそれである。

伊集院は初対面の客と名刺を交わしつつ、やや懐疑的なまなざしで素早く二人の男を値踏みした。

四十路を二つ三つ越えたばかりの男の、明らかに疲労の蓄積している顔と、彼の部下であるらしい若い男の切れ長の澄んだ眼が強く印象に残った。

警戒を要する相手ではない——と伊集院は踏んだ。

「ところで——」

伊集院は、しかし、まず旧知の小島に水を向けた。

「順調にいってるのかな、あっちの方は？」

小島の口添えがあったればこそ、久方ぶりに見知らぬ客を応接間に入れたものの、どうしても話は一番の関心事、つまり小島の出処進退に及ぶ。

「それが……」

小島が言い淀《よど》み、かすかに複雑な表情を浮かべた。

「まだけりがつかないのか。倒産して、もうかれこれ一年近くたつのじゃないか？」

「大詰の段階ではありますがね。しかし、いま少し……」

「あまり悠長には構えていられないんだな、こっちとしても。——前にもいったような事情があるんでな」

伊集院は、チラリと横の専務の顔を盗みみた。この長男が、自分の若い頃と同じように仕事に情熱を抱いてくれていれば、このようにあれこれ苦労する必要はないのだと思いつつ……。

「それに、第一——」

伊集院は苛立《いらだ》ちを抑えていった。

「もう十分に那珂資材工業への義理は尽したのじゃないか？」

「いや、もう一息といったところでしょうかね」

「義理堅いからな、あんたは。まあ、もっとも、四十年近く勤めた会社の幕引きを番頭としてきっちりやりたいという気持もわからんではないがな」

「そういうわけでもないんですがね。しかし、それはそれとして……」

「そう。この件はあとでじっくり相談させてもらおう。そうするとして——」

伊集院は二人の来客に視線を戻した。

「ご用の趣きをうかがいましょうかな。この田舎の老人にどのようなお話があるのか……」

伊集院と小島の会話をよそに、大きな窓ガラス越しに冬枯れの野に眼を遣《や》っていた四十すぎの男が、ふとわれに返ったように伊集院をみた。

ごく自然な振舞いであった。

あたかも過去幾度かこの応接間に入り、何度も伊集院と内密な会話を交した人間のような……。

これは伊集院の初対面の客にしては珍しいことであった。誰もが伊集院と会うことに、あるいは緊張し、あるいは必要以上に気負っていたものだった。

「果樹園、でしょうね」

男は窓の外の風景に触れていった。

「もちろん、伊集院さんの？」

「そう」

伊集院は、自分でも奇妙に感じられるほど率直に応じていた。

「それに、あの山の向こうに小さな牧場があって、馬が二十頭ばかりいる。可愛《かわい》いものでな、馬というものは」

「人間の比ではない、と？」

「私はこのごろ人間が嫌いでね。男も女もだ。それに比べれば馬は格段に可愛い。決して飼主を裏切らんし、それに馬は鋭敏に人間を見抜く。特にずる賢い人間には見向きもしない」

「…………」

「だから私は、終生この果樹園と牧場とは手放さんつもりでいる。それなのに、大手の不動産業者はこれを売れという。愚かなことだ」

男は、ふっと笑みを浮かべた。

そしてさらりと、尋常ならざる言葉を口にした。

「売ったところで、税金にもっていかれるだけでしょうからね、何の意味もない」

「…………」

伊集院は瞠目《どうもく》した。

伊集院は、どうやらこの男が自分の最大の弱点に通暁しているらしいことを、しかもそれを承知のうえで自分に会いに来たに違いないことを敏感に察した。

「——で、ご用の趣きは？」

伊集院は再度訊《たず》ねた。珍しく、胸が急《せ》かれる思いがした。

男が煙草に火をつけ、一呼吸おいてからいった。

「船をもちませんか？」

「…………」

伊集院はわが耳を疑った。

唐突な、あまりに唐突な申し出だった。

「なぜ？」

と訊いた。

「ここらへんで」

と男がいった。

「新たな分野に進出してみるのも悪くはないでしょう。それに——」

男は生真面目《きまじめ》な顔でいいにくいことをいった。

「いささか膨大な財産をもてあまし気味のようでもありますし……」

「しかし、私は船のことなど何も知らん。まして、その事業がうまくいくかなど……」

「そっちの方は、うちで段取りをつけましょう。造船所や傭船業者、それに積荷の関係まで」

「とすると――」

伊集院は辛うじて冷静さを保っていった。

「私の役割は何なのかね？」

「伊集院地所の定款に海運業を追加すること。それが一つ」

「その他には？」

「低コストの潤沢な資金を投入すること……」

伊集院はさすがに躊躇《ちゆうちよ》した。

この男は、これまで自分の前に現われたどの詐欺師よりも、巨額の資金を要求している。そしていったんこの話に乗れば、資金は止めどもなく流れ続けるであろう……。

伊集院は眼を逸《そ》らした。だが、ふと傍らの長男を見遣って驚愕《きょうがく》した。かつて、どのような仕事にも熱意を示さなかったこの長男が、身を乗り出して同年輩の商社マンの話に耳を傾けていた。

「それでは——」

伊集院は質《ただ》した。

「私の方のメリットは何かな?」

「海運業界に乗り出すことによって、安定的な収益を確保することができるでしょう。ある段階に立ち到《いた》れば、土地を売却する必要さえなくなるかもしれない」

「畿内商事がそのお膳立《ぜんだ》てをしてくれる、というのだな。しかし船の方で赤字が出れば、私は何もかも失うわけだ」

「いや」

男がきっぱりと否定した。

「どのみちそのようなことにはならないでしょう」

男に同行してきた青年が、趣味の良い鞄《かばん》を開け、十数枚の資料を伊集院とその長男の前においた。

土地を売却し、その見返りに船舶を取得した場合の税法上の恩典、そして船舶の特別償却についての解説がわかりやすくまとめられている。

青年が、噛《か》んで含めるように、その要点を説明した。

伊集院は資料を眼で追い、青年の言葉に耳を傾けながら、何年ぶりかでめまぐるしく頭脳を回転させた。

約三十分後――。

伊集院はすべてを理解した。

租税特別措置法の買換資産の特例と船舶の特別償却とによって、今後どれほど土地売却益に対する税金をセーブできるかが容易に計算できた。そしてその金額は、これから手に入れるであろう船舶の運航収入が多少の赤字であっても、優に数年分は賄えるほど多額なものであった。

「――どう思う？」

伊集院は、しかし、慎重に息子の意見を質した。

このプランがいかに魅惑的なものであっても、それを推進するのは年老いた自分ではない。息子の代に委《ゆだ》ねられるべき性質のものだ、と判断したからである。

「やってみましょう。いやぜひやりたい」

長男は異様に瞳を輝かせて宣言した。

連帯感を、息子との連帯感を、伊集院はいまはじめて感じた。

「千草さん――」

伊集院は初対面の男の名を呼んだ。

「お聞きのとおりだ。具体案をつくってくれますかな」

3

この日――正確には、翌17日未明の午前3時20分。

住吉船舶部長の秘蔵っ子は、いま漸《ようや》く口元に満足の笑みを湛《たた》えて、書類から眼を離した。

たちあがり、書棚から一本の極上のブランデーを手にとってグラスに注《つ》ぐ。そしてそれを眼の高さに揚げてひとり乾杯。喉《のど》と食道の焼ける感触をじっくりと味わう。

彼の六畳の自室は、足の踏み場のないほど書類が散乱している。

造船や海運に関するさまざまな文献、それに何十枚かの船の設計図、そしておびただしい彼自身のメモ。――この四週間にわたる苦闘の跡だ。

ほぼ一月《ひとつき》前の夕刻、押し迫った師走《しわす》の夕闇《ゆうやみ》のなかを人々が慌《あわ》ただしく行き交うとき、彼のもっとも畏敬する上司である住吉船舶部長は、かたわらに永年の友人である千草をおいて、会社近くの喫茶店で彼に命じたものだった。

——いまの海運状況からみて、もっとも理想的な船舶のアウトラインを描け。

予期せぬ指示に戸惑った彼は、理想的な船舶とはどのような意味か、と問い返した。

住吉が、やや専門的な解説を付け加えようとしたとき、千草が横から口を挟んだ。

——あなたが船主であったとしたら、ぜひ欲しいと思う船のことだな。

いかにも素人らしい、それでいてあまりに的確な指示であった。

何かがはじまっている——と、この鋭敏な青年は察した。

察しつつ、それ以上の質問はさし控えた。

住吉と千草が二人で構想していることであれば、あえてその詳細を聞くまでもない。

ただ、期限だけを訊いた。

——四週間だ。できるか？

多分、と彼は答えた。

そのなかに年末年始の休日を挟む四つの週の間、彼はすべての忘年会と新年会とをキャンセルした。

のみならず、屠蘇《とそ》の酒も控え目にして研究に没頭した。

その成果が、いま、机の上にある。

彼が悪戦苦闘して造りあげた船舶は、考えうるかぎりの意匠が凝らしてあった。集荷が容易で、どのような航路にも投入しやすいように、船型は三万トン級の撒積《ばらづみ》貨物船に決めた。

主機は、現在六気筒が主流であるが、燃費の関係から思いきって四気筒とした。これに伴う多少の振動は、造船所の技術力でカバーできるはずであった。

そして、コンテナーも有効に積めるように、ハッチの構造にも知恵を絞った。それによってこの船は、彼の計算によれば、八百個のコンテナーを積むことができた。本船が他の貨物を船腹に収めている場合には空コンテナーをハッチの上に、そしてそうでない場合には、荷の入ったコンテナーを船腹に収めることができた。

そして、その他の細部の点まで数えあげれば、この船は二十数箇所に及ぶ独創的な改善が施されてあった。

いかなる用途にも対応しうる、きわめて合理的な船舶が、いま、この狭い六畳の部屋で誕生した……。

りこんだ。

青年はグラスの底に残ったブランデーを満足感をもって呷《あお》り、冷えたベッドにもぐりこんだ。

朝10時の会議までに、四、五時間は眠らなければならない。

なにしろ彼は、その会議で四週間にわたる宿題、つまり理想的な船舶についての説明を求められるであろうから。

——いや、それのみならず……。

と、この思慮深い青年は、朦朧《もうろう》とした意識の底で予見した。

この船舶の運航方法についても、きっと質問されるに違いない、と。

彼は、その点についてももう一度考えをまとめようと思いつつ、四週間の疲労から眠りに落ちた。

4

1月17日。木曜日。

午後4時20分。

住吉船舶部長は専用の応接室に千草を誘《いざな》った。

小ぶりの応接セットがおいてあるだけの、六畳にも満たない小さな応接室であったが、角部屋であるため眺望だけは申し分なかった。西の窓からは中之島のどっしりとしたビル群を見渡せたし、北には安治川の細い流れが続いていた。

住吉は、ごく少人数の、密度の濃い商談を行なうとき、決まってこの応接室を使っていた。

「——どうやらうまくいきそうだな。怖いくらいに、な」

住吉はその精悍《せいかん》な顔に、少し凄味のある笑みを浮かべていった。

「船主のほうは——伊集院地所といったかな——あんたが押えることに成功したようだし、船型はうちの若い者が四週間がかりでアウトラインを作った。それに積荷の関係は、みんないろいろいうことはいったが、さっきの会議で各部の協力を取り付けたからな。まず、こっちの方に問題はない」

「ということは——」

千草は、自信に満ち満ちている船舶部長に念を押した。

「本船の運航形態にも問題はない、と？」

「そりゃそうさ。そこのところが俺の担当だったんだろう、あんたの構想では？」

千草は苦笑した。

一月《ひとつき》前に千草が住吉に懇請したのは、まさにそのようなことだった。

「しかし、一応、説明しようか？　ご心配だろうからな」

「ぜひ」

「本船の所有者は、いうまでもなく伊集院だ。それをわが社の運輸部が定期傭船する。期間は十年間だ」

「…………」

「運輸部に対しては、各部が積荷保証する」

「各部？」

「鉄鋼、機械、石炭の各部といったところだ」

「…………」

「まず、日本からアメリカ西海岸にパイプその他の鉄製品を運ぶ。西海岸ではコンテナーに農機やトレーラー、電気製品を積む」

「それを日本に？」

「いや、そこのところがひとひねりしてあってな。オーストラリアにもって行く。そして、オーストラリアでは石炭を積んで日本にもち帰る」

「なるほど……」

「このパターンだと、アメリカ・オーストラリア間の運賃は安くて構わない。ただというわけにはいかないがな。いずれにせよ、そのメリットを各部で分け合うことができる」

「……」

「それに、もともとこの船は、運航収益で儲ける必要はないのだから、運賃の水準を低く設定できる。大変な競争力のある船舶ができあがるな」

おそらく住吉は、幾多のメリットを数えあげて、各部の猛者《もさ》を説得したに違いない

――と千草は思った。

それも、この年末年始の間に、水面下の根回しを織りまぜて。

畿内商事の態勢が、いま、整った。

「あとは、明神造船所……」

と千草はつぶやいた。

「そう」

同調した住吉の顔が、内心の闘志を現わすかのように、一瞬朱に染まった。

5

その翌々日の夜——。

『十文字丸』の船主は、愛媛の自宅の書斎で、黒々と静まりかえった海に向かい合いながら、改めて千草の書簡に眼を通していた。

四十年余もの長いあいだ聞き慣れた潮騒《しおさい》の規則的な律動が、もうすぐ七十の年齢に手の届きそうな船主の気分を心地よく刺激する。

千草は、その手紙で、船主が明神造船所に関して書き送った情報に心からなる感謝の意を表わしていた。次いで千草は、その情報がどの角度から分析しても真実に合致していることを、いくつかの例をあげて実証していた。

船主は深い満足感を覚えた。

なにしろ彼は、明神の内部事情——つまり、七百五十一番船が密《ひそ》かにキャンセルされたらしいということを推察し断定するまで、わずか二十分足らずの時間しか費やしていなかったし、その短時間の推理の正しさが、いま証明されたからである。

船主は、だてに潮風を吸ってはいなかったみずからの経歴を誇らしく思った。

そして、その情報に俊敏に対応しつつある千草を好ましく感じた。

千草は、その書簡でいう。

すべての準備は整った、と——。

千草はこの一、二ヵ月の間に打った手の一つ一つについて触れてはいなかったが、船主は畿内商事がその総力をあげて態勢を整え終えたことを理解した。

そして、いうまでもなく、千草と畿内商事の照準は、ぴたりと明神造船所に合わせられていた。

船主は、千草がその手紙のなかで特に懇請しているわけではなかったが、千草のためにもう一押ししてみるのも悪くはないと思いついた。

船主は、暗い海のうねりに眼を凝らしながら、ひとり黙想した。

数分後——。

船主は書棚の引出から一枚の名刺をとりあげた。

頻繁に船主との接触を試みている、明神造船所の営業部長の名刺がそれであった。

愛媛の船主が暗い海に向かって何ごとかを考えはじめている同じ時刻——。

6

畿内総合建材の社長・榊原は、年が改まってはじめて、京都の料亭に千草を招いた。那珂資材工業の買収工作がどのように進展しているか聴取するためである。

ほぼ半年前、千草から那珂の買収を打診されて以来、榊原はその可能性を模索するとともに、判断の正確さを期すため那珂の内部に情報網を求め、かつそれに成功していた。外部の人間には容易にうかがい知れない貴重な情報、たとえば従業員の志気や連帯感、取引先の協力の度合い、さらには川路管財人や中岡管財人代理の動向までもが、そのルートを通じて密かに榊原のもとに集まっていた。そして、これまで、その内部情報は圧倒的に好ましいものが多く、榊原の前向きの意思決定を補強し続けてきた。

しかし、年末から年始にかけての慌ただしい時期に、不確かではあるがそれだけ無気味な情報が那珂の内部に流れたようだった。すなわち那珂は破産するしかないといったようなたぐいの……。それは、あるいは、取るに足らぬ風聞と片付けることも可能な情報ではあったが、榊原はこの手の噂話の恐《こわ》さを身をもって知り抜いていた。

六年前、畿内総合建材の前身である榊原合板が経営危機に陥ったのも、そのようなつまらぬ信用不安が直接のきっかけであった……。

榊原は、茫洋《ぼうよう》とした顔で千草と向かい合いながらも、胸の奥底では早急に手を打つ必要を認めていた。

「お久しぶりですな。たしか三月《みつき》ぶり……」

榊原は、しかし、内心の苛立ちは微塵《みじん》も表わさずに千草に酒を勧めた。

過去幾度か、窮境に陥ったつど榊原を慰めた孟宗《もうそう》の竹林は、いま冬の闇に沈んでいる。

「少し困惑しております」

二杯目の盃《さかずき》を干してから千草が率直にいった。

眼が充血し、ただでさえ細い頬《ほお》の線が、いっそう削《そ》げたような印象を与える。

「もっとも、私の読みが甘かったのかもしれませんが……」

言葉に、自省するような響きがあった。

榊原は、「あの情報」が根も葉もない噂話ではなく、何らかの拠《よ》り所を有していることを直感した。

不安感が、恐怖に似た不安感が、じっくりと榊原の胸に拡《ひろ》がる。

「というと、どのような？」

意思の力で声音を抑制しつつ訊いた。

「裁判所は、残念ながら、必要な資産を五億円内外で買い取るというわれわれの希望を拒否しました。つまり、清算型更生計画案の拒否です」

「…………」

榊原は思わず絶句した。

那珂資材工業は、このようにして、あらゆる再建の道を塞《ふさ》がれていたのだった。今後の収益によって債務を弁済しつつ会社を再建する方法も、そしてまた、主要な資産を畿内総合建材に売却して再生をはかるという道も……。

那珂が破産するという風聞は、驚くべきことに、正鵠《せいこく》を射ていたのだ。

榊原は、半年余の労苦が無に帰したことを、そしてこの六月に職を辞す自分の最後の仕事が、ついに日の目をみぬまま終わったことを悟った。

――いや、それどころか……。

榊原の脳裏に不吉な光景が拡がった。

工場閉鎖の結果、職場を奪われて四散する那珂の従業員の悲劇は、あるいは他人事《ひとごと》と割り切らねばならぬ性質のものであるかもしれなかった。非情な時間の流れは、ゆっくりと、しかし確実に、人々の記憶のなかからこの倒産劇を消し去っていくに違いない。

しかし、那珂資材工業という重要な顧客を失う畿内総合建材の苦境は、まさにこの時にはじまったといえた。その福岡工場は慢性的な赤字に悩み続け、遠からず工場閉鎖に追い込まれるであろう。そして百名近い人間の配置転換は、口でいうほど簡単ではない。

自分の後を継ぐ、あの生え抜きの実力者は、那珂一社を抱えきれなかった畿内商事に対し、公然とあるいは隠微に、反旗を翻すことになるだろう。

この六年余の間、畿内商事の懸命の譲歩と榊原合板系の役員の自戒とによって、辛うじて保たれてきたきわどい関係は、いずれ崩壊する……。

榊原の胃の腑《ふ》のあたりに、鋭い痛みが走った。

「なるほど。それで……」

榊原は、しかし、内心の動揺を露ほども表わさずに千草に訊《たず》ねた。

その長い闘いの歴史のなかで榊原は、自己の感情を押し殺す術をほぼ完璧《かんぺき》に身につけていたし、またどのような窮地にも活路の一つや二つは潜んでいることを知っていた。いまは、とりあえず、それを捜さねばならない。

「それで、清算型更生計画とやらを拒絶した裁判所の真意はどのへんにあるのかな？」

「一つには——というより、根本的には……」

千草は、一瞬、苦しげな表情を浮かべていった。

「裁判所には、どうやら、われわれに対する抜きがたい偏見があるようです」

「偏見？」

「ええ。裁判所の考えを直《じか》に聞いたのは川路管財人ですが、裁判長は何度も商社は油断がならないと洩《も》らしていたそうです」

「というと？」

「つまり、われわれがこの土壇場で安い買物をしようとしていると受けとめたようですね。那珂資材工業を買い叩こうとしている、と……」

「しかし……」

「ええ。こちらの提案した五億円という金額は、金利などを計算すればきわめて合理的な数字で、裁判所のガイドラインにも十分沿ったものであると踏んでいたのですが……」

「駄目だった？」

「ええ。裁判所は、金利計算を持ち込むこと自体に疑念を抱いたようですね。安く買うための口実にすぎない、と」

榊原は、胸から喉元にかけて、熱い憤りの感情が衝《つ》きあげてくるのを覚えた。

たしかに、五億円という数字を算出し、千草に提案するにあたって、榊原は自社の損益をも綿密に計算した。しかしそれは、みずから経営する企業を防衛するため当然に許容される範囲に属する事柄であった。

——まして、千草は……。

と榊原は思う。

厳しいガイドラインを掲げる裁判所と、あくまで利益を追求する畿内商事と畿内総合建材、そして雇用の確保を要求する那珂資材工業の三者の狭間《はざま》にあって、千草はこの数ヵ月懸命に調和点を模索し続けたに違いない。そして、そのような千草の頭のなかには、那珂を安く買おうなどという了見は片時も浮かばなかったに相違ない……。

そのように考えたとき、榊原の胸に悲しみに似た感情が満ちた。

「——それでは、裁判所は、那珂が破産してもやむをえない、と？」

聞くまでもないことではあったが念を押した。

「川路管財人には、だいぶ激しいこともいったようでしてね」

「どんな？」

「税金も払えないような会社は社会的な存在意義がないといったたぐいの……」

「…………」

「それから、債務を大幅に免除するからいけないのであって、そうしなければ税金はかからない、とか……」

榊原は冷えきった酒を千草と自分の盃に満たした。そして、二、三杯続けて黙然と喉に流し込んだ。辛口の酒が苦く感じられた。

活路は、どこにも見出《みいだ》しえないようであった。

「――で、この先どうなりますかな？」

榊原は細い眼で真正面から千草を凝視した。

「やはり那珂は破産？」

そのとき千草は、ふと目を逸らし、闇のなかの孟宗の庭に顔を向けた。横顔に、特に引き締まった口元に、強い意思の力が宿っていた。

実戦に裏打ちされた榊原の鋭敏な嗅覚《きゅうかく》は、いま千草が何ごとかを企んでいることを察知した。

「破産以外にも道があるのですかな?」

榊原は重ねて訊いた。

「裁判所は川路管財人に妙なことをいったようです」

と千草は洩らした。

「妙なこと?」

「いや、筋論というべきなのでしょうね。——清算型更生は、法律の条文に照らしても認められない、と」

「会社更生法の条文、ですな?」

「ええ、そのようです」

「というと?」

千草は解説をはじめる前に、手酌で二杯ばかり盃を干した。

そして、その条文の意味するところを、またそれを回避する方策を、丹念に説きはじめた。

榊原は次第に身を乗り出し、ついにはテーブルに肘《ひじ》をついて千草の説明に耳を傾けた。

——二十分後。

榊原は、呆れたような表情を浮かべて、この齢若い同志にいった。

「すべてを読み切っていたようですな？」

「いや……」

千草は苦しい笑みを浮かべていった。

「まだ、これから——というべきでしょうね。それに……」

「そう」

榊原は応じた。

「私の方にも宿題が残っていたようですな。私は、うかつにも聞き流していたようだが、準備だけは整っている……」

榊原はかたわらの書類鞄に手を伸ばしつつ、ふと思いついて両の手を打った。

熱い酒をコップで飲みたい——と榊原は、珍しく彼らしからぬ思いに捕われていた。

第十五章　攻勢

1

2月8日。金曜日。

午後2時30分。

佐原は、みずから開催を要請した小さな重役会で、裁判所が畿内商事の提案を拒否するに至った経緯を手短に報告し終えた。

佐原を凝視して説明に耳を傾けていた四人の男——副社長と二人の担当常務、それに取締役経理部長が、同時に吐息を洩《も》らした。

そしていずれも沈痛な面持で、あるいは腕を組みあるいは肘《ひじ》をついて、それぞれの思惑にふけった。

副社長専用の、飾り気のない会議室に、重苦しい沈黙の時間が流れる。

五分後——。

沈黙を破ったのは、佐原が予想したとおり、管理担当常務だった。

「もはやこれまで、だな。那珂には十分義理を尽くした。それに、そうまで裁判所に偏見をもたれたのでは、手の打ちようがない」

声に、裁判所に対する怒りがある。

「そういうことでしょうな」

切れ者で通っている取締役経理部長が、直属の上司に同調した。

「那珂が倒産して、もう十ヵ月がすぎたかな。その間、われわれはベストを尽くして裁判所に協力した。そして、よかれと思って清算型更生計画まで考えた。それを拒絶されたのでは立つ瀬がない……。撤退、ですな」

「そう」

他《ほか》に議論の余地はないといった風情で、管理担当常務がうなずいた。

「とすると、佐原君」

取締役経理部長が、訊問《じんもん》するような口調でいった。

「実務的には、どのようにとり運ぶべきなのかな。まず第一段階としては、中岡に管財人代理を辞職させるべきだと私は思うが……」

いや——、と佐原が何ごとかを答えようとしたとき、建材担当常務が口を挟んだ。

「会議が効率的なのは結構だが、そう簡単に結論の出せる問題ではないと思うがね」

「畿内総合建材のことですかな？」

「そう。あるいは、当社自身の問題といってもいい」

「たしか、前の会議では独立戦争と……」

「未確認の情報だが、榊原老人は、どうやらこの六月で社長を辞める腹を固めたらしい。そのあとは、例の生え抜きの常務が昇格することになるだろう。手強《てごわ》いんだ、彼は」

「…………」

「彼はもともと独立心の強い男で、畿内商事の傘下から脱《ぬ》け出すことを志向している。昔の榊原合板に戻すことが彼の夢なのだな。われわれの選択の結果、あの会社にダメージでも与えるようなことになれば、彼は巧みにその点を衝《つ》いてくるだろう。苦労すると思うがね」

「…………」

「しかしね」

管理担当常務が反論した。

「そうはいっても、他に選択肢があるのかね。裁判所は、できもしない更生計画を作ることと、管財人を入れることをわれわれに要求し、未《いま》だにその線を崩していない。畿内総合建材の反応が恐《こわ》いからといって、それを受け入れることができるかね？」

「裁判所の案をそのまま受け入れるのは不可能だろうな」

「おまけに裁判所は、他の選択肢を一切認めようとしない。理不尽にも、だ。とすれば、あとは撤退しかない。はっきり意思決定しても、もはや早すぎるということはないだろう？」

建材担当常務が押し黙り、佐原は三人の重役の意見が思ったより早く出尽くしたのを見届けた。

――大勢は、撤退に決した……。

そう思いつつ佐原は、議長席に座っている四番目の幹部、すなわち副社長を見遣《みや》った。

佐原は十余年前の記憶と、この一年足らずの経験から、この老練な政治家は最終的な意思決定の前に、必ずや自分の意見を求めてくるであろうことを的確に予想していた。

「――審査部長」

果たして副社長が、細く鋭く光る眼《め》で佐原をみていった。

「この更生事件の手仕舞にあたって、他《ほか》に方法はないのか？」

「あまり厳密に考えなければ、やりようがあるでしょうね」

「というと？」

「裁判所の提案に乗ること。それが一つ」

四人の幹部が、建材担当常務までもが、驚愕《きょうがく》して佐原を凝視した。

「しかし……」

副社長と管理担当常務が同じ言葉を口にした。そして、副社長が後を続けた。

「裁判所の提案は、無理な注文じゃなかったのか？」

「切捨て後の債務を七、八年で弁済することは、およそ不可能でしょう。しかし遊休資産を売却すれば、二年やそこらは時間が稼げます。その間に、畿内総合建材やうちは体制を整えられるかもしれない」

「そのあとは？」

「更生計画案の変更を提案します」

「弁済期間を伸ばすのだな？」

「そうです。実現可能な範囲まで」

「しかしだな――」

と管理担当常務がいった。

「裁判所がその時点で変更を認めるのかね？」

「その点はわかりませんね。だから、あまり厳密に考えなければ、と申し上げているわけです。ただし、いま放《ほう》り出すよりも、この方がよほど気が利いているかもしれない」

「それはそのとおりだ」

建材担当常務が同意した。

「二年もあれば、畿内総合建材は福岡工場の緩やかなリストラを実施できる。私はその案に賛成だ」

「私は反対だ」

と管理担当常務がいった。

「二年後に行き詰まったからといって、簡単に放り出すことができるのかね。その時点で、うちは管財人を派遣しているのを忘れてはいけない。経営責任を追及されるだろうな」

「むしろ、逆だろうな」

建材担当常務が反論した。

「管財人まで入れて二年間真摯《しんし》に経営し、万策尽きた人間を誰《だれ》が非難できるかな？」

「いささか甘すぎる見方じゃないか」

「いや、私はもう一度チャレンジしてみる価値があると思うがね」

二人の常務が睨み合い、小さな会議室に緊張感がみなぎった。

佐原が予期したとおり、形勢が微妙に変化した。

「――審査部長」

副社長が佐原の胸の奥底まで見透かすような厳しい表情でいった。

「二年の間にどのような変化があるのだ？」

「われわれにとってですか？　――たとえば畿内総合建材の体制整備のような……」

「ふん」

と副社長が鼻を鳴らした。

「裁判所にとってだ。いうまでもない」

三人の幹部が、佐原以上に驚いた表情で副社長をみた。

「裁判長は転出するのか？」

副社長がズバリ核心を衝いた。

「多分――」

と佐原は答えた。

「いつだ？」

「せいぜい一年以内に」

「それに賭《か》けてみるのか？　――人が変われば裁判所の考えも変わる、と……」

佐原は、いまのところはいったん裁判所の提案を受け入れておき、二年後に新たな構成の裁判所に更生計画案の変更を申し出るのも有力な方法であろうと考え続けていた。

副社長はなぜか――多分、彼自身をいまの地位にまで押し上げた恐るべき嗅覚《きゆうかく》でもって――佐原の意図を察したに違いなかった。

「それに賭けてみるのも一つの方法でしょう。ただし新しい裁判長がわれわれの提案を受け入れるとはかぎりません」

「そうだ。だからこそ、それは賭けなのだろうよ」

「…………」

「そして君は、そのような賭けに出るほど無謀な人間ではない」

副社長が、瞳《ひとみ》の底にあるかなきかの笑みを湛えて、しかし、決然と命じた。

「話してもらおうか。――いうまでもなく、第三の道について……」

2

瀬戸内の海が暮れなずむ時刻、明神造船所の二代目社長はひとりウィスキー・グラスを口に運んでいた。

進水式の来客や、海外船主のスーパーバイザーの宿泊のために造られた、みかけはさほどではないが、その内実はシティーホテルに匹敵する建物の一角――。肘をついたカウンターのむこうに、これまで何十隻かの新造船を受け入れてきた、入江が拡《ひろ》がっている。

彼は、月に二、三度あるかないかのことではあったが、何ごとかを黙想し意思を決定する必要のあるとき、決まってこのカウンター・バーを利用した。自社ビルの、この一隅であるならば、誰もが憚《はばか》って彼に近づかなかったからである。

人口わずか五万足らずのこの町では、彼はあまりに有名人でありすぎて、落ち着く場所とて他になかった。そして考えるべきことは――酒の力を借りつつ、たった一人で考えねばならないことは——常に山ほど残されていた。

遠くは五年先、十年先の明神造船所のあり方にはじまって、目先の問題としては、突然韓国の船主にキャンセルされた七百五十一番船の後処理の難問があった。

彼は、どの中堅企業の社長もがそうであるように、より多くの時間的な余裕と、そして何よりも、自分の身代わりとなって経営を考えてくれる逸材とを求め続けていた。

しかし彼は、四十二歳になる今日に至るまで、そのいずれをも手中に収めてはいなかった。慌《あわ》ただしく数多くの人々と会い、辛うじてその合間にものを考えることが、彼の習慣として定着しつつあった。

二杯の水割を干したときには、瀬戸内の海を夜の闇《やみ》が覆っていた。はるかな灯台の明かりと、点在する船舶から洩《も》れる灯が、蛍のように洋上にあった。

彼は、三杯目の水割を口に含みながら、当座の難問、つまり七百五十一番船の善後策について考えようと神経を集中した。

それにしても、驚異であったのは、今日彼の許《もと》を訪れた三人の男が、あまりに的確な情報を握っていることであった。彼は、これまで、突然船台が空いたことをひた隠しに隠していた。なぜなら、この事実が白日の下にさらされれば、買い叩《たた》かれることは火をみるよりも明らかであったからである。

——いや、そればかりではない。

とこの聡明《そうめい》な社長は、これまでたったひとりで経営の重責に耐えてきた経験から、細心に先を読んでいた。

突然船台が空いたという情報は、ややもすると明神造船所の信用不安情報として一人歩きする危険があった。それほど慎重に取り扱ってきた事実ではあったが、三人の男はすべてを知り抜いていた……。

さらに脅威であったのは、彼らが提示してきた船価であった。その価格は、それ自体では、明神造船所に二億から三億の赤字を強いる金額であり、とうてい容認できるものではなかった。

——交渉できる船価ではなさそうですな。

彼は平静を装って、一応抵抗した。

しかし、無駄な抵抗であるらしかった。

三人のなかで一番年嵩《としかさ》の船舶部長の名刺をもつ男が、少し凄味《すごみ》のある笑みを浮かべていった。

——私としては、掛け値なしの線で交渉しているつもりですがね。

社長は、そのとき、船舶部長の精悍《せいかん》な顔から目を逸《そ》らし、もう二人の男——広島支社の機械課長と大阪本社の審査第三課長——の顔を盗みみたものだった。

しかし二人の態度にも、確信からくる余裕があった。

彼は、やはり、すべての情報をにぎられていることを悟った。

契約を解除した韓国の船主から没収した前金を計算すれば、三人の男の提示した金額はきわめて妥当なものであった……。

彼はグラスの底に残ったウィスキーを喉《のど》に流し込みながら、三人の男の申出を受け入れる以外にとるべき途《みち》のないことを、いや、ひょっとすると、これが最良の選択かもしれないとまで思いはじめていた。

彼は、つい先日、この広い内海を挟んで愛媛に本拠をおくあの老人から送られてきたメッセージを思い出した。

いまや十五隻の船舶を所有し、瀬戸内で揺るぎない地歩を固めたかにみえるあの老人は、彼に畿内商事と接触することを、特にその審査第三課長と会うことを勧めていた。

そのとき彼は、老人の真意を測りかねたが、今日こうやって実際に会ってみると、確かに手強い相手ではあったが、反面、明神造船所の将来にとって頼もしいパートナーになる可能性がないわけでもなかった。

明神造船所の社長は、いま漸《ようや》く決断した。

畿内商事の条件を呑《の》もう、と。

彼は瞳を凝らして暗い海の彼方《かなた》、みえるはずのない愛媛の方角に顔を向けた。

3

その翌々日——。

筑紫の野に冷雨が降る朝、千草は裁判長の求めに応じて福岡に入った。

更生計画を提出する期限まで、あとわずか四ヵ月。

千草にとって、また裁判長にとっても、残された時間はあまりに少ない。

「——ご足労いただいて申し訳ない」

裁判官室の片隅の、書棚で囲まれた一角。

裁判長が、鋼鉄の意思を表わす瞳で千草を直視しつつ、型どおりの言葉を口にした。

その横で、おそらくこの更生事件の筋書を書き続けたであろう齢《とし》若い陪席判事が、千草の腹の底を読み取るべく身構える。

千草は、この裁判所の奥の院に入ったのがこれで五度目であることを、そして二度と再び敷居をまたぐことがないであろうことを自覚した。

千草の全身を、一瞬、稲妻に似た緊張感が走る。

「会社の最終的な方針は、お決まりですかな？」

老練な裁判長が訊《き》いた。文字どおり訊問する口調で……。

「いくつかの選択肢があるようです」

「どのような？」

「一番安易なのは、裁判所のガイドラインを受け入れる方法……」

裁判長の瞳がキラリと光った。

陪席判事が背筋を伸ばして千草を凝視する。眼に猜疑《さいぎ》の色が浮かんでいる。

「しかし、これは見切発車論とも呼ぶべきものでして……」

ふっ、と裁判長が皮肉な笑みを浮かべた。そして、

「あとで——多分二年後にでも——、計画案の変更を求めるつもりですな」

急所を衝いた。

「つまり、更生債権の三十パーセントを七、八年で弁済するのは不可能だといって、期限の延長を求める。そうですな？」

「そのとおりです」

「なし崩しに裁判所の方針を変えてしまう。名存実亡とでも呼ぶべき手法」

「………」

「そしてその間に、うるさい裁判長は転勤するであろう、と……」

千草は苦笑した。

この、あまりに鋭敏な裁判長は、すべてを見透しているようであった。

この手練《てだれ》の司法官を相手どって妙な駆引きをすることは、やはり無駄であるらしかった。

「で畿内商事としては、その手法を使うつもりかな？」

裁判長と陪席判事の瞳に熱がこもった。

「どうなのかな？」

と重ねて訊く。

「いや……」

千草は首《こうべ》を振った。

たしかにこの方法をとれば、膠着《こうちゃく》状態は打開できるであろう。あとのことは、二、三年後に考えればいい。

「ただ、この手法は、あまり綺麗《きれい》な解決策ではありませんでね」

「というと？」

「畿内商事としては、問題を先送りするような解決策はとりたくありません」

裁判長が深い息を吐《つ》いた。

「とすると、二番目の選択肢は？」

「全面撤退、でしょうね」

「…………」

「この意見は畿内商事の主流を占めているし、誰にとってもわかりやすい結論でしょう」

裁判長がかたわらの陪席判事の顔をみた。

陪席判事は、それに応《こた》えるかのように、小さくうなずく。

千草の回答は、当然のことながら、裁判所にとっても予想されたものであるらしかった。

「それでは……」

裁判長の声が、わずかにかすれている。はじめてのことであった。

「畿内商事としては、この更生事件から手を引く、と？」

千草と二人の裁判官の間の空気が震えた。

おそらくこの道は、裁判所にとってもっとも好ましくない選択肢であろうと千草は思った。

畿内商事が手を引けば、遅かれ早かれ那珂資材工業は破産する。

そうなれば、この更生事件を格好の素材として理想的な形態の更生計画を樹立しようとした裁判長の目論見《もくろみ》はあっけなく潰《つい》え去る。一つの野心が、いま終息する――。

「どうなのですかな？」

重ねて訊く裁判長の声に焦りがあった。

「裁判所は清算型更生計画案を拒否された……」

千草は等分に二人の裁判官の眼をみて話を転換させた。

「そして、その理由として、清算型の更生計画は、更生会社の存続を内容とする計画案の作成が困難となったときにだけ認められるといわれた。――そうでしたね？」

「そう。会社更生法の一九一条……」

「ところでその条文は、正確にはこういっています。――更生会社の存続、合併、新会社の設立、または営業の譲渡による事業の継続を内容とする更生計画案の作成が困難なことが明らかになったときは、清算型の更生計画案の作成を許可できる、と」

「……………」

「そして裁判所のお考えでは、那珂資材工業は事業の継続を内容とする計画案の作成が困難ではない。したがって、清算型更生計画は認められない、と……」

裁判長はうなずきつつ、千草の言葉を反芻《はんすう》した。意外に繊細な指先で膝頭《ひざがしら》を叩きながら。

数十秒が経過した。

「第三の道、か……」

裁判長が唸《うな》るようにいった。

どうやら、千草の企《たくら》みを察知したようであった。

「で、具体的にはどうお考えなのか？」

「畿内商事と畿内総合建材が新会社を作ります」

「それで？」

「その新会社に、那珂資材工業が営業を譲渡します」

「……………」

——「営業の譲渡」による事業の継続を内容とする更生計画案の作成が困難なことが明らかになったときは、清算型の更生計画案の作成を許可できる。

皮肉なことに、裁判所が清算型更生は認められぬという判断を下した根拠条文そのものが、「営業譲渡」の可能性を予告していた……。

裁判長は、再びかたわらの陪席判事の顔をみた。

いかなることにも動じない、齢若い秀才の顔に、いまはじめて内心の動揺が現われていた。

「考えましたね……。で、営業譲渡の対価は?」

「約七億円」

「それを更生担保権と更生債権の弁済に充当するわけですな。もちろん、一括弁済で」

「ただし、一年後に……」

「更生債権の弁済率は?」

「二十五パーセントになるでしょう」

これは、どこからみても、非の打ちどころのない計画にみえた。

更生債権の三十パーセントを七、八年で弁済すべしとする裁判所のガイドラインは、実質的にそれを上廻《うわまわ》る好条件でクリアされていた。

一方畿内商事は、営業譲渡の方式をもち込むことによって、那珂資材工業を手中に収めることに成功する。

そして新会社は、銀行から長期資金を導入することによって、手堅く運営することができる。

「認めていただけますか？」

千草が真正面から念を押した。

「…………」

裁判長はこの更生事件を受理したときから、ずっと野心を抱き続けていた。

彼はこれまでの更生事件に数かぎりない不満を覚えていた。

第一に、経営にはまったく素人の弁護士が管財人に就任することの愚かしさ。

第二に、劣悪な更生計画——たとえば債務の二十パーセント足らずを二十年で弁済するといった類《たぐ》いの更生計画——を債権者に押しつけ、その犠牲において更生を図ることの愚……。

裁判長はそのような通弊を完全に否定し、この九州の地において、まさに会社更生の名に値する実例を作ろうと志した。

そのために、いくつかの無理は承知で押し通した。

何よりも畿内商事は、そしてその審査第三課長は、確かに骨の折れる相手ではあったが、その理念を実現する相手としては格好の存在であったからである。

それが何の因果か、この審査課長は思いもよらぬ角度から営業譲渡方式なるものをもち出してきた……。

裁判長はみずからの理念と千草の提案とを比較考量した。

しかし、容易に判断の下せる問題ではなかった。

裁判長は、三度《みたび》、陪席判事の顔をみた。

かつて、裁判長が司法研修所の教官であったときのもっとも優秀な生徒であり、いまその懐刀として更生の理念をともに追い求めてきた青年が、苦渋に満ちた表情で悩みはじめていた。

「——考えさせていただきましょう」

裁判長は回答を留保した。

千草は、少なくとももう一度、この難敵と相見《あいまみ》えねばならぬことを覚悟した。

第十六章　終結。そして……

1

3月13日。水曜日。

見慣れた安治川の細い流れに春の陽光がきらめく午後――。

千草は取締役審査部長の手狭な執務室で、佐原と向かい合って座った。

「――準備は整ったかな？」

恰幅《かっぷく》のよい取締役審査部長が、ゆったりとソファに身を委《ゆだ》ねて、物静かに念を押す。

「はい。あらかた……」

千草も手短に結論だけを答える。

ほとんど手は打ち終わっていた。

この数ヵ月、多くの人々が動いた。慌ただしく、しかし決して裁判所の眼に触れないところで……。

榊原老人は、後事を託すべき生え抜きの常務に、二つのことを告げていた。この六月の株主総会をもって彼に社長の地位を譲る心算《つもり》であることを、そして密《ひそ》かに那珂資材工業の買収工作を進めていることを……。

榊原の見込んだ後継者が、そのとき沈思黙考したことを千草は知っていた。

——おそらく……。

と、千草は思う。

畿内商事の傘下を脱し、昔日の榊原合板を回復することを生涯の目標としていたあの男は、その沈黙の時間にすべてを冷徹に計算しつくしたに違いない、と——。

前任者の進めてきた工作を引き継ぐことが社長就任の条件であることを、いや、より正確にいえば、畿内商事との友好関係をいっそう深めることがその必須《ひっす》の条件であることを、彼は多分苦渋に満ちた表情を浮かべつつ悟ったに違いなかった。

だが心情的な抵抗はともかく、こと那珂資材工業の問題に関しては、榊原の路線が文句なく畿内総合建材の利益に合致していることを、あの男といえども認めざるをえなかったのであろう。

ともあれ、彼は榊原の工作を追認した。

そして、那珂資材工業の営業を譲り受けるべき新会社は、ついに設立された……。

一方、管財人側の動きも急であった。

小島は非公式に、那珂資材工業の重要得意先である家電・音響各社に、営業譲渡方式への協力を要請してまわった。それも、畿内商事から派遣されている中岡とともに。

これは、運命の皮肉なめぐり合わせといえた。

一年前、社長急逝の後を受けて会社更生法の適用を申請したとき、小島は畿内商事を取り込むことが再建のポイントであると考えた。そのために小島は舞台裏で、いまこうやってまわっている家電・音響各社から会社更生に対する協力を取り付け、ひとり畿内商事が更生に反対する途を封じることに成功した。

いや、それどころか、それら重要取引先の上申書は、畿内商事から管財人代理を引きずり出すという予想を上廻る効果があった。

——小島の心境もまた、複雑であるに違いない。

と、千草は思う。

かつて畿内商事を包囲するために画策したあの男が、今度は畿内商事とともに裁判所を包囲する……。

千草の胸に、乾いた感情が満ちた。

「——ところで、裁判所は、営業譲渡方式を呑むかな？」

取締役審査部長が、最後の駄目を押した。

「副社長以下の経営幹部は、君の構想を聞いて呆然《ぼうぜん》とした。だが結局は、われわれの提案を受け入れた。これで、こちら側の体制は整ったわけだ。で、問題は、裁判長だ」

千草は、あの難敵、会社更生法の理念に燃える男の顔を思い浮かべた。

そして佐原は、まだみぬ相手、多分遂《つい》に出会うこともないであろう男の思考パターンを読み取ろうと努めているようであった。

「呑まぬときは、どうするつもりだ？」

「…………」

佐原が言葉を重ねた。

「破産、ですね。遺憾ながら」

千草の脳裏に、一つの情景が浮かぶ。

工場を解体し、整地する作業……。

巨大な鋼鉄の玉が、コンクリートと鉄骨とを破砕する。大型ブルが木質の構造物をなぎ倒し、またたく間に土地をならす。そして、茫然《ぼうぜん》とその作業を見守る、破産会社の従業員たち。

数年前、破産に追い込まれた千草の取引先は、そのようにして解体された。

「そうなれば、相打ちだな」

佐原はかすかに眉間《みけん》に皺《しわ》を寄せてつぶやいた。

「相打ち？」

「そう。――理想的な形態の更生計画を確立しようとした裁判所の目論見は潰え去る。また、なんとか会社を再建させようとした那珂の連中の悲願も無に帰すわけだ。そして……」

「そして？」

「われわれは、『クリエイティブ・クレジット』の灯を掲げることに失敗する」

千草は佐原から眼を逸らし、窓の外、安治川の細い流れに顔を向けた。

「クリエイティブ・クレジット」とは、一年数ヵ月前、営業部門から転出してきた新米の審査部長、つまり佐原自身がいい出した標語であった。

佐原は、その言葉に、さまざまな思いを込めているようであった。

しかし千草は、そのことについて佐原と議論することを避け続けていた。

千草は、直感的に、この審査部長が魅力的ではあるが、同時に、危険な思想の持主であることを見抜いていた。

千草は、佐原がいつの日か、みずから主宰する部の機能を自己否定するに違いないと読んでいた。この取締役審査部長は、どうみたところで、取引先の審査などにはあまり興味をもち合わせてはいないようであった。

審査部長による、審査の否定であった。

——そして、この審査部長は……。

と、千草は予測する。

一つには、専門的な機動部隊を編成し異常な事態に対処することを、そして二番目には、特殊な情報活動を行なうことを、審査部の新たな任務と定義するに違いなかった。そして佐原は、そのような機能を背景に、いま彼自身が突破口を開きつつあるように、経営幹部会において、クリエイティブな審査部の地位を確立しようと志しているのであろう。

那珂資材工業の更生事件は、そして去年の八月から追い続けてきた明神造船所のケースは、紛れもなくその具体例であった。

千草は、好むと好まざるとにかかわらず、この遅れてやってきた改革者と二人三脚で歩み続けねばならぬ命運を覚悟しつつあった。

「しかし、那珂が破産になっても……」

千草は視線をこの畏敬《いけい》すべき上司に戻していった。

「それでもまだ、『クリエイティブ・クレジット』の灯は消えませんね」

ほう、と佐原が驚いた風情で千草をみた。

「で、どのようにして？」

「破産会社の主要資産を買い上げます」

「…………」

「もちろん、那珂の従業員も引き継ぎます。そうすれば、実質的に営業譲渡と同じような効果が期待できるでしょう」

「…………」

「もっとも、この方法によるときは、少なくとも何ヵ月かのブランクを覚悟しなければなりません。工場が止まるでしょうから——。しかし、それでも、われわれにはまだ損失を回復する余地があるわけです。決して、裁判所と相打ちということにはならないでしょう」

「最後の勝負手というわけだな」

佐原が穏やかではあるが決意を秘めた眼で千草をみた。

「で、裁判所は、われわれがそこまで腹を固めていると読むだろうか？」

千草は再び裁判長の顔を、ふっくらとした輪郭の顔を、そしてそれにそぐわないメタルフレームの奥底の無機質な瞳《ひとみ》を思い出した。また千草は、常に裁判長のかたわらにあって、裁判長の野心を支えそれを支持し具体化し続けてきた青年の、あまりに怜《れい》悧《り》な風貌《ふうぼう》を記憶に甦らせた。

「裁判所はこちらの手の内を読むに違いありません」

千草は確信をもって断言した。

万一裁判長がみずからの方針に固執しても、あの陪席判事はそれを諫《いさ》めるに違いない。そして、誰もが傷つかない幕引きの仕方を選ぶであろう。

「裁判所は、呑むな……」

佐原もまた、いまようやく確信を抱いたようであった。

千草は一つの仕事が終わりつつあることを知った。

そして、席をたとうとした。

「――ところで」

佐原の言葉が千草を制止した。

「明神の方は順調なのだな？」

あの案件が、この審査部長にとって、那珂の場合と負けず劣らず重要な意味をもっていることに千草は思いを寄せた。

それにいわれるまでもなく、千草は、ほぼ一年前に共栄実業が倒産した時にも、そしてまた去年の夏に『十文字丸』を捕捉《ほそく》したときにも、その照準を開拓すべき船舶商内にあて続けてきた。そして、そのターゲットは次第に明神造船所に絞られていき、千草はもてる情報網のすべてをそのために活用した。

山陽経済研究所の戸倉情報課長、広島支社の梅原機械課長、そしてあの愛媛の船主……。

だが、この仕事も間もなく収斂《しゅうれん》する。

「六月に、無事進水式を迎えることになるでしょう」

千草は予告した。

「そうか」

と取締役審査部長は深くうなずいた。そして、

「たまには晴れの進水式に出てみることだな。式典も悪くはない」

「…………」

「それに、そのうち、まとめて休暇をとることだな。先は長いのだからな。君が思っているよりも、遥《はる》かに先は長い」

「…………」

ともに時を過ごしたい人がいる。

この夏、市議選に立候補すると宣言した妻。

あまりに放置しすぎた息子。

そして……。

千草は、両の肩から疲労が脱《ぬ》け落ちるような思いにとらわれつつ、取締役審査部長の執務室の扉を後手で閉めた。

2

その同じ日の夜。

裁判長は、ようやく、明日いい渡す予定の判決文を読み終えた。

8時10分――。

いつも疲れた眼を休める舞鶴《まいづる》公園の緑は、とうに春の闇に沈んでいる。

裁判官室には、そして隣の書記官室にも、人の気配はない。ただ一人、ひっそりと、あの忌《いま》わしい事件の記録を点検し続けている陪席判事を除いては……。

裁判長は書類を閉じ、部屋の片隅の応接セットで身体《からだ》を伸ばした。

寛《くつろ》ぎつつ彼は、ここで、あの審査課長と対峙《たいじ》した場面の一つ一つを思い浮かべた。

いずれも苦い思い出であった。

「――どうでした?」

陪席判事が二つの湯呑みに濃い目のお茶を淹《い》れて、みずから書き上げた判決文の出来を訊いた。

「ああ、悪くない。いや、あのままで結構だ」

事実、裁判長が手を入れたのは三、四ヵ所にすぎず、それも単なる字句の訂正にとどまっていた。

これは稀有《けう》な例外といえた。

己れの能力を唯一絶対なものと信じる裁判長が、率直に他人を受け入れることはほとんどなかった。多分、この陪席判事を唯一の例外として。

「——ところで例の件、どうする？」

裁判長は、めったに感情の宿ることのない冷徹な眼で陪席判事を直視して、ひと月近く考えあぐねてきた難問を口にした。いつまでも結着を引き延ばしておきたい案件ではあったが、日程的にそれは不可能だった。

「それが……」

陪席判事はいい淀《よど》み、その顔に苦しげな表情が浮かんだ。

かつてその教官であった司法研修所でも、そしてまた若干の無理をして引き抜いたこの裁判所でも、この怜悧な青年がそのような表情を裁判長にみせることは皆無であった。

「負けたのか……」

と裁判長は低く唸《うな》るようにいった。

これは裁判長にとって、そしてまた陪席判事にとっても、容易に認め難い結論であった。

ほぼ一年前、那珂資材工業の代理人弁護士と小島常務が会社更生の申請書をもち込んだとき、裁判長は即座に一つの野心を抱いた。あるべき会社更生の理念をこの裁判所において実現しよう、と——。

そして陪席判事は明晰《めいせき》な頭脳で、それを具体化するための計画と手順とを鮮やかに描ききった。

照準は、いうまでもなく、畿内商事に合わせられていた。

陪席判事は、まず第一段階で、畿内商事が更生法の適用に反対する、と読んだ。なぜなら畿内商事は二億円内外の担保をとりつけており、その被害額は五千万円程度に押さえられるはずであった。とすれば畿内商事は、長期の更生計画につきあわされることよりも、速《すみ》やかな資産処分と、それによる早期の債権回収とを望むであろうことは、火をみるよりも明らかであった。

したがって陪席判事は、畿内商事が会社更生法の適用に反対できぬよう、環境を整備する必要を感じた。

彼は申立書を持参した小島常務とのやりとりのなかで、那珂の得意先である音響・家電各社から会社更生に対する同意をとりつけるよう示唆した。第一の布石であった。

次に彼は、保全命令を出す前の債権者審尋で、畿内商事をあとまわしにした。これは、一見、単なる事務的な手順のようにみえたが、陪席判事は畿内商事の意見を訊くときにはすでに他の債権者の了承をとりつけ終えていた。第二の布石である。

そのようにして裁判所は、更生法の適用に難色を示す畿内商事の意見を封殺することに成功した。

陪席判事の秘められた計画の要点は、しかし、次の第二段階にあった。

畿内商事から人を派遣させること、そしてその畿内商事に理想的な形態の更生計画案を作らせるというのが彼の、突飛ではあるがなかなかの妙案であった。

何よりも畿内商事が、そしてあの審査課長が、これまでの数かぎりなく愚かしい更生事件の被害者であることが、俗にいう付け目であった。陪席判事は、どことなく自分に近似した資質を有するであろう審査課長は、所詮《しょせん》裁判所の正論には抗しきれないと踏んだ。そして、裁判長の確信に満ちた信念と迫力のある態度とは、畿内商事を取り込むことに成功したかのようであった。

畿内商事は、いまにして思えば不気味なことに、若年ではあるが抜群の計数能力をもち、誰からも愛される性格の中岡を送り込んできた。そしてまた、更生計画に関する裁判所のガイドラインは、その基本的な理念の部分において畿内商事の理解を得られつつあるようであった。

陪席判事は、遠からず、第二段階の難関を突破することを確信していた。

だが、あの審査課長は、意表を衝く営業譲渡方式を提案してきた……。

「――突っぱねるか？」

裁判長は渋茶を飲み干し、いま一度、この土壇場でみずからの闘争心をかきたてるようにいった。

「いや、それは……」

陪席判事はみずから描いたシナリオが破綻《はたん》しつつあることを自覚しながらも、優秀な官僚がいつも危機的な状態でそうするように、感情を抑制していった。

「あれは、畿内商事の最後通牒《つうちょう》と受けとめるべきでしょう」

「拒絶すればどうなる？」

「畿内商事は手を引くでしょう」

「間違いなく、か？」

「多分……」

「で、その場合、畿内商事の得るものは何だ？」

陪席判事は呼吸を整え、延べ何十時間も考え続けてきた結論をいった。

「畿内商事がどれほどのものを得たり失ったりするかは測定できません。しかし確実なのは、畿内商事は手を引き、じっと間合いを計るに違いありません」

「何の間合いだ？」

「那珂資材工業が破産になり、その資産を買い叩く絶妙のタイミング、といっていいでしょう」

二人は、同時に、あの審査課長の顔を思い浮かべた。

いつも疲れきった表情を浮かべている、風采《ふうさい》のあがらぬ四十男の顔。

「怖い相手だ」

裁判長はつぶやくようにいった。そして、

「やはり、敗れたのだな……」

陪席判事を、そして自分自身を突き放す口調で述懐した。

「いや。どうでしょうか」

陪席判事が珍しく反発した。

「ほう？」

裁判長は、例の、誰をも寄せつけぬ瞳で、もっとも優秀な教え子をみた。

「なぜ、そう思う？」

「こちらの筋書どおり事が運ばなかったのは認めざるをえません。誠に残念ながら」

「……………」

「しかし、畿内商事が裁判所のガイドラインを受け入れたらどうなったでしょう。二年や三年はもつかもしれませんが、那珂資材工業は早晩行き詰まったに違いありません。あの審査課長のいうように」

「いや。そうはならないかもしれない」

「ええ、そこが見解の分かれるところなのでしょう。しかしそれが危険な賭けであることは間違いないでしょう」

「…………」

「ところで、裁判所の求めていたものと畿内商事のそれとは、実は基本的な部分において一致していたのではないでしょうか」

裁判長の瞳に、かすかな驚きの色が宿った。

「われわれは理想的な形の更生計画を求めました。一方、畿内商事は営業譲渡方式を提案してきました。相矛盾するようではありますが、両者に共通するのは、那珂の更生」

「…………」

「どうも裁判所と畿内商事は、同じ目標を異なった角度から求め続けてきたようです。違いといえば、それが違いなのでしょう」

裁判長は眼を閉じ、陪席判事の言葉を反芻《はんすう》した。

この更生事件の幕引きにふさわしい、まことに華麗な総括であった。

このような論理をもってすれば、誰もが傷つかずにすむであろう。

「わかった……」

裁判長は千草の提案を受け入れることを決意した。

手塩に掛けて育ててきた青年が、この事件を通して一段と逞《たくま》しくなり、遂には終戦処理さえも熟《こな》せるようになったことに唯一の救いを感じながら……。

「もう一度あの審査課長を呼びましょうか？」

陪席判事が訊いた。

裁判長は、遠くをみるような表情で、視線を漂わせた。

「――いや……」

と彼は、短い沈黙の後にいった。

「必要ないだろうな。――川路管財人と、そう、中岡管財人代理に通告すればすむことだろう。やってくれるかな？」

「ええ……」

陪席判事がうなずいた。

青年の顔に、一瞬、安堵《あんど》の表情が浮かんだのを裁判長は見逃さなかった。

3

6月14日。金曜日。

例年になく長い梅雨の日が続く、うっとうしい季節の午後——。

その入江に中規模の造船所を抱える瀬戸内の港町は、いつになく賑《にぎ》わっていた。

明神造船所の七百五十一番船の進水式の日であった。

そぼ降る雨をついて多くの人々が、この記念すべき式典の準備のために右に左に慌ただしく走った。

明神造船所の二代目社長は、社長室の窓越しにそれらの動きを眼で追いながら、内心の笑みを禁じえなかった。

過去何十回か、彼の造船所は貨物船を組み立て、入江にそれらの新造船を浮かべていた。それは何ら珍しい風景ではなかった。

だが今回の進水式は、特別に重要な意味をもっていた。

韓国の船主の、突然の契約キャンセルによって、彼の造船所は文字どおり危殆《きたい》に瀕《ひん》した。

だが、彼はそれを乗り越えることができた。

いや、それのみならず、彼はかつてこの造船所に足を踏み入れたことのない顧客を招くという試みにさえ成功していた。

大阪の畿内商事。

九州の伊集院。

そして愛媛の、あの船主……。

彼らは、あるいはその総合力において、そしてまたその財力において、さらにその強力な海運力において、明神造船所の未来を切り拓《ひら》くパートナーとなる可能性を秘めていた。

「――行きましょうか？」

明神造船所の社長は時間を確認し、そして進水式の準備が整ったことを見届けて、社長室のソファに座っている何人かの重要な男たちに声をかけた。

造船所の若い営業部員が戸口のところで、いっせいに赤や黄のパラソルを開いた。

「――行こうか？」

来賓がすべて戸口の向こうに消えたとき、千草が小早川を誘った。

「いや……」

小早川は語尾を濁した。

「どうした？」

「私は、ここに残ってはまずいでしょうか？」

「なぜ？」

小早川の顔に、かすかに、はにかむような笑みが浮かんだ。

「あまり晴れがましい舞台は好きじゃありません」

ふっ、と千草が苦笑した。

小早川は、尊敬すべき上司が、自分の言葉を文字どおり受けとめる危険を感じた。

「それに——」

彼は急いで付け加えた。

「あちらの方も気になりますし……」

今日は、また、那珂資材工業の更生計画案の提出の日であった。

小早川は、僚友の中岡管財人代理に、その報告をこの造船所に入れてくれるよう依頼していた。それが気掛かりであった。

「しかし……」

千草が何かをいいかけて、そして口を噤《つぐ》んだ。

小早川は、千草のいいたいことを理解した。

あの更生事件は、あまりに多くの紆余《うよ》曲折を経たが、落ち着くべきところに落ち着く――と、千草はそういいたいに違いなかった。

しかし小早川は、更生法の適用申請以来、一年数ヵ月にわたって付き合い続けてきたこの更生事件の行く末を、しっかりと見届けたかった。

数々の努力がこの進水式につながったことは小早川にとって誇るべき事実であったが、それは遠望すればこと足りることだと彼は思った。

「わかった……」

千草もまた、小早川のそのような意思を察したようであった。

千草は、ひとり、戸口に向かった。

そのとき小早川は、この働きずくめに働き続けている上司の背中を極度の疲労が覆っていることに気付いた。そしてまた小早川は、疲労を溶かすためのアルコールが、千草の身体を確実に蝕《むしば》んでいることに思い至った。

「――課長」

小早川は思わず声をかけていた。

「何だ？」

千草は振り返った。

獲物を追い続けてきた鋭い眼の光が、小早川の胸の奥底を照射した。

「いや。別に……」

小早川は言葉を呑んだ。

「何だ？」

千草が再び問うた。

千草の瞳に、徐々に優しい色が甦った。小早川の好きな、慈愛に満ちた眼の色であった。

「課長――」

と小早川は繰り返していった。

「休暇をとって下さい……」

うん、と千草は小さくうなずいた。

「三、四日、休ませてもらうつもりだ」

「是非」

小早川は念を押した。

「ああ……」

千草は、例の、少し照れたような笑みを浮かべて、ドアに向かった。

午後2時30分。

紅白の幕で覆われた矢倉の上に、今日の儀式に欠かすことのできない主賓が揃《そろ》った。

あと三ヵ月程度の艤装《ぎそう》期間の後《のち》に、この船のオーナーになる伊集院社長とその後継者。

本船建造の計画者であり、そしてまた、その運航と積荷とに全責任をもつ畿内商事のスタッフ。

そして、明神造船所と畿内商事の縁をとりもった愛媛の実力者……。

彼らの眼の前に、いま、三万トンの撒積《ばらづみ》貨物船の船首がそびえている。

「――ただいまから、七百五十一番船の進水式をとり行ないます」

雨まじりの潮風を衝《つ》いて、工場長の胴間声が造船所に響き渡った。

「国歌吹奏――」

直ちに君が代のメロディーが流れ、矢倉の人々も、そしてその周りに集まった造船工たちも、短い時間、それに和して歌った。

明神造船所にとって幾度も繰り返された光景ではあったが、今日もまた人々の胸にそれぞれの感慨が満ちた。

「——命名」

君が代が鳴り終わるとほとんど同時に、住吉船舶部長がマイクに向かって宣言した。

「本船を、『第二・十文字丸』と命名する……」

誠に意味深い船名であった。

あの『十文字丸』の事件がなかったならば、今日このような進水式は行なわれなかったであろう。

この場ではじめて本船の名を知った愛媛の船主は、辛うじて内心の動揺を抑えつつ、横にたつ千草の顔を盗みみた。鮮やかな命名者は、口元にあるかなきかの笑みを浮かべて、軽く会釈した。

「進水準備！」

工場長が大声で部下に命じた。

本船を止めていた幾つかの盤木《ばんぎ》が、次々にとりはずされていった。

「進水準備、完了しました」

工場長の部下が復命した。

「進水！」

工場長はそういいつつ、右手で軽く合図した。

振《ふ》り袖《そで》姿の若い女性が、銀の斧《おの》を眼の高さから打ちおろした。

支綱切断――。

解き放たれた綱が空に漂い、その先端のシャンペンが七百五十一番船の船首で砕けた。

同時に、薬玉《くすだま》が割れた。

七色のテープが宙に舞った。

七百五十一番船はゆっくりと船台を滑り落ち、しだいに速度を増しながら、入江にその姿を浮かべた。

申し分のない進水式であった。

『第二・十文字丸』の動きを眼で追いながら、誰もが至福の時間を味わった。

未来が、このうえなく明るい未来が、明神造船所に、畿内商事に、そして伊集院の船会社に訪れつつあるようであった。

そのとき、明神造船所の社長室の電話が高く鳴った。

「──小早川さん」

造船所の若い営業部員が、指で電話をさし示した。

「なに？」

「大阪からです」

「ああ……」

小早川は、社長室の窓から、しだいに遠ざかる船影に眼を凝らしながら、受話器を耳にあてた。

──小早川君か？

佐原取締役審査部長であった。

──そちらの様子はどうだ？

「第二・十文字丸が、いま進水しました」

小早川は簡潔に報告した。

──そうか……。

佐原は満足気にうなずいたようであった。

「で、那珂資材工業の方は？」

小早川は、最大の関心事に触れた。

――たったいま、裁判長は快く更生計画案を受理したそうだ。満身に笑みを湛えて、な……。

「パーフェクト、ですね？」

――そう。そのとおりだ。

二つの仕事が、精根こめて打ち込んできた二つの仕事が、いま終わる……。

――ときに、彼は、いまどこだ？

取締役審査部長の声に、わずかではあるが、抜きさしならぬ調子があった。

「課長は……」

小早川は矢倉に眼を転じた。

千草は、多くの盟友とともに、階段を降りつつあった。

「間もなくこちらに戻りますが……」

――そうか……。

「で、何か？」

小早川の胸を、不吉な影がかすめた。

取締役審査部長が、一瞬、いい淀んだ。

――大阪に帰るように伝えてくれんか。

「大阪に？」

――そう……。

「なぜ？」

――通信社が情報を流しはじめた。史上最大の倒産劇だといってな。無論、見当がつくだろう？

「あの会社が？」

――そうだ。これは、もう、パニックでな、私の手には負えない……。

「しかし……」

明日から千草の、何年ぶりかの休暇がはじまるといいかけて、小早川は言葉を呑んだ。

このような事態に対処できるのは、千草をおいて他にないことは明らかであったからである。そしてまた、そのことを誰よりも知り抜いているのは、佐原その人であった。

小早川は受話器を耳に当てたまま、歩一歩と彼の待つ場所に近づきつつある千草の姿を見詰め続けた。

彼の待つ場所とは、そして、千草の赴く地点とは、これまでいつもそうであったように、新たな戦場にほかならなかった。

このとき、『第二・十文字丸』は、入江の彼方に姿を消した。

本書は一九八五年十二月に商事法務研究会より刊行され、
一九九〇年三月に徳間文庫に収録された作品です。

|著者|高任和夫　1946年、宮城県生まれ。東北大学法学部卒業。三井物産入社。'83年に本書『商社審査部25時』を発表。以降、作家とサラリーマンの二足のわらじを履き続ける。'96年、50歳を機にして、国内審査管理室長を最後に三井物産を依願退職、作家活動に専念する。著書に『架空取引』『粉飾決算』『告発倒産』（以上、講談社文庫）、『幸福の不等式』（ＮＨＫ出版）、『燃える氷』（祥伝社）、『告発封印』（光文社）、『仕事の流儀』（日経ＢＰ社）など。

商社審《しょうしゃしん》査《さ》部《ぶ》25時《じ》《知《し》られざる戦士《せんし》たち》
高任和夫《たかとうかずお》

2005年３月15日第１刷発行

講談社文庫
定価はカバーに
表示してあります

発行者――野間佐和子
発行所――株式会社　講談社
東京都文京区音羽2-12-21　〒112-8001
電話　出版部（03）5395-3510
　　　販売部（03）5395-5817
　　　業務部（03）5395-3615

Printed in Japan

デザイン―菊地信義
本文データ制作―講談社プリプレス制作部
印刷――――豊国印刷株式会社
製本――――株式会社国宝社

落丁本・乱丁本は購入書店名を明記のうえ、小社書籍業務部あてにお送りください。送料は小社負担にてお取替えします。なお、この本の内容についてのお問い合わせは文庫出版部あてにお願いいたします。

ISBN4-06-275027-9

講談社文庫刊行の辞

二十一世紀の到来を目睫に望みながら、われわれはいま、人類史上かつて例を見ない巨大な転換期をむかえようとしている。

世界も、日本も、激動の予兆に対する期待とおののきを内に蔵して、未知の時代に歩み入ろうとしている。このときにあたり、創業の人野間清治の「ナショナル・エデュケイター」への志を現代に甦らせようと意図して、われわれはここに古今の文芸作品はいうまでもなく、ひろく人文・社会・自然の諸科学から東西の名著を網羅する、新しい綜合文庫の発刊を決意した。

激動の転換期はまた断絶の時代である。われわれは戦後二十五年間の出版文化のありかたへの深い反省をこめて、この断絶の時代にあえて人間的な持続を求めようとする。いたずらに浮薄な商業主義のあだ花を追い求めることなく、長期にわたって良書に生命をあたえようとつとめるところにしか、今後の出版文化の真の繁栄はあり得ないと信じるからである。

同時にわれわれはこの綜合文庫の刊行を通じて、人文・社会・自然の諸科学が、結局人間の学にほかならないことを立証しようと願っている。かつて知識とは、「汝自身を知る」ことにつきていた。現代社会の瑣末な情報の氾濫のなかから、力強い知識の源泉を掘り起し、技術文明のただなかに、生きた人間の姿を復活させること。それこそわれわれの切なる希求である。

われわれは権威に盲従せず、俗流に媚びることなく、渾然一体となって日本の「草の根」をかたちづくる若く新しい世代の人々に、心をこめてこの新しい綜合文庫をおくり届けたい。それは知識の泉であるとともに感受性のふるさとであり、もっとも有機的に組織され、社会に開かれた万人のための大学をめざしている。大方の支援と協力を衷心より切望してやまない。

一九七一年七月

野間省一

講談社文芸文庫

中村真一郎
雲のゆき来
僧としても文筆家としても一代の名声を担った元政上人。この江戸前期の詩僧の事蹟を訪ねる旅に同道する国際女優。幸と不幸の間で揺れ続ける旅の終着は……。

森銑三
新編 物いう小箱
膨大な資料を丹念に読み込み近世の人物研究に巨大な足跡を遺した碩学が、資料を離れ虚実の間に筆を遊ばせた興趣溢れる小品集。「猫の踊」等四十四篇を収める。

谷崎潤一郎
金色の死
谷崎潤一郎大正期作品集
江戸川乱歩に影響を与えたとされる怪奇的幻想小説「金色の死」をはじめ、主人公の恐怖の心理を絶妙に描いた日本の探偵小説の濫觴「途上」など大正期の作品群七篇。

講談社文庫　目録

講談社文庫　目録

日本推理作家協会編　殺しの一品料理《アラカルト》〈ミステリー傑作選8〉
日本推理作家協会編　犯罪ショッピング〈ミステリー傑作選9〉
日本推理作家協会編　闇のなかのあなた〈ミステリー傑作選10〉
日本推理作家協会編　どんでん返し〈ミステリー傑作選11〉
日本推理作家協会編　にぎやかな殺意〈ミステリー傑作選12〉
日本推理作家協会編　凶器は狂気〈ミステリー傑作選13〉
日本推理作家協会編　犯罪見本市〈ミステリー傑作選14〉
日本推理作家協会編　殺しのパフォーマンス〈ミステリー傑作選15〉
日本推理作家協会編　故意・悪意・殺意〈ミステリー傑作選16〉
日本推理作家協会編　とっておきの殺人〈ミステリー傑作選17〉
日本推理作家協会編　花には水、死者には愛〈ミステリー傑作選18〉
日本推理作家協会編　殺人者へのレクイエム〈ミステリー傑作選19〉
日本推理作家協会編　死者たちは眠らない〈ミステリー傑作選20〉
日本推理作家協会編　殺人はお好き？〈ミステリー傑作選21〉
日本推理作家協会編　二転・三転・大逆転〈ミステリー傑作選22〉
日本推理作家協会編　あざやかな結末〈ミステリー傑作選23〉
日本推理作家協会編　頭脳明晰、特技殺人〈ミステリー傑作選24〉
日本推理作家協会編　誰がための殺人〈ミステリー傑作選25〉
日本推理作家協会編　明日からは、殺人者〈ミステリー傑作選26〉

日本推理作家協会編　真犯人は安眠中〈ミステリー傑作選27〉
日本推理作家協会編　完全犯罪はお静かに〈ミステリー傑作選28〉
日本推理作家協会編　あの人の殺意〈ミステリー傑作選29〉
日本推理作家協会編　もうすぐ犯行記念日〈ミステリー傑作選30〉
日本推理作家協会編　死導者がいっぱい〈ミステリー傑作選31〉
日本推理作家協会編　殺人前線北上中〈ミステリー傑作選32〉
日本推理作家協会編　犯行現場にもう一度〈ミステリー傑作選33〉
日本推理作家協会編　殺人博物館へようこそ〈ミステリー傑作選34〉
日本推理作家協会編　どたん場で大逆転〈ミステリー傑作選35〉
日本推理作家協会編　殺ったのは誰だ!?〈ミステリー傑作選36〉
日本推理作家協会編　殺人哀モード〈ミステリー傑作選37〉
日本推理作家協会編　殺人者〈ミステリー傑作選38〉
日本推理作家協会編　完全犯罪証明書〈ミステリー傑作選39〉
日本推理作家協会編　密室＋アリバイ＝真犯人〈ミステリー傑作選40〉
日本推理作家協会編　殺人買います〈ミステリー傑作選41〉
日本推理作家協会編　罪深き者に罰を〈ミステリー傑作選42〉
日本推理作家協会編　嘘つきは殺人のはじまり〈ミステリー傑作選43〉
日本推理作家協会編　終日犯罪〈ミステリー傑作選44〉
日本推理作家協会編　殺人作法〈ミステリー傑作選45〉

日本推理作家協会編　1ダースの殺意〈ミステリー傑作選・特別編1〉
日本推理作家協会編　殺しのルート13〈ミステリー傑作選・特別編2〉
日本推理作家協会編　真夏の夜の悪夢〈ミステリー傑作選・特別編3〉
日本推理作家協会編　57人の見知らぬ乗客〈ミステリー傑作選・特別編4〉
日本推理作家協会編　自選ショート・ミステリー〈ミステリー傑作選・特別編5〉
日本推理作家協会編　自選ショート・ミステリー2〈ミステリー傑作選・特別編6〉
西村玲子　旅のように暮らしたい。
西村玲子　玲子さんの好きなものに出合う旅
西村玲子　玲子さんのラクラク手作り教室
二階堂黎人　地獄の奇術師
二階堂黎人　聖アウスラ修道院の惨劇
二階堂黎人　ユリ迷宮
二階堂黎人　吸血の家
二階堂黎人　私が捜した少年
二階堂黎人　クロへの長い道
二階堂黎人　名探偵水乃サトルの大冒険
二階堂黎人　名探偵の肖像
二階堂黎人　悪魔のラビリンス
二階堂黎人編　密室殺人大百科(上)(下)

西澤保彦　解体諸因
西澤保彦　完全無欠の名探偵
西澤保彦　七回死んだ男
西澤保彦　殺意の集う夜
西澤保彦　人格転移の殺人
西澤保彦　麦酒《ばくしゅ》の家の冒険
西澤保彦　複製症候群
西澤保彦　幻惑密室
西澤保彦　実況中死
西澤保彦　念力密室！
西澤保彦　夢幻巡礼
西澤保彦　転・送・密・室
西村　健　ビンゴ
西村　健　脱出 GETAWAY
西村　健　突破 BREAK
楡　周平　ガリバー・パニック
楡　周平　外資な人たち〈ある日外国人上司がやってくる〉
楡　周平　青狼記(上)(下)
新津きよみ　アルペジオ〈彼女の拳銃、彼のクラリネット〉
貫井徳郎　修羅の終わり
貫井徳郎　鬼流殺生祭
貫井徳郎　妖奇切断譜
法月綸太郎　密閉教室
法月綸太郎　雪密室
法月綸太郎　誰《たそ》彼《がれ》
法月綸太郎　頼子のために
法月綸太郎　法月綸太郎の冒険
法月綸太郎　法月綸太郎の新冒険
法月綸太郎　謎解きが終ったら〈法月綸太郎ミステリー論集〉
乃南アサ　鍵
乃南アサ　ライン
乃南アサ　窓
乃南アサ　不発弾
野口悠紀雄　「超」勉強法
野口悠紀雄　「超」勉強法・実践編
野沢　尚　破線のマリス
野沢　尚　リミット
野沢　尚　呼《よ》人《ひと》
野沢　尚　深紅
野沢　尚　砦なき者
野沢　尚　魔笛
野口武彦　幕末気分
半村　良　飛雲城伝説
原田泰治　わたしの信州
原田泰治　原田武雄　泰治が歩く〈原田泰治の物語〉
原田康子　蠟涙
林　真理子　星に願いを
林　真理子　テネシーワルツ
林　真理子　幕はおりたのだろうか
林　真理子　女のことわざ辞典
林　真理子　さくら、さくら〈おとなが恋して〉
林　真理子　みんなの秘密
林　真理子　ミスキャスト
林　真理子　山藤章二　チャンネルの5番
原田宗典　スメル男
原田宗典　東京見聞録
原田宗典　何者でもない

講談社文庫　目録

原田宗典　見学ノススメ
馬場啓一　白洲次郎の生き方
馬場啓一　白洲正子の生き方
林　望　帰らぬ日遠い昔
林　望　リンボウ先生の書物探偵帖
帚木蓬生　アフリカの蹄《ひづめ》
帚木蓬生　空　夜
帚木蓬生　空　山
坂東眞砂子　道祖土《さいど》家の猿嫁
花村萬月　皆　月
浜なつ子　アジア的生活
浜なつ子　死んでもいい〈マニラ行きの男たち〉
畠山健二　下町のオキテ
林　丈二　イタリア歩けば…
林　丈二　フランス歩けば…
林　丈二　犬はどこ？
ハービー・山口　女王陛下のロンドン
原口純子　中国の賢いキッチン
原口純子と中華生活ウォッチャーズ　踊る中国人

はにわきみこ　たまらない女
はにわきみこ　へこまない女
蜂谷　涼　小樽ビヤホール
遙　洋子　結婚しません。
平岩弓枝　おんなみち全三冊
平岩弓枝　花嫁の日
平岩弓枝　結婚の四季
平岩弓枝　わたしは椿姫
平岩弓枝　花　祭
平岩弓枝　青の伝説
平岩弓枝　青の回帰(上)(下)
平岩弓枝　青の背信
平岩弓枝　五人女捕物くらべ(上)(下)
平岩弓枝　はやぶさ新八御用帳(一)〈大奥の恋人〉
平岩弓枝　はやぶさ新八御用帳(二)〈江戸の海賊〉
平岩弓枝　はやぶさ新八御用帳(三)〈又右衛門の女房〉
平岩弓枝　はやぶさ新八御用帳(四)〈鬼勘の娘〉
平岩弓枝　はやぶさ新八御用帳(五)〈御守殿おたき〉
平岩弓枝　はやぶさ新八御用帳(六)〈春月の雛〉

平岩弓枝　はやぶさ新八御用帳(七)〈寒椿の寺〉
平岩弓枝　はやぶさ新八御用帳(八)〈春怨 根津権現〉
平岩弓枝　はやぶさ新八御用帳(九)〈王子稲荷の女〉
平岩弓枝　はやぶさ新八御用帳(十)〈幽霊屋敷の女〉
平岩弓枝　はやぶさ新八御用旅(一)〈東海道五十三次〉
平岩弓枝　極楽とんぼの飛んだ道〈私の半生、私の小説〉
平岩弓枝　ものは言いよう
東野圭吾　放課後
東野圭吾　卒業〈雪月花殺人ゲーム〉
東野圭吾　学生街の殺人
東野圭吾　魔球
東野圭吾　浪花少年探偵団
東野圭吾　しのぶセンセにサヨナラ〈浪花少年探偵団・独立編〉
東野圭吾　十字屋敷のピエロ
東野圭吾　眠りの森
東野圭吾　宿命
東野圭吾　変身
東野圭吾　仮面山荘殺人事件
東野圭吾　天使の耳

講談社文庫　目録

2005年3月15日現在